광요

성운을 먹는 자

성운을 먹는 자 16

김재한 퓨전 판타지 소설

초판 1쇄 찍은 날 § 2016년 6월 15일
초판 1쇄 펴낸 날 § 2016년 6월 22일

지은이 § 김재한
펴낸이 § 서경석

편집책임 § 이창진
디자인 § 신현아

펴낸곳 § 도서출판 청어람
등록번호 § 제387-1999-000006호
등록일자 § 1999. 5. 31
어람번호 § 제1-2459호

주소 § 경기도 부천시 원미구 부일로 483번길 40 서경B/D 3F (우) 14640
전화 § 032-656-4452 팩스 § 032-656-4453
http://www.chungeoram.com
E-mail § chungeorambook@daum.net

ISBN 979-11-04-90849-1 04810
ISBN 979-11-04-90287-1 (세트)

FUSION FANTASTIC STORY

김재한 퓨전 판타지 소설

성운을 먹는 자

일야검협(日夜劍俠)

16

청어람

목차

제90장
서로의 해석

1

혹영신교에게 있어서 귀혁은 신화 속의 괴물과 다름없는 공포의 상징이었다.

전대 팔대호법 중 셋을, 그리고 교주와 신녀까지 참살한 자. 그를 향한 증오와 원한을 한데 모아 쌓아 올린다면 하늘을 꿰뚫을 지경일 것이다.

그러나 그 이상으로 혹영신교는 귀혁을 두려워했다.

그들의 전략은 귀혁과 부딪치지 않는 것을 대전제로 하고 있었다. 만약 어쩔 수 없이 부딪칠 경우에는 희생양을 아끼지 않고 던져서 가장 중요한 것만은 지켜내는 것이 원칙이었다.

'차라리 숨죽이고 힘을 모으다가 흥왕과 멸존이 노쇠한 후를 노리는 것이 합리적이지 않은가?'

흑영신교 내부에는 그런 의견도 있었다. 하지만 그들에게는 귀혁보다 더 두려워하는 것이 있었다.

그것은 바로 제2의 적호연이 나타날 가능성이었다.

차곡차곡 저력을 쌓아 올리고 한 발 한 발 나아가도 적호연 같은 존재 하나만 나타나면 모든 것을 다 잃고 만다. 이전 토벌에서는 가까스로 명맥을 이었지만 다음에 또 이런 일이 일어난다면 혼원교처럼 진정한 파멸을 맞이하게 될지도 모른다.

흑영신교는 귀혁이라는 위험을 감수하고 나아갈 수밖에 없었다.

그들은 언제까지고 귀혁을 피할 수는 없다는 사실을 알았다. 그와 부딪쳐서 이길 방법을 강구해야 한다.

하지만 그저 무인을 육성하는 것만으로는 도저히 그를 쓰러뜨릴 수 있다는 보장이 없었다. 아무리 많은 대가를 지불하더라도 확실한 결과를 기대할 수 있는 병기를 만들어내야 했다.

2

그곳은 하운국─위진국 국경 지대의 오래된 유적이었다.

아니, 조금 전까지는 그랬다고 하는 것이 정확하다. 귀혁에 의해서 무참하게 파괴되었기 때문이다.

오래전, 이곳에 인간들이 살았던 시절의 유적이었다. 오랜 세월이 흐르는 동안 인간들은 더 이상 이곳에 살지 않게 되었고, 그들이 살았던 흔적은 아무도 찾지 않는 유적이 되어 숲의 식물들에 침식당했다. 그리고 주변에는 요괴들이 들끓어서 아무도 오지 않게 되었다.

세간에는 그렇게 알려져 있었다.

사실 이 유적의 지하에는 흑영신교가 자리 잡고 있었다. 그들은 수십 리 저편부터 땅굴을 파서 지상에는 흔적을 남기지 않은 채로 이곳에 인원과 물자를 이송해 왔다.

귀혁은 수백 리 저편에서 임무를 수행하다가 작전 결행 시각이 되자 곧바로 이곳으로 날아왔다. 흑영신교 입장에서는 마른 하늘에서 날벼락이 떨어진 것이나 다름없는 사태였다.

쿠르릉, 쿠구구구……!

지하 시설이 붕괴하고 있었다.

귀혁은 경공술로 날아오는 기세 그대로 유성처럼 대지를 강타, 지반을 붕괴시키면서 지하로 내려왔다. 그리고 흑영신교도들을 보이는 족족 처치하면서 이 시설의 중심부를 찾았다.

흑영신교도들도 손 놓고 있지는 않았다. 그들은 귀혁이 오는 것을 미리 알고 있었는지 전투태세를 갖추고 있었다.

"대비를 하고 있었던 것 같은데, 어설프구나. 별로 일찍 알아차리지는 못한 모양이군."

하지만 어디까지나 전투를 치를 준비가 되었다는 것이지 귀혁에 대한 대응책이 준비되어 있던 것이 아니다.

꽈광! 꽈아아앙!

시설 곳곳에서 폭발이 일었다.

귀혁은 모든 것을 무공으로 처리하려고 하지 않았다. 허공섭물로 폭발하는 기물을 여기저기 날려 보내서 터뜨리고, 시설 곳곳에서 발동하는 술법을 호부로 막아내면서 전진해 갔다.

무인으로서의 자신감과는 별개로 그는 더없이 합리적인 성품이다. 적을 상대할 때 무공 말고 다른 수단을 동원하는 데 아무런 주저도 없었다.

"여긴가?"

귀혁이 들고 있는 부적이 그가 가야 할 곳을 알려주고 있었다. 이번 작전을 위해 공수해 온 환예마존 이현의 특제품이었다.

'돈을 쓴 보람이 있군.'

환예마존 이현의 술법을 빌리는 대가는 비쌌다. 하지만 그만한 가치가 있었다.

지금 이 순간, 귀혁의 뇌리에는 이 지하 시설의 구조가 입체적으로 그려지고 있었다.

'우리 기물 개발부에서도 이런 물건을 만들었다면 사재를 털일도 없었을 텐데…….'

귀혁은 속으로 혀를 차면서 벽에다 주먹을 내질렀다.

투웅!

둔중한 소리가 울렸지만 벽은 멀쩡했다. 그저 잠시의 시간 차를 두고 저편에서 굉음이 울렸다.

쿠과아아앙…….

고수들이라면 벽을 때려서 그 너머에 충격을 전달하는 정도는 별로 어렵지 않게 해낸다. 정말 기술이 뛰어난 자라면 석판을 수십 개 늘어뜨려 놓고 맨 끝의 판만을 쳐서 충격을 전달, 석판은 하나도 손상시키지 않고 그 너머에서 충격이 폭발하도록 할 수도 있었다.

귀혁이 지금 한 일이 그것의 확장판이었다. 지하 시설의 벽과 두꺼운 지반, 그리고 그 너머의 다른 벽과 통로와 지반들을 뚫고 30장(약 90미터) 너머의 목표 지점까지 충격을 전달한 것이다.

'어떤 놈이 중간에 맞아서 완충제 역할을 한 모양이군. 완전히 무너지지 않았나?'

이현의 부적이 전달하는 입체도에 의하면 귀혁이 무너뜨리려고 했던 통로가 무너지지 않았다. 아무래도 중간에 방어 술법이 장치된 곳이 있었거나 아니면 인간이 지나가면서 충격을 분산시킨 모양이다.

귀혁은 개의치 않고 한 방 더 때려서 붕괴를 일으킨 다음, 다른 지점에도 똑같은 일을 저지르면서 나아갔다.

물론 흑영신교도 그동안 손 놓고 있지 않았다.

통로를 지날 때마다 기관장치가 발동해서 사방에서 칼날이 튀어나오기도 하고, 기환진이 발동하면서 환술이 펼쳐지거나 통로 가득히 화염이 폭발하기도 했다.

하지만 귀혁은 그 모든 것을 유유히 분쇄하면서 나아갔다. 그리고 종종 흑영신교의 무인들이 뛰어들었지만…….

"크악!"

"흐, 흑영신이시여……!"

그의 걸음조차 멈추게 하지 못하고 죽어나갔다.

크르르……!

컹컹!

사악한 술법으로 만들어낸 괴물들도 있었다. 머리가 둘 달린 개도 있었고, 몸 곳곳에 강철을 박아 넣어서 웬만한 무인들을 월등히 능가하는 전투력을 발휘하는 거체의 시귀도 나타났다.

하지만 다들 귀혁 앞에서는 얼마 버티지 못했다.

'도주로는 대충 다 막은 것 같은데, 내가 올 것을 미리 알고 있었다니 이미 중요한 것은 빼돌렸을지도 모르겠군.'

귀혁 역시 이번 작전에서 신녀의 예지가 한두 지점 정도는 따라잡을 수 있다는 사실을 들었다.

하지만 하필이면 그 지점이 자신이 있는 곳이 된다면 매우 불쾌한 일이다. 이번 작전을 위해 그동안 작전을 수행할 때마다 기물 관리부에서 빼돌려서 비축해 둔 물품들을 대량으로 소모한 것은 물론, 이현의 부적과 기물을 사느라 막대한 비용을 지출했는데 헛걸음을 하는 셈이 되지 않는가?

그렇게 나아가던 귀혁은 이 시설의 중심부에 도달했다.

"호오."

그곳에는 한 사람이 그를 기다리고 있었다.

"제법 기개가 있는 녀석이로구나."

몸매를 보건대 여성임을 알 수 있는 이였다. 하지만 얼굴에는 가느다란 초승달이 그려진 새카만 가면을 쓰고 있어서 생김새나 연령을 알 수 없었다.

"흉왕, 네놈을 만나는 날을 고대해 왔다."

신경질적인 여성의 목소리였다. 귀혁이 빙긋 웃으며 물었다.

"그 가면으로 보건대 이번 대의 암월령인가?"

"그렇다."

그녀는 팔대호법 암월령이었다.

3

만약 이 자리에 광세천교의 그림자 교주 만상경과 칠왕인 혼살권 유단이 있었다면 의아해했을 것이다.

그들은 괴령 사건 때 암월령을 만난 적이 있었다. 하지만 그는 여자가 아니라 남자였다.

그 답은 흑영신교 내부의 인사이동이었다.

지금 귀혁의 앞에 선 암월령은 처음부터 암월령이 되기 위해 만들어진 존재다. 그에 비해 이전에 암월령 직위를 맡고 있던 이는 교내에서 순수 배양된 인물로 지금은 그녀에게 자리를 내주고 다른 팔대호법의 빈자리를 채웠다.

"흠."

무시무시한 기파를 뿜어내는 암월령을 본 귀혁이 차갑게 웃었다.

"네놈들이 이곳에서 연구하던 것이 어지간히 중요한가 보구나. 팔대호법인 너를 희생해서라도 그것만은 빼돌려야 할 정도로."

"웃기는군."

암월령이 으르렁거렸다. 동시에 그녀가 전광석화처럼 귀혁을 덮쳤다.

"희생이 아니라 네놈을 쓰러뜨리기 위해 나온 것이다, 흉왕!"

경이로운 속도였다. 돌진력만으로는 형운과 필적하는 수준이다.

하지만 귀혁은 눈 하나 깜짝하지 않았다. 그녀가 돌진을 시작하는 순간, 그의 감극도는 이미 방어 이후까지 준비를 마친 후였다.

투아아앙!

격렬한 충격이 폭발하면서 암월령이 위로 비스듬히 튕겨 나갔다. 천장에 달라붙어서 충격을 최소화시키던 그녀가 급하게 옆으로 날았다.

꽈앙!

순백의 섬광이 그 자리를 관통했다.

암월령은 간담이 서늘해졌다.

'지금 것은 뭐지?'

정보에 없는 기술이었다. 일점 집중된 기공파가 천장에 작은 구멍을 뚫어놓았는데 그 깊이를 알 수가 없었다.

동시에 그녀의 몸을 섬광이 가르고 지나갔다.

"큭······!"

"역시 심상경 대책 정도는 갖추고 있군. 나도 척 보는 순간 알수 있으면 좋을 텐데, 아직 거기까지는 재현을 못 했으니… 쯧쯧."

귀혁이 혀를 차며 손에 들고 있던 뭔가를 던져 버렸다. 암월령은 그것이 날이 사라진 비수라는 사실을 알고 섬뜩해졌다.

'심검(心劍)?'

권사로 유명한 귀혁이 단검으로 심검을 펼친 것이다.

검날을 기화시켜서 암월령을 덮치고, 다시 되돌리지 않아서 검날이 깨끗하게 사라져 버렸다. 불필요한 심력 소모를 하지 않기 위해서 그랬으리라.

'내 호부를 소모시키기 위해 저런 대책을 들고 나온 것인가? 그렇다면 소용없다.'

현재의 암월령은 심상경의 절예를 막기 위해 호부에 의존할 필요가 없다. 물론 굳이 그 사실을 과시할 생각은 없었다. 귀혁이 그녀가 호부에 의존한다고 착각한다면 그 사실을 이용해 주면 그만이다.

그녀가 천장을 박차고, 다시 벽을 박차고, 또 벽을 박차면서 입체적인 궤도로 귀혁에게 뛰어들었다. 귀혁이 그녀의 공격을 막아내는 순간, 무시무시한 공세가 쏟아졌다.

공기가 찢어지는 소리, 육체가 서로 부딪치는 소리라고는 믿을 수 없는 굉음이 연달아 울렸다.

그리고 귀혁이 한 걸음, 두 걸음 후퇴하기 시작했다.

암월령이 귀혁을 수세로 몰고 있었다. 그녀의 움직임이 섬전처럼 가속해 간다.

귀혁이 놀랐다.

'힘은 좀 떨어지지만 속도에서는 형운보다도 위로군. 아무리 마공을 연마했다고 해도 인간의 육체로 가능한 일이 아닐진대, 어떻게 만든 거지? 사령인도 아니거늘.'

게다가 점점 더 빨라지고 있었다. 폭발적으로 가속하는 그녀의 몸에서 광포한 기파가 쏟아지면서 귀혁의 광풍혼을 압박했다.

"역시 전성기보다 신체 능력이 떨어졌군, 흉왕! 네놈의 절예가 통용되지 않는 이곳이 네놈의 무덤이다!"

암월령이 살기를 드러냈다.

아무리 귀혁이 뛰어난 무인이라고 하더라도 결국은 인간이다. 사술로 인간성을 포기하지 않는 한 인간은 육체의 노쇠를 피할 수 없다.

귀혁의 나이도 벌써 76세다. 내공이 심후한 무인의 육체적 전성기가 일반인보다 훨씬 늦게까지 유지된다는 것을 감안해도 노쇠가 일어날 수밖에 없는 시기였다.

암월령은 그 약점을 찌르겠다는 목표로 설계되었다.

비록 아직 완성되지는 않았지만 지금 이 장소에서라면, 그리고 단기전으로 승부를 볼 수 있다면 충분히 쓰러뜨릴 수 있다. 암월령은 승리를 자신했다.

"그렇군."

계속 밀리던 귀혁이 차갑게 웃었다.

······!

동시에 압도적인 의념의 충격파가 암월령의 감각을 덮쳤다.

'만상붕괴(萬象崩壞)?'

절대적인 파괴의 심상을 구현하는 두 기술이 격돌했다. 그 결과 상처 입은 세계가 내지르는 고통의 비명이 압도적인 의념의 충격파가 되어 주변을 휩쓸었다.

쾅!

만상붕괴 속에서 귀혁의 일권이 암월령의 몸통에 꽂히며 굉음이 울렸다.

대각선으로 튕겨 올라간 암월령이 천장에 처박히는 순간, 귀혁이 허공에 일권을 때렸다. 폭음이 연달아 울려 퍼지며 그녀를 천장 속으로 처박았다.

'이, 이건 대체?'

암월령은 정신을 차릴 수가 없었다.

만상붕괴 때문에 아주 잠깐 주춤했을 뿐인데 상황이 완전히 반전되었다. 도대체 무슨 수를 썼는지도 모르도록 은밀하게 만상붕괴를 일으킨 귀혁은 아무 일도 없다는 듯 자연스럽게 행동을 이어가고 있었다.

쾅! 쾅! 콰콰쾅!

그리고 귀혁이 쏟아내는 무형의 기공파가 암월령을 천장 깊숙이 처박았다. 한 번 맞을 때마다 1척(약 30센티) 이상은 천장 속으로 파고들어 가는 것 같았다.

이상한 것은 기공파의 질이었다. 몸이 돌벽을 두부처럼 푹푹 뚫고 들어가고 있는데 전신을 짓누르는 육중한 무게감은 느껴져도 몸이 부서질 것 같은 충격은 없었다.

―중압진(重壓陣) 극압타(極壓打)!

요즘 만나는 놈들마다 중압진 무력화 대책을 들고 나와서 짜증 난 귀혁이 새로 개발한 기술이었다.

자신의 몸 주변에만 중압진을 얇게 펼쳐두고 있다가 일점에 집중해서 쏘아낸다. 이것이 격중하면 상대의 전신에 중압진에 걸린 것과 같은, 아니, 그것을 극도로 압축한 부하가 걸리게 된다.

이 효과에 귀혁의 신묘한 제어력이 더해지게 되면 표적을 바닥이나 천장에 저런 식으로 꽂아버리는 것도 가능해지는 것이다.

"건방지게 주둥이를 잘도 놀리던데, 네가 믿고 있는 패가 몇 개나 되는지 하나씩 벗겨보자꾸나."

사납게 웃는 귀혁을 보는 순간 암월령은 등골이 오싹해졌다.

그리고 섬광이 폭발했다.

'……!'

일순간 암월령의 감각이 망가졌다.

아니, 기능 자체는 하고 있지만 모든 것이 엉망진창이었다. 사방팔방이 섬광으로 가득해서 위와 아래조차도 분간이 가지 않았다.

'무슨 일이 벌어진 거지?'

경악하는 암월령 앞에 불쑥 귀혁이 나타났다. 그리고 그녀가 미처 대응하기도 전에 일권을 갈겼다.

쾅!

머리를 피한 것은 요행이었다. 무시무시한 반응 속도가 없었다면 정통으로 격타당했으리라.

하지만 귀혁은 그녀가 피할 것을 이미 예측하고 있었다. 이어지는 공격이 몸통에 꽂히면서, 지금까지는 귀혁의 타격을 버텨냈던 육체가 폭발하듯 터져 나갔다.

"커어, 억……!"

암월령이 휘몰아치는 섬광을 뚫고 바깥에 처박혔다.

그 위로 귀혁이 서서히 날아오고 있었다. 얼핏 보면 여유를 부리는 것 같았지만 아니었다. 방금 전의 공격에 힘을 많이 써서 느릿느릿하게 심호흡하면서 진기를 회복하고 있었다.

물론 회복되기까지는 얼마 걸리지 않는다. 체내의 기심들이 요동치면서 비어버린 기맥을 금세 가득 채웠다.

암월령이 전율했다.

'이럴 수가.'

섬광이 스러지면서 주변 풍경이 드러났다.

귀혁과 그녀는 밖으로 나와 있었다. 그리고 섬광이 휘몰아치던 자리에는, 지상에 있던 유적 대신 거대한 구멍이 자리했다.

'심상경의 절예로 위를 전부 도려내 버린 것인가?'

귀혁은 무극의 권을 일점 집중해서 펼치는 대신 넓은 범위에 펼쳤다. 그 결과 그들이 있던 지하 시설과 지상 사이에 존재하던 지반이 통째로 기화해서 사라져 버렸다.

전율스러운 대파괴였다. 그런데 그 여파가 고작해야 섬광이 좀 휘몰아치고 마는 것이라니?

'이런 말도 안 되는 일이⋯⋯.'

암월령의 마음속에서 두려움이 일어났다.

대업을 위해서라면 자신의 목숨 따위 초개같이 바칠 수 있다. 그런 각오가 서 있는 그녀이건만 자신이, 그리고 자신을 만들어 내기 위해 혹영신교가 퍼부은 노력이 아무짝에도 쓸모없었을지도 모른다는 생각이 두려움을 불러일으키고 있었다.

귀혁이 말했다.

"시설의 기환진을 치워 버렸다. 네게 이어진 힘의 흐름도 반쯤은 날아간 것 같구나. 그리고 남은 것은 그 몸뚱이냐?"

"휴, 흉왕⋯⋯!"

몸을 일으키는 암월령의 육신이 급속도로 재생되고 있었다.

아니, 정확히는 재생이 아니라 변이라고 해야 옳을 것이다.

부서진 몸통에서 검은 괴물의 촉수가 튀어나오고, 떨어져 나간 팔의 연결부에서 개의 머리통 같은 것이 튀어나와서 꿈틀거렸다.

흉측하고 기괴한 모습이었지만 귀혁은 눈 하나 깜짝하지 않았다.

쾅!

폭음이 울리며 암월령의 몸이 뒤흔들렸다.

격공의 기가 연달아 그녀를 덮쳤지만 견고한 호신장막이 막아냈다. 엄청나게 힘의 낭비가 심한 방식이었지만, 그 낭비를 감당할 여력만 있다면 무적의 방어 기술이기도 했다.

"혼원교의 방식인가 했더니 아니군. 백마(百魔)를 참고해서 만든 거냐? 역시 다채로운 방식으로 천인공노할 상상력을 발휘하는구나. 아주 감탄스러울 지경이야."

하지만 귀혁은 놀라거나 난감해하는 대신 미소 지을 뿐이었다.

쾅!

암월령의 머리가 뒤로 휙 젖혀졌다.

'어, 어떻게……?'

기공과 술법, 양쪽을 융합해서 만든 호신장막을 뚫고 격공의 기가 도달하다니. 어떻게 이럴 수가 있는가?

귀혁이 한 걸음 내디뎠다.

"무인의 모든 경험은 연결되어 있다. 그러나 한 영역을 도약할 때마다 어쩔 수 없는 단절이 일어나지. 위와 아래로 분류된 영역이 서로를 보완하지만 동시에 분명한 단절이 존재하는 것이다. 왜일까?"

대답할 수 있을 리가 없었다. 귀혁이 한 걸음 내디딜 때마다 격공의 기가 호신장막을 넘어서 암월령을 두들겨 댔으니까. 암월령은 경이로운 반응 속도와 격공의 기에 의존해서 대응했지만 반 이상을 격중당하고 있었다.

그렇기에 대답한 것은 그녀가 아닌 다른 누군가였다.

"애당초 둘이 별개이기 때문이겠지."

귀혁이 고개를 돌려 목소리가 들려온 곳을 바라보았다.

"흠. 딱히 가르치려고 한 말은 아니었는데, 학생이 될 의욕이 있는 놈이 있었느냐?"

새카만 옷을 입은 세 명의 청년이 걸어오고 있었다.

4

흑영신교의 신녀는 이곳에 귀혁이 온다는 사실을 예지했다.

그러나 주어진 시간이 너무 짧았다. 연구 성과를 빼돌리기에는 너무나도 부족했다.

문제는 이곳에는 절대 잃어서는 안 되는 것이 두 가지나 있다는 점이었다.

사실 형운이 덮친 강주성의 지하 시설 역시 잃어서는 안 된다는 점은 마찬가지였다. 하지만 신녀는 둘 중 하나를 선택해야만 하는 상황에 몰렸고, 그녀의 예지를 들은 교주가 결단을 내렸다.

형운과 싸운 암운령은 마지막 순간, 자신이 보다 중요한 것을 지키기 위해 버려졌다는 사실을 알았다. 자신의 죽음이 흑영신교의 전략을 지키기 위한 뼈아픈 손실임을 알게 된 그는 의연하게 죽음을 받아들일 수 있었다.

그리고 그를 버렸기에 흑영신교는 귀혁을 막기 위한 준비를 할 수 있었다.

암월령은 아직 미완성인 채로 귀혁과 맞섰다. 이 시점에서 그녀가 믿는 구석은 두 가지였다.

첫 번째는 그녀의 특성이다.

사대마 중 하나인 백마를 참고 삼아 만들어낸 육신은 흑영신교의 비술로 막대한 힘을 담을 수 있었다. 이 시설에 비축되어 있던, 술법을 가동하기 위한 기운에 교도들이 자신들의 목숨을 연료 삼아 뽑아낸 선천진기까지 전달받음으로써 일시적으로 9심 내공을 지닌 귀혁을 능가하는 신체 능력과 기운을 얻었다.

두 번째는 시설의 기환진이 발하는 술법을 전부 그녀를 위한 방어 술법으로 돌렸다는 점이다.

어지간한 공격은 전부 술법이 방어해 주고, 심상경의 절예를 맞았을 때 기화하는 것조차 막을 수 있는 것이다. 귀혁은 이쪽의 공격을 전부 신경 써서 방어해야 하는데 이쪽은 반쯤 방어에서 신경을 끄고 공격에만 전념할 수 있으니 충분히 승산이 있으리라 보았다.

하지만 그것이 어림도 없는 망상이었음이 밝혀졌다.

귀혁은 짧은 교전만으로 그녀가 믿는 구석을 알아보았다. 그리고 기환진과 시설 그 자체를 파괴함으로써 전력을 깎아내 버렸다.

'완성되기 전까지는, 아니, 설령 완성된다고 하더라도 모든 조건이 갖춰지지 않으면 무리다.'

암월령은 귀혁의 무력에 전율했다.

과거에 암천령이 혼원의 마수가 되어 귀혁과 맞섰을 때, 흑영신교는 많은 정보를 얻을 수 있었다. 비록 귀혁이 천단을 펼치는 바람에 반쪽짜리 정보가 되기는 했지만 기존의 정보에 추측을 더해 그럭저럭 현재의 무위를 상정해 냈다.

하지만 귀혁은 그로부터 채 2년도 안 되는 시간 동안 예상을 초월하는 진보를 이루었다.

'요즘 자극이 좀 많다 보니 아주 즐겁군.'

귀혁은 꽤 오랫동안 자신의 목숨을 위협하는 적수를 만나지 못했다. 이전에 만난 강적들이 더욱 발전할 것을 알기에 언제나 최선을 다했지만, 역시 당장 눈앞에서 위협이 닥쳐오는 것과는 자극의 정도가 다르게 마련이다.

그런데 요 몇 년간 연속적으로 위기감을 고양시킬 만한 일들을 만났다.

혼원의 마수로 화한 암천령은 그동안 쌓아온 기술을 아낌없이 쏟아내기에 적절한 상대였다.

그리고 형운에 이어 일월성신을 이룬 유명후는 실로 오랜만에 만나는, 혼자서 쓰러뜨릴 수 있다는 확신이 안 들 정도로 강대한 위협이었다.

이 위협들이, 그리고 제자인 형운의 놀라운 발전이 귀혁을 자극했다.

이런 경험들을 통해 귀혁은 무학자로서, 무인으로서 더없이 큰 영감을 얻어서 진보할 수 있는 추진력을 얻었다.

'이놈의 완성품과 싸워보지 못한다는 것이 아쉽군. 또 뭘 개선해야 할지 알 수 있는 기회였을 텐데.'

귀혁은 암월령이 미완성품임을 알아보았다.

애당초 흑영신교는 암천령을 통해 귀혁을 상대하기 위한 답을, 나윤극과 이자령이 증명한 방식을 보여준 바 있다. 그런데 암월령에게서는 그 답을 구현할 방도가 보이지 않았다. 아마 모든 것이 갖춰진 상태였다면 지금보다는 훨씬 무서운 적이리라.

검은 옷의 청년들이 말했다.

"기감을 갖지 못한 자가 신체를 움직이는 감각은, 분명 기감을 가진 자가 기공을 다루는 감각과 연결되어 있다."

"동시에 그 둘은 완전히 별개이기도 하지. 신체를 움직이는 감각을 연마한다고 해서 기공을 다루는 감각이 뛰어나지지 않는다. 그 역도 성립하지 않고."

"기공과 심상경 역시 같은 관계일 터. 마치 수면에 비친 자신의 모습과도 같다. 지금의 자신이 투영되니 연결성이 존재하지만, 본질적으로는 단절되어 있지."

세 청년이 마치 한 사람인 것처럼 똑같은 말투로 이어서 말했다.

"흉왕, 그대가 그런 이야기를 한 맥락은 아마도 심상경에 도달했다 해도 기공은 별개로 발전시켜야 하는 영역이라는 의미였을 터. 방금 전 그대가 보여준 것이야말로 진정한 격공의 기라 할 만하도다."

호신장막뿐만 아니라 방어 술법마저 넘어서 표적을 친다. 어떤 의미에서는 심상경의 절예보다도 더 격공(隔空)이라는 의미를 뛰어나게 구현한 결과물이라고 할 수 있었다.

"실로 놀랍구나. 역시 무학이란 아무리 파도 끝이 없어."

온통 새카만 옷을 입은 그들은 얼핏 보면 세쌍둥이처럼 보였다. 하지만 체격과 연령, 인상이 비슷한 자들을 머리를 박박 깎아놔서 그렇지 잘 보면 금세 다른 인물임을 알아볼 수 있었다.

"하나의 심령으로 통제되고 있는 인형들이로구나. 누구냐?"

귀혁이 묻는 순간, 상처를 재생한 암월령이 뒤쪽에서 달려들었다.

쾅!

하지만 귀혁은 가뿐하게 그녀를 붙잡으며 일권을 먹이고 그대로 땅에 처박았다.

"크악……!"

암월령이 비명을 토했다.

귀혁이 시설의 일부를 날려 버리면서 그녀의 힘은 격감했다. 그 점은 신체 능력도 마찬가지라서 귀혁의 허를 찌르기에는 많이 부족했다.

귀혁은 그대로 그녀를 밟아서 끝장을 내려고 했다. 하지만 순간 섬뜩한 감각이 덮쳐왔다.

우우우우……!

세 청년의 몸을 휘감은 검은 기운이 점점 강해지기 시작했다. 기감을 파열시킬 듯한 감각에 귀혁이 주춤하는 순간, 암월령이 밑에서 일장을 날렸다. 그리고 귀혁이 그것을 회피하는 틈을 타서 몸을 뺐다.

암월령이 다급하게 외쳤다.

"아, 안 됩니다! 교주님! 여기서 그 인형들을 소모해 버리면……!"

"도구는 쓰기 위해 만들어진 것이다. 아무리 귀한 가치를 지니고 있다고 해도 쓰지 않고 모셔놓기만 해서야 의미가 없지. 암월령, 네가 죽어야 할 곳은 이곳이 아니니라."

"누군가 했더니 애송이 교주였군."

귀혁이 심드렁한 표정으로 세 청년, 아니, 교주의 인형들을 바라보았다.

교주가 직접 나왔다면 모를까, 원격으로 조종하고 있는 인형 따위는 봐도 별로 감흥이 없었다. 교주와 암월령의 태도를 보니 저 인형 자체가 굉장히 귀한 자원인 것 같기는 하지만 그의 입장에서는 흑영신교가 공들여서 만든 비밀 병기인, 여기서 놓치면 다음에는 훨씬 강해져서 나타날 암월령을 잡는 쪽이 더 이득이었다.

'하지만 그렇게는 안 될 모양이군.'

귀혁은 분루를 삼키며 도주하는 암월령을 잡지 않았다. 교주의 심령을 담은 세 인형이 발하는 기운이 실로 무시무시했기 때문에 허점을 보일 수 없었다.

"모처럼 사재까지 털어가면서 임한 전투이거늘, 짜증 나게 하는구나. 이래서야 제자를 볼 면목이 없지 않느냐?"

"그대가 사재를 얼마나 털었는지는 모르겠지만 우리가 털린 것에 비할 바는 못 될 것 같구나. 흉왕이여, 너무 성급하게 굴지 말아다오. 그대야 선대의 나를 충분히 봐왔겠지만 이번의 나는 그대를 만나는 것이 처음이니. 내가 이 순간을 얼마나 고대해 왔는지 그대는 상상도 못 할 것이다."

똑같이 웃는 세 인형을 섬광이 가르고 지나갔다. 귀혁이 또다시 비수를 꺼내서 심검을 펼친 것이다.

"음……!"

교주의 인형들이 신음했다.

"마계에 한 발짝 걸쳐 있군. 거기에 호부까지 더하면 그럭저럭 내 공격도 막아낼 수 있다 이거냐?"

차갑게 웃은 귀혁이 격공의 기를 발했다.

지금 교주의 인형은 물질로 이루어진 현계와 흑영신의 가호를 받는 마계의 영역 그 경계에 걸쳐 있다. 일반적인 공격으로는 간섭 그 자체가 불가능한 상태다.

투학!

그런데 귀혁의 격공의 기가 인형을 타격했다. 아슬아슬하게 팔을 들어 막아낸 인형을 보며 귀혁이 고개를 갸우뚱했다.

"약간 시간 차가 생기는 것까지는 어쩔 수 없나? 두 세계 간의 경계라 내가 인식하는 것보다 거리감이 뒤틀려 있군."

"하하하. 정말 놀랍구나. 이 상태의 내게 심상경의 절예도 아닌 공격으로 타격을……."

펑!

폭음이 울렸다. 귀혁은 이번에는 격공의 기가 아닌 기공파를 쏘아서 교주를 때렸다.

광세천교가 진 일월성단을 노리고 쳐들어왔을 때, 풍성 초후적이 그림자 교주 만상경을 상대로 보여준 것과 같은 수법이었다. 현계와 마계, 그리고 그 경계를 이루는 기의 질까지 이해함으로써 이런 일이 가능했다.

"분명히 말했다. 나는 그대를 만나기를 고대해 왔노라고. 우리가 한 하늘을 이고 살 수 없는 적이라 하나 귀중한 기회를 만났으니 대화 정도는 나눌 수 있지 않겠느냐?"

폭발 너머에서 교주가 노기 띤 목소리로 말했다. 그리고 흩어지는 섬광 사이에서 드러난 모습은 더 이상 조금 전의 인형 셋이 아니었다.

긴 검은 머리칼에 옥을 다듬어놓은 듯한 귀공자의 풍모를 지닌 청년만이 그 자리에 홀로 서 있었다.

5

귀혁이 조금 놀란 기색을 보였다.

"호오. 이건 또 무슨 재주인지 모르겠군. 환술도 아닌데……"

사실 모습이 변한 것 자체는 놀랍지 않다. 셋이 하나가 된 것도 이해할 수 없는 일은 아니다.

하지만 그 과정은 놀라웠다.

'셋을 기화시켜서 하나로 육화시킨 것 같군. 게다가 이놈이 발하는 기파를 보니……'

귀혁은 흑영신교주를 차분하게 살폈다.

교주의 걸음걸이가 이상했다. 아주 당당하게 걷고 있는데 그 발에 밟힌 땅의 반응이 너무 가벼웠다.

'경공을 쓰고 있는 것도 아닌데, 크기에 비해 체중이 가벼운 건가?'

귀혁은 의문의 답을 얻기 위해 실험에 나섰다. 그의 광풍혼에서 한 발의 섬광이 날아가 교주를 덮쳤다.

교주는 걸음을 멈추지도 않고 파리를 쫓듯 손을 내저어 그것을 튕겨내고는 고개를 갸웃했다.

"이건 무슨 수작인가? 그대가 하는 일이니 뭔가 깊은 뜻이 있을 것 같은데."

"흠, 이 정도로는 잘 모르겠군."

귀혁도 고개를 갸웃했다. 그러나 곧 그가 미끄러지는 듯한 움직임으로 교주를 급습했다.

굉음이 울려 퍼졌다. 원근감을 무너뜨리면서 다가온 귀혁의 공격을 교주가 받아치자 물 흐르는 듯한, 그러나 너무나도 격렬한 공방이 이어졌다.

자신의 공격을 잘 받아내는 교주를 보며 귀혁이 차갑게 웃었다.

"그렇군."

"뭔가 알았느냐?"

"네놈, 현계에만 존재하는 게 아니구나. 이런 짓도 할 수 있었군."

귀혁이 공격을 가하는 척하다가 뒤로 물러났다. 교주는 쫓아오지 않고 말했다.

"이쯤 되면 천기를 읽는 능력이 있는 게 아닌가 의심스러울 정도의 통찰력이로다."

"그 정도 읽어낸 것 갖고 말이냐? 기준치가 아주 낮은 녀석이로고. 아마 무식한 내 제자도 알아볼 수 있을 게다. 아, 하긴 애송이 교주 네놈은 내 제자랑 놀 수준이니 이해해야겠구나."

귀혁의 조롱에 교주가 쓴웃음을 지었다. 형운에게 한 번 패했고, 그 후에도 치명적인 타격을 입은 몸이다 보니 반박할 말이 궁했다.

교주는 현계와 마계, 그리고 그 경계에 동시에 걸쳐 있었다.

세 개의 육신이 하나로 합쳐진 것이 아니다. 교주의 모습으로 변화하면서 세 개의 세계에, 동일한 위치에 겹쳐 있는 것이다.

그 결과 현계에서 받는 타격은 3분의 1로 분산된다.

그에 비해 마계에서 받는 흑영신의 가호가 현계로 이어지면서 공격의 위력은 현격하게 증폭된다.

"선대 교주도 못 하던 짓인데 그걸 원격 조종하는 인형으로 구현하다니, 아마 그 인형 자체가 그걸 위해서 만들어졌겠구나. 지금까지 본 추악한 연구의 산물들하고는 궤가 다른 것을 보니 토벌 전부터 갖고 있던 네놈들의 보물이겠지?"

"하하하. 정말 명불허전이로구나, 흉왕이여."

마치 흑영신교의 기밀문서를 읽어보기라도 한 것처럼 정확하게 진실을 통찰하니 기가 찼다.

귀혁이 말을 이었다.

"애써서 부술 가치가 있는 물건이로구나. 어디 네놈이 선대 교주를 얼마나 따라잡았는지 채점해 주마."

"이것 참. 나는 그대와 나누고 싶은 말이 많은데 정말 너무하는구나."

"원한을 불사르며 달려들어도 모자랄 판에 뭐 그렇게 말을 하고 싶어 하는 게냐?"

귀혁이 심드렁하게 말하며 공격을 가하는 순간, 교주가 말했다.

"성운을 먹는 자."

그 말에 귀혁이 멈칫했다.

교주가 빙긋 웃었다.

"나는 알고 싶었다. 그대의 일맥이 추구해 온 원본과 우리의 해석이 어떻게 다른지."

"그러고 보니 네놈이 형운에게 그런 이야기를 했었지."

"흥미가 동하지 않는가? 이 정도면 그대의 천금보다 비싼 대화의 시간을 사기에 괜찮은 화제가 아닐까 싶다만."

"선대는 말재주가 별로 없었는데 네놈은 아주 혀가 기름칠을 한 듯 잘 굴러가는구나."

"어떤가? 나는 그대에게 진실을 말할 것을 흑영신의 이름으로 맹세하마."

"내가 진실을 말하는지는 판가름할 수 있겠느냐?"

"지금의 내가 어떤 상태인지 정도는 알아보았을 것이라 생각한다."

"흠……."

귀혁이 눈을 가늘게 떴다.

교주의 상태는 현계와 마계, 그리고 그 경계에 동시에 존재하는 것만이 아니었다. 귀혁이 한번 경험해 본 느낌이 강하게 경고해 오고 있었다.

'원격으로 조종하는 인형에 강신(降神)까지 할 수 있다니 술법에 있어서는 이미 선대를 뛰어넘었군.'

흑영신의 가호를 끌어내는 정도를 넘어서 아예 신위(神威)의 일부를 자신의 몸에 강림시켰다.

천계의 높은 곳에서 천기를 다투는 흑영신의 신위는 인간의 상상을 초월할 정도로 거대한 것이다. 천계의 낮은 곳, 혹은 현계에 속한 신들이라면 강신은 곧 그 육신이 신격화한다는 의미다. 형운이 암해의 신에게 몸을 내줬을 때 그랬던 것처럼.

하지만 흑영신 정도로 거대한 존재의 신격이 이 세상에 온전히 강림한다면 그것만으로도 세상이 격변한다. 설령 아주 찰나에 불과할지라도 세상에는 돌이킬 수 없는 상흔이 새겨지리라.

그렇기에 지금 교주가 강림시킨 것은 흑영신의 신위의 극히 일부에 불과했다.

'이런 상태를 길게 유지할 수 있을 리가 없는데, 그런 우위를 포기하더라도 내게 답을 듣길 원한다는 건가?'

귀혁은 빠르게 손익을 계산해 보았다.

교주가 목표하던 '성운을 먹는 자'의 의미가 궁금하기도 했지만 그 이상으로 이 대화는 그에게 이익이 컸다.

어차피 암월령은 놓쳤다. 아마 이 시설의 주요 연구 성과도 빼돌렸을 것이다.

'혼마가 나를 비웃을 것을 생각하니 마음이 아프군.'

귀혁은 속으로 혀를 찼다.

어쨌든 지금의 교주는 상당히 강력한 존재일 것이다. 겉으로 뿜어져 나오는 어마어마한 기파만 봐도 알 수 있었다. 아마도 단기전에 특화되어 있을 테니 방어에 치중하면서 시간을 끌기만 해도 승리하겠지만, 그것도 쉬운 일은 아니리라.

그렇다고 하더라도 저것이 교주의 본신이면 쳐서 쓰러뜨리는 쪽을 택했을 것이다. 하지만 본신도 아니고 인형으로 구현된 분신을 상대로 위험을 감수해 봤자 이득이 없다. 아니, 이쪽이 밑천을 드러내면 저쪽이 총력을 기울여서 분석하고 대응 방안을 세운다는 점을 고려하면 손해였다.

"설마 마교 놈들의 수괴와 이런 대화를 나누게 될 줄은 몰랐군."

귀혁은 못마땅한 표정으로 투덜거렸다.

6

성운을 먹는 자.

그것은 5대에 걸쳐서, 아니, 이제는 서하령까지 6대에 걸쳐서 이어진 일맥의 이름이다. 그리고 그들이 추구하는 숙원이기도 했다.

'성존의 숙원에 종지부를 찍는다.'

인류에게 있어 성존은 진리의 선도자인 동시에 예정된 파멸이었다.

그는 1300여 년 전에 한 번 그랬듯이 언젠가는 또다시 이 세상의 파멸을 불러올 것이다. 한 번 전적이 있는 데다가 여전히 같은 숙원을 추구하고 있으니 필연적인 결과였다.

즉 별의 수호자는 세상의 파멸을 담보로 부흥하고 있는 것이나 다름없었다.

성운을 먹는 자 일맥의 시조는 이 상황을 방관할 수 없다고 생각했다.

'성존이 주는 것으로 부흥한 자들 중 누군가는 그에 대해서 책임을 져야 하지 않겠는가?'

그는 그런 사명감으로 성존에게, 그의 숙원에 도전했다. 그러나 어림도 없는 실패를 맛봤을 뿐, 말년에 이르러서도 해결 가능성을 찾아낼 수 없었다.

대신 자신의 뜻을 이어받을 후계자를 찾아낼 수는 있었다.

그렇게 성운을 먹는 자 일맥의 업은 대를 이어 계승되었다. 매번 다른 분야의 전문성을 지닌 존재가 일맥을 계승하기를 거듭해 온 그들은 어떤 일맥보다도 폭넓으면서도 오로지 성존의 숙원을 끝내겠다는 목적 한 가지에 특화된 발전을 이루어왔다.

그리고 그 발전은 최강의 신체를 만드는 것으로 이어졌다.

'세상을 담을 그릇을 만들어내야 한다.'

그 터무니없는 목표를 이루기 위해 노력한 그들은 마침내 안정적으로 9심 내공을 이룰 방법을 찾아냈고, 귀혁은 그 성과의 산증인이었다.

물론 여기에는 육체의 주인이 그 성과를 이해하고 활용할 수 있어야 한다는 조건이 따라붙지만, 역대 성운을 먹는 자 일맥의 계승자들은 하나같이 타의 추종을 불허하는 천재들이었다. 그것은 6대 계승자로 선택된 서하령 역시 마찬가지였다.

　그리고 이번 대에 와서 이 일맥은 기대를 초월하는 성과를 이루게 된다.

　바로 형운의 존재였다.

　일맥의 계승자와 성과가 분리되었기는 했지만, 형운은 분명 성운을 먹는 자 일맥이 만들어낸 최고의 작품이었다. 그리고 지금 이 순간에도 실시간으로 그 완성도가 높아지고 있었다.

　'너무 높아져서 문제라는 게 우습지만.'

　형운의 발전 속도는 귀혁의 예상을 한참 상회하고 있었다. 일월성신을 이루는 것도 너무 빨랐고, 그 이후 예상치 못한 변화를 너무 많이 겪었다. 그리고 그렇게 해서 얻은 것이 귀혁의 기대치를 한참 상회하고 있었다.

　보통 이론을 세워놓고 실현하는 과정에서 오차가 발생하는 것이야 당연한 일이다. 그것이 기대보다 더 좋은 성과를 거두었다면 기뻐해야 마땅했다.

　그런데 형운의 경우는 좋아도 너무 좋아서 문제였다.

　귀혁이 세운 이론과 현실의 괴리가 너무 커서 계획이 따라갈 수가 없게 되었다.

　차라리 성과가 나빴다면 보완할 방법을 생각하면 되었을 것이다. 하지만 계획에서 상정한 어떤 경우보다도 압도적으로 좋다 보니 도대체 어떻게 해야 할지 막막해져 버렸다.

한동안 귀혁은 형운을 지켜보고 방법을 궁리하는 것 말고는 할 수 있는 일이 없었다. 물론 무공 스승으로서야 해줄 일이 많았지만 성운을 먹는 자 일맥의 계승자로서는 그랬다.

물론 손 놓고 지켜보기만 한 것은 아니었다.

일단 그동안의 연구 성과를 제자단에게 적용했다. 형운과 달리 다른 제자들의 성장은 예상 범주를 벗어나지 않았기에 안정적인 자료를 얻을 수 있었다.

그리고 이정운 장로에게 협력을 부탁했다. 천공지체 연구에서 형운이 협력하는 부분에는 귀혁의 의도가 깊게 반영되어 있었다.

이런 일들을 진행시키는 한편, 한동안 형운을 관찰하며 연구를 계속한 귀혁은 자신의 육체를 한 차례 더 개조하는 작업에 들어갔다. 그리고 최근에 와서 만족스러운 성과를 거두었으며, 형운을 위한 새로운 계획을 확립할 수 있었다.

물론 이런 사실은 흑영신교에게 드러내서는 안 되는 것이었다.

지금 이 순간 흑영신교주에게 말해주는 것은 그의 일맥이 추구하는 성운을 먹는 자의 참뜻뿐이었다.

7

"…그랬군."

귀혁의 설명을 들은 흑영신교주가 고개를 끄덕였다.

성운을 먹는 자 일맥은 별의 수호자 내에서도 비밀스러운 일맥이다. 딱히 외부와 협력해서 연구를 진행하는 일이 없다 보니 알려진 정보가 거의 없었다.

당연히 흑영신교에서는 그에 대해서 추측할 수 있었을 뿐이다. 그리고 흑영신교주는 비로소 자신들이 추구한 목표가 원본과는 전혀 달랐다는 사실을 알게 되었다.

"하하하. 언뜻 비슷한 것 같지만 완전히 다른 지점을 향해 달리고 있었구나. 마치 수면에 비친 달을 진짜로 알고 돌격한 기분이로다."

"상당히 얼간이 같은 짓을 하고 있었나 보구나."

"그렇지는 않다. 다만 그대의 설명을 들으니, 그대의 일맥에 비해서 우리의 해석은 예상외로 작은 목표를 노리고 있었다는 것을 알게 되었을 뿐이다."

쓴웃음을 지은 교주가 말을 이었다.

"흉왕이여, 그대는 제자를 통해 우리가 목표를 이루기 위해 한 행동을 알았겠지."

"광세천의 주구들과 네놈들이 상당히 비슷한 짓을 하고 있었지."

광세천교는 별 부스러기들을 살해, 그들에게 담긴 별의 조각들을 모아 광요라는 그릇에 담음으로써 원본을 능가하는 성운의 기재 모사품을 만들고자 했다.

흑영신교는 성운의 기재들을 살해, 그들에게 담긴 별의 조각들을 모아 교주라는 그릇에 담음으로써 무언가를 노리고 있었다.

"우리는 성운의 기재들이 태어나는 이유가 세상이 운명의 기로에 서기 때문이라고 해석했다."

성운의 기재들을 역사의 갈림길에서 그 방향을 결정할 수 있는 힘, 즉 천명을 받은 존재라고 본 것이다.

성운의 기재가 여럿인 이유는 간단했다. 인간은 모래알처럼 많고 그 의지 역시 제각각이기 때문이다. 저 아득한 하늘에서 많은 존재들이 천기를 두고 다투듯이, 설령 하늘이 천명을 내리더라도 인세의 일은 결국 인간의 손에 달린 것이다.

"그 천명은 하나로 모였을 때 비로소 별의 운명을 바꿀 기적이 될 것이다."

성운을 먹는 자에 대해서 탐색하던 흑영신교는, 그것이 성운의 기재들에게 주어진 별의 힘을 하나로 모아 세상의 운명을 바꿀 존재를 가리키는 말이라는 결론에 도달했다.

즉 동세대의 성운의 기재들이 나눠 가진 별의 조각을 하나로 모으면 그 시대의 운명을 결정할 수 있는, 천기를 주도할 수 있는 존재가 될 수 있으리라 보았던 것이다.

원본과는 전혀 다른 해석이었고, 원본을 알지도 못했지만 흑영신교는 자신들의 해석을 믿어 의심치 않았다. 왜냐하면 그것은 인간의 머리에서 나온 것이 아니라 흑영신의 신탁이었으니까.

귀혁이 고개를 끄덕였다.

"제법 그럴싸한 해석이로구나. 딱 네놈들 입맛에 맞기도 했겠고."

그 시대의 운명을 좌우하는 단 한 명의 절대자를 탄생시키겠다.

대단한 야심이라고 할 수 있을 것이다.

그러나 세상의 존망을 건 싸움을 하고 있는 성운을 먹는 자 일맥의 목표에 비하면 작은 목표였다.

"하지만 아무래도 그 그럴싸한 계획은 형운의 손에 망가졌겠지. 네놈들의 행보를 보니 이미 실패라고 확정을 지은 것 같구나."

"그대의 입으로 들으니 마음이 아프구나."

허탈하게 웃는 교주는 굳이 그 사실을 부정하지 않았다. 정말 인간인지 의심스러울 정도로 무서운 통찰력을 발휘하는 귀혁을 어설프게 속이려고 해봤자 망신만 당할 것이라 여겼기 때문이었다.

"그럼……."

교주가 한 걸음 나섰다.

"개인적으로는 가능한 한 그대와 많은 대화를 나누고 싶지만 워낙 거절을 많이 당하다 보니 더 이야기하자고 할 용기가 나지 않는구나. 남은 시간에는 선대의 치욕을 갚아보겠다."

"그것참……."

귀혁이 차갑게 웃었다.

동시에 교주의 앞쪽에서 폭음이 울렸다. 아무런 조짐도 없이 격공의 기가 그를 강타한 것이다.

"큭……!"

교주의 몸이 흔들렸다.

직격당하지는 않았다. 강신 상태의 그는 영적인 감각이 더없이 활성화되어 있어서 자신에게 향한 위협을 예지에 가깝게 간

파할 수 있었다.

하지만 그런데도 완전히 막아내지 못했다. 귀혁의 공격이 그가 방어를 위해 펼친 격공의 기를 타 넘듯이 타격을 가했기 때문이다.

"호오, 성운의 기재 중에서도 최고의 잠재력을 가졌다더니 발전 속도가 놀랍군. 격공의 기까지는 이미 습득했느냐?"

"그것만이라고 여긴다면 섭섭하느니!"

곧바로 덮쳐온 귀혁의 공격을 막아내는 교주의 몸에서 검은 불줄기가 일었다.

퍼엉! 퍼퍼퍼펑!

마계의 기운을 모아 쏘아내는 저주의 술법이 연달아 폭발, 새카만 파동이 압도적인 화력으로 주변을 휩쓸었다. 귀혁이 주춤하는 순간 교주가 흑염 그 자체가 되어 귀혁을 관통했다.

"제법이구나."

교주가 무극의 권으로 공격해 왔는데도 귀혁은 조금도 동요하지 않았다. 거의 손실 없이 가뿐하게 받아넘겼다.

성운의 기재, 그것도 역대 최강의 잠재력을 지녔다고 하는 존재다. 형운과 같은 나이에 심상경에 도달했다고 해서 놀랄 이유가 없었다.

'전 세대 성운의 기재와 거의 비슷한 시점이군. 기록에 따르면 역대 교주들은 심상경에 도달하는 속도가 다들 비정상적으로 빨랐다고 하던데, 역시 흑영신과의 영적인 연결이 영향을 미치는 것인가? 하령이에게 알려주면 분해할지도 모르겠어.'

그런 생각을 하면서도 그는 무서운 속도로 질주하고 있었다.

아니, 질주라는 표현은 옳지 않다. 무수한 분신을 만들어내면서 현란하게 위치를 바꾸었다.

그런 그가 있던 자리를 허공에서 쏟아지는 무수한 술법과 기공파들이 폭격했다.

콰콰콰콰콰……!

그야말로 융단폭격이라는 표현이 어울리는 화력이었다.

흑색의 기공파에 폭염과 뇌전, 저주의 힘이 반경 수십 장을 초토화시켰다. 한 사람의 몸에서 이런 힘이 방출된다는 것을 믿을 수 없을 정도였다.

'과연 강신 상태. 출력만으로는 도저히 따라갈 수 없을 정도로군.'

귀혁은 그 모든 것을 피하고, 흘려 넘겼다. 교주는 한 개인이라고는 믿을 수 없을 정도로 압도적인 물량과 화력을 쏟아붓고 있었지만 귀혁의 방어는 흐트러지지 않았다.

우우우우……!

그리고 변화가 일기 시작했다.

공세를 줄이고 방어에 집중하던 귀혁은 주변에서 떠오르는 무수한 어둠의 궤적들을 보았다. 여전히 폭풍 같은 화망이 유지되는 가운데 실체를 지닌 술법의 결정체들, 새카만 기운이 응축되어 각종 무기를 기괴하게 일그러뜨린 것 같은 윤곽의 괴물들이 사방에서 형성되고 있었다.

키득, 키득키득…….

기분 나쁜 웃음소리가 들려왔다. 마계의 사념이 투영된 그것들은 일시적으로 실체를 부여받은 저주의 마물들이었다.

'결국 한 전장에서 어떻게 압도적인 화력과 물량을 구현할 것인가, 거기에 집착하고 있군. 하긴 정석이야말로 진리이기는 하지.'

저주의 마물들의 수는 무서운 속도로 불어나고 있었다.

내버려 두면 위험하다고 판단한 귀혁이 대응을 시작하는 순간, 교주가 무극의 권을 펼쳤다. 검은 불꽃이 귀혁에게 충돌했다.

"의도는 좋았다."

충돌했다는 것은 관통하지 못했다는 것이다.

─무극(無極) 칼날잡기!

귀혁과 교주의 신형이 교차하지 않았다. 교주는 귀혁의 코앞에서 강제로 육화당했다.

그리고 교주가 미처 상황을 파악하기도 전에 귀혁의 일권이 몸통에 꽂혔다.

쾅!

폭음이 울리며 공간이 뒤흔들렸다.

충격은 3분의 1로 분산되었다. 그런데도 뼈가 부러지고 내장이 상하는 일권이었다.

교주가 무극의 권을 쓴 의도는 화망을 유지한 채로 귀혁에게 접근, 격투전을 벌이고자 함이었다. 강신 상태인 교주의 신체 능력은 인간의 한계를 아득히 초월하여 어지간한 고수들도 아예 공방 그 자체를 나누는 게 불가능한 힘과 속도를 자랑했다.

그러나 귀혁은 교주의 의도를 간파하고 농락했다.

"으윽!"

교주도 호락호락 당하지만은 않았다. 귀혁이 다음 수를 쓰기 전에 사방에서 마물들이 달려들었다.

거기에 귀혁이 대응하는 찰나, 교주의 양손에 어둠이 모여들며 구체를 이루었다.

그것은 현계와 마계, 그리고 그 경계에 존재하는 자들이 한 지점에 힘을 모은 결과물이었다. 기공과 술법이 융합되어 경이로운 파괴력이 생성되었다.

─삼극흑암(三極黑暗)!

해방된 어둠의 파동이 해일처럼 전방을 휩쓸었다.

8

어둠의 진행 방향에 있던 모든 것이 버티지 못하고 쓸려 나갔다. 부채꼴로 확장되면서 전방 300장(약 900미터) 넘는 범위를, 산악 지형의 모든 것을 깨끗이 밀어버리는 대파괴의 이적이었다.

콰아아아아아!

이 일격의 파괴력은 설산에서 이자령이 전개했던 빙백만검겁령진(氷白萬劍劫靈陣)조차 능가했다.

게다가 그저 파괴만 하고 끝이 아니었다. 방대한 범위의 지형을 바꿔 버린 것은 물론이고 그곳에서 농밀한 마기가 피어오르면서 마물들을 형성하고 있었다.

그저 파괴할 뿐만 아니라 그다음을 이어나가기 위한 포석이기도 한 것이다.

쿠웅! 쾅! 콰콰쾅!

그 폭발이 미처 가라앉기도 전에 하늘에서 굉음이 연달아 울려 퍼졌다.

귀혁과 교주가 격돌하는 소리였다.

삼극흑암은 귀혁도 도저히 정면으로 받아낼 수 없었다. 범위가 너무 넓어서 무극 반극경으로 되치는 것도 불가능했기에 피할 수밖에 없었다.

그리고 교주는 이 일격을 귀혁을 끝내는 게 아니라 유리한 상황을 만들기 위한 포석으로 활용했다. 삼극흑암을 쏘아내기 직전까지도 화망을 유지하면서 귀혁이 피할 방향을 위쪽으로 제약한 것이다.

귀혁이 피하는 순간, 교주가 한 박자 빠르게 돌진해서 위쪽을 점하고 맹공을 퍼부었다. 그리고 선수를 빼앗긴 귀혁의 아래쪽, 폭발의 후폭풍이 휘몰아치는 지상으로부터 무수한 저주의 마물들이 상승하기 시작했다.

'허어, 놀랍군! 벌써 이 정도 완성도라니, 하령이가 그런 것처럼 암익신조의 자손이기에 가능한 일인가?'

아무리 성운의 기재라고 해도 어쩔 수 없는 문제가 있다.

그것은 바로 시간이다.

그들은 하나같이 경이로운 학습 능력을 지녔으며 거기에 창의성을 더해서 무시무시한 속도로 성장한다. 하지만 아무리 그래도 인간이 일정한 시간 내에 할 수 있는 일은 제약되게 마련이다.

교주의 경우 형운처럼 무공에만 매진하지 않았다. 무공 수준도 대단히 높지만 술법은, 최소한 전투적인 측면에서는 그 이상의 경지에 도달해 있다.

지금 이 순간, 귀혁에게 퍼붓는 교주의 공세는 실로 다채로우면서도 하나하나의 완성도가 극히 높았다.

탁월한 학습 능력과 초인적인 신체 능력, 거기에 천재적인 감각이 더해졌으니 기술의 활용도가 높은 것은 이해할 수 있다. 하지만 기술 하나하나의 완성도까지 높은 것은 이해하기 어려웠다.

'이토록 다채로운 기술을 전부 이 정도 수준으로 연마하다니?'

그것은 성운의 기재에게 뒤지지 않는 천재성을 지녔고, 교주보다 훨씬 긴 시간 동안 무공을 연마해 온 귀혁도 달성할 수 없었던 것이다.

"어떤가, 흉왕? 지금의 나는 선대와 비견할 만한가!"

흥이 오른 교주가 물었다.

여전히 귀혁의 방어는 견고했다. 사람의 형상이 아니라 병기에 가까운 형상을 한 저주의 마물들이 사방팔방에서 날아들며 교주의 공격을 보완하는데도 무너질 기미가 보이지 않는다.

'애당초 틈을 만들어서 무너뜨릴 생각이 없다. 대단하군. 이놈의 인식은 다른 놈들이 보여준 것을 한 단계 앞서고 있어.'

교주는 분명 지금까지 흑영신교가 감극도를 무너뜨리기 위해 얻은 답, 압도적인 물량 공세를 십분 활용하는 중이다.

하지만 그것으로 노리는 바는 암천령이 보여줬던 것과는 달랐다.

교주는 물량 공세로 귀혁의 방어에 균열을 일으켜서 그 틈을 파고드는 것이 아니라, 귀혁에게 방어에 전념하도록 강요하면서 공간 그 자체를 점령하고 있었다.

당장 손발이 닿는 범위에서는 귀혁의 방어가 완전무결하지만 공간을 지배함으로써 계속해서 불리한 상황을 강요한다. 이 상황을 방관하면 눈앞의 적이 휘두르는 칼에 찔리지는 않겠지만 계속 밀리다가 낭떠러지로 떨어지는 것과 같은 상황에 처하게 된다.

전술적인 국면에서는 평형을 유지하면서 전략적인 국면에서 승리를 꾀하는 것이다.

'음……!'

귀혁의 표정이 굳어졌다.

교주의 격투전 능력은 놀라웠다. 이 싸움이 시작된 이래로 단 한 번도 겹치지 않을 정도로 다채로운 기술들의 조합으로 귀혁을 공격해 왔다.

물론 모든 기술이 다 새로운 것은 아니다. 하지만 자신이 지닌 패들을 조합해서 신선한 결과물을 만들어내는 감각이 너무나도 뛰어났다.

'지금의 비정상적인 상태를 걷어내고 본신의 역량만을 봐도 이미 애송이라고 부를 수 있는 수준은 아득히 넘어섰다.'

그럼에도 수 싸움에서는 귀혁이 우위를 점하고 있었다.

문제는 지금 교주의 상태가 어지간한 타격은 무시해 버릴 수도 있다는 것이다.

신체 능력은 교주가 위다. 사방에서 교주의 손발이나 다름없는 술법과 저주의 마물들이 공격해 온다. 교주에게 공격을 명중시켜도 충격이 3분의 1로 분산되어 버리는 데다가 뼈가 부러진 상처도 금세 나아버리는 재생력까지 갖추고 있다.

아무리 기량이 위라도 서로가 갖춘 패가 이 정도로 압도적인 차이가 나면 어쩔 도리가 없는 법이다.

"90점 정도는 줄 수 있겠구나."

그렇게 대답하는 귀혁의 주먹이 교주의 방어를 뚫고 가슴팍을 쳤다. 하지만 교주는 잠시 멈칫했을 뿐, 그대로 발차기를 날렸다.

귀혁이 그것을 막는 순간이었다.

라아아아아!

교주의 입에서 아름다운 노랫소리가 울려 퍼졌다.

'음공?'

이 싸움이 시작된 후 처음으로 귀혁의 눈이 경악으로 물들었다.

9

그것은 마침내 교주가 귀혁의 의표를 찌른 순간이었다.

귀혁은 예상할 수 있는 모든 범주의 일에 대비하고 있었다. 교주가 선보인 모든 패는 귀혁이 상정한 범주를 벗어나지 못했다. 현실에서 그를 밀어붙일 수는 있어도 정신적인 동요를 일으킬 수는 없었던 것이다.

하지만 음공은 귀혁도 상정하지 않은 패였다.

선대 흑영신교주는 음공을 구사하지 않았다. 그리고 지금의 교주 역시 이전까지 한 번도 음공을 쓰는 모습을 보여준 적이 없었다.

물론 광령익조의 혈손인 서하령이 음공을 구사하니 암익신조의 혈손인 교주도 그럴 수 있지 않을까 상상해 보기는 했다. 하지만 어디까지나 어쩌면 그럴 수도 있다 정도에 그쳤고 구체화가 되지는 않았다.

라아아아아아!

주변을 장악한 저주의 힘이 교주의 음공에 호응했다. 귀혁에게 강력한 힘이 실린 소리의 세례가 쏟아졌다.

그럼에도 귀혁의 방어가 무너지지 않았다.

의표를 찔렀음에도 심신에 각인된 감극도가 방어를 유지한다. 그러나 의식적으로 처리해야 하는 일이 약간 늦어지는 것은 어쩔 수 없었다.

쾅!

폭음이 울리며 귀혁이 지상으로 추락했다.

교주의 공격을 막는 순간, 예상한 다음 타격이 이어지지 않았다. 대신 교주는 서로 얽힌 상태에서 방어를 관통하는 충격을 발생시켰다.

술법과 저주의 마물들이 전방위 공격을 가해오는 상황에서 한순간의 틈은 치명적이었다. 마침내 완전무결했던 귀혁의 방어에 결락이 발생했다.

교주는 지상으로 추격하는 대신 술법을 퍼부었다. 저주의 마물들이 비틀거리는 귀혁에게 쇄도하는 가운데, 그들에게는 영향을 주지 않는 저주 술법들이 지상을 폭격했다.

아마도 귀혁은 이것도 버텨낼 것이다. 하지만 한 자리에 묶이는 것은 어쩔 수 없을 터. 이 틈을 타서 삼극흑암을 형성, 귀혁에게 피할 수 없는 재앙의 일격을 먹여주리라.

'흉왕이여, 스스로의 오만을 원망하거라.'

교주는 귀혁이 전력을 다하지 않았다는 사실을 알고 있었다.

분명 감춰둔 수들이 있었다. 그 수들을 다 꺼내 보인다면 교주가 점한 우세도 단번에 뒤집어질지도 모른다.

굳이 그러지 않았던 것은 지금의 교주가 인형이기 때문이리라.

교주가 이런 신위를 발휘할 수 있는 시간은 한정되어 있다. 자신의 정보를 넘겨줘서 분석당하느니 방어에 전념하면서 시간을 끌다가 끝내는 쪽이 낫다고 판단했으리라.

교주는 그런 귀혁의 심리를 역이용했다.

'끝이다!'

교주가 삼극흑암을 완성하는 순간이었다.

"허허."

귀혁이 헛웃음을 흘렸다.

사방에서 밀려오는 공격의 해일에 대응할 생각조차 없어 보이는 모습이었다. 그 모습을 본 교주는 의아함보다도 섬뜩함을 느꼈다.

하지만 이미 삼극흑암은 완성되었다. 귀혁이 무슨 수를 써도 이제 와서 상황을 뒤집을 수 없으리라.

그렇게 생각한 순간, 갑자기 귀혁의 양손에 두 자루의 검이 나타났다.

'어디서 나타났지?'

교주가 경악했다. 그는 술법에 있어서는 이미 달인의 경지조차 넘어섰다. 지금 저 광경이 술법에 의한 것이라면 못 알아볼 리가 없었다.

그리고 교주가 완성된 삼극흑암을 전개하기 위해 양손을 뻗기 직전, 두 자루 검이 빛으로 화해 사라졌다.

……!

두 줄기 심검의 빛이 한 지점에서 교차하면서 만상붕괴를 일으켰다.

세계가 내지르는 의념의 충격파가 사방을 점거했던 저주의 술법들을 싹 쓸어버렸다. 실체를 부여받은 마물들은 버텼지만 그것도 잠시뿐이었다.

콰아아아아!

강맹한 열파가 뒤따르면서 그들을 휩쓸었기 때문이다.

'도대체 무슨 일이 일어난 것인가?'

경악하면서도 교주는 할 일을 멈추지 않았다. 귀혁이 갑자기 나타난 쌍검으로 심검을 펼친 것과 교주가 삼극흑암을 쏜 것은 거의 동시였다.

그리고 지상을 강타한 삼극흑암이 폭발하기도 전에, 교주의 앞에 나타난 귀혁이 일권을 날렸다.

―무극 감극도(無極感隙道)!

감극도의 완성형을 펼친 것이다.

지금의 교주는 강신으로 신체 능력을 귀혁을 압도하는 수준까지 끌어 올렸다. 거기에 예지에 가까운 위기 감지 능력이 더해지자 완전히 허를 찔린 이 공격조차도 막을 수는 있었다.

그러나 그 방어는 무의미했다.

교주는 막 삼극흑암으로 힘을 최대치로 방출한 직후였다. 그에 비해 귀혁은 무극 감극도로 자세와 진기 운행, 그리고 최적의 위치까지 이미 기술을 발하기 위한 모든 조건을 갖추고 있었다.

귀혁의 일권이 교주의 팔을 통째로 부숴 버리고, 주먹에서 방출된 힘이 몸통에 구멍을 뻥 뚫어놓았다.

"크, 악……!"

비명을 지르는 교주는 그대로 추락하지도 못했다. 귀혁이 그 뒤를 쫓아오면서 기공파로 난타했기 때문이다.

그 결과 계속해서 추락하는 기세가 올라가면서 유성처럼 땅에 처박혔다.

콰아아앙!

산봉우리 하나와 충돌, 끄트머리를 붕괴시키면서 지상에 처박힌 교주의 상태는 처참했다. 구멍이 뻥 뚫린 몸에서 엄청난 양의 피가 흘러나오고, 그 위로 어둠이 안개처럼 뿜어져 나왔다.

그 앞에 귀혁이 내려섰다.

"한 방 먹었군. 내 의표를 찌르다니 칭찬해 주마."

단번에 상황을 역전시키고도 귀혁은 영 못마땅한 표정을 짓고 있었다.

교주에게 심리를 읽혀서 한 방 먹은 것은 상관없었다. 내용적으로는 반성할 부분이 있어도 별 상처 없이 승리했다는 결과를 얻었으니까.

문제는 결국 인형 상대로 밑천을 보이고 말았다는 점이다. 아무리 뛰어난 기술이라도 분석하고 연구하면 대응법이 나오게 마련이니, 귀혁 입장에서는 전략적인 견지에서 큰 손해를 본 셈이었다.

"하, 하하하하……!"

교주가 웃음을 터뜨렸다.

이미 인형은 재생조차 불가능할 정도로 철저하게 파괴되었다. 그의 심령을 담고 있을 수 있는 시간도 얼마 남지 않았으리라.

하지만 귀혁에게 한마디 해주고 싶다는 충동이 그의 의식을 이 자리에 붙잡아두고 있었다.

"어처구니가 없군. 기의 물질화라니! 실제로 가능한 것이었단 말인가?"

10

귀혁은 혼원의 마수가 된 암천령을 쓰러뜨렸을 때, 천단(天斷)으로 자신의 정보가 관측당하는 것을 차단했다. 이번에 그렇지 않은 것은 교주가 현계와 마계, 그리고 그 경계에 걸쳐 있고 강신 상태이기까지 해서 정보 차단이 불가능하다고 보았기 때문이다.

그리고 사실 당시의 그 조치는 귀혁이 기대한 것만큼의 효과는 없었다. 암천령 쌍둥이는 한쪽이 죽음으로써 다른 한쪽이 완성되는 구조였으며, 그것은 영혼의 합일을 의미하기 때문이다.

귀혁이 천단으로 거둔 성과는 자신의 정보가 다각도로 관측되는 것을 막은 정도였다. 흑영신교가 가져간 정보는 오직 암천령의 주관적인 기억뿐인지라 정보량이 적었다.

'그것만으로도 경악했거늘, 이런 일도 가능했다니……!'

심상경은 기화와 육화를 기본으로 한다. 물론 육화라는 말은 생명체에게나 해당되는 말이므로 심검 같은 경우는 기화와 물질화라고 하는 것이 옳으리라.

이 과정은 언제나 즉시적이다. 기화한 다음 순간 육화, 혹은 물질화가 이루어진다.

그런데 귀혁은 이 상식을 깨부쉈다.

기화시킨 물질의 정보를 어딘가에 저장시켜 두고 있다가 원하는 순간에 다시 물질화시킨다.

그의 양손에 검이 홀연히 나타난 것이 바로 이 기술이 구현된 결과였다.

실로 경악스러운 일이었다. 심상경이라는 영역 안에서 혁신적인 도약이 이루어진 것이다.

"어째서 그런 번거로운 일을 했는지까지는 모르겠으나, 그대는 정말로……."

콰직!

귀혁은 교주의 말을 끝까지 듣지 않고 격공의 기로 머리통을 완전히 날려 버렸다. 그리고 기공파로 인형의 잔해를 완전히 소멸시켰다.

"쯧. 귀찮게 되었군."

귀혁이 정보를 노출한 것과 교주가 저 인형을 잃은 것 중 어느 쪽이 더 큰 손실인지는 따지기 어렵다. 그렇기에 귀혁은 이익은 고려하지 않고 손해만을 의식했다.

"또 저놈들이 들고 나올 대응책에 대한 대응책을 골몰해야 한다니, 신경 쓸 것도 많거늘 일거리만 계속 쌓이는구나."

투덜거리고 있었지만 귀혁은 왠지 즐거워 보였다.

늘 진보를 꿈꾸는 그는 '이만하면 됐지' 하고 멈추는 나태함을 싫어했다. 하지만 인간이 추진력을 얻기 위해서는 그만한 이유가 필요하게 마련이다. 스스로는 숨 쉴 틈도 없이 달리고 있다고 생각해도 어느 순간 걸음을 멈추고 객관적으로 돌아보면 느슨해지거나 혹은 시야가 좁아져서 효율적인 답을 찾지 못하고 허덕이고 있는 경우가 허다했다.

형운을 제자로 들인 이후의 경험들은 귀혁에게 아주 좋은 자극이 되어주었다. 그리고 지금 이 순간, 귀혁의 마음 한구석에는 흑영신교가 자신의 정보를 분석해 대응책을 강구할 것이라는 사실조차 반기는 목소리가 있었다.

외면하거나 도피하는 것이 불가능한 위험. 그것과 맞서 극복해야 한다고 생각하자 창의적인 영감이 샘솟았다.

"그럼 이놈들이 흘리고 간 것들이라도 탐색해 볼까?"

흑영신교는 가장 중요한 것들은 빼돌렸을 것이다. 하지만 급하게 챙길 것만 챙겨서 도망가면서 모든 흔적을 말소할 수 있었을 리가 없다. 귀혁은 그 흔적을 탐색해 보기로 했다.

제91장
사실

성운을
먹는자

1

"커헉……!"

흑영신교주는 눈을 뜨자마자 피를 토했다.

옆에 대기하고 있던 흑천령이 깜짝 놀라서 다가왔다.

"교주님!"

"괘, 괜찮다. 반동으로 기맥이 좀 상한 것뿐이니라."

교주는 손을 들어서 그를 안심시키고는 격하게 숨을 몰아쉬었다.

한참 후, 상태를 진정시킨 교주가 의자 등받이에 몸을 파묻으며 초췌한 기색으로 물었다.

"신녀는?"

"무리한 예지의 반동으로 혼절하셨습니다. 진찰 결과 몸 상태에는 이상이 없으시니 안심하셔도 됩니다."

"으음……."

교주가 신음했다. 당장에라도 신녀에게 달려가 보고 싶었지만 지금은 교주로서 먼저 처리해야 할 일이 있었다.

"상황을 보고하라."

"……."

그 말에 흑천령이 잠시 뜸을 들였다. 보고해야 할 내용들이 너무 처참했기 때문이다.

결국 머뭇거리는 그 대신 해골만 남은 존재, 만마박사가 입을 열었다.

"암운령이 선풍권룡에게 사망한 것보다 큰 손실이 발생하지는 않았소. 역시 강주성 연구 시설의 그릇과 연구 자료가 적에게 넘어간 것이 최악이라고 할 수 있겠지."

"만마박사!"

"어차피 고해야 할 내용 아니더냐?"

흑천령이 분노했지만 만마박사는 태연자약하게 반문했다.

적들이 공격해 온 지 고작 반나절이 흘렀을 뿐이다. 그리고 그동안 흑영신교는 지난 몇 년에 필적하는 어마어마한 타격을 입었다.

총 13개의 비밀 거점이 파괴당했다.

인원 손실은 700명을 넘었다.

형운에게 팔대호법 암운령이 죽었다. 그리고 반드시 지켜냈어야 하는 강주성 지하 시설의 연구 성과물과 그에 관련된 자세한 자료들을 빼앗겼다.

이십사흑영수 중 여섯이 죽었다.

별의 수호자의 전임 화성이자 전임 지성이었던 홍주민에게 중요 연구 시설로 이송되던 연구용 물품들을 강탈당했다.

한서우에게 몇 개 남지 않은 빙령의 조각 중 하나를 빼앗겼다.

자혼에게 혼원교의 신물, 흑마경전 사본을 빼앗겼다. 이전에 한서우에게 미끼로 내줬던 것을 포함하면 흑영신교가 가진 마지막 한 권이었다.

백건익과 백령회의 영수들에 의해 하운국의 주요 인재 양성 시설, 즉 인신매매와 납치로 데려온 인원을 세뇌해서 교의 인력으로 만들기 위한 거점이 초토화되었다.

"…말이 안 나올 지경이로구나."

교주가 탄식했다.

시설 하나를 만드는 데만도 엄청난 노력이 들어간다. 정상적으로 건립해도 막대한 돈과 인력이 들어갈 시설을 비밀리에, 비인도적인 목적으로 만들려니 그럴 수밖에.

그런 시설을 13개나 잃은 것만 해도 천문학적인 손실이다.

거기에 700명 이상의 사망자는, 그 안에 육성하는 데 긴 시간이 걸리는 기환술사와 학자라는 고급 인력이 다수 포함되어 있다는 점까지 생각하면 실로 뼈아픈 인적 자원 손실이었다.

"그나마 청해용왕대의 동향을 파악하고 있던 것이 다행이었군."

이번 공격은 하운국에만 국한되지 않고 위진국 쪽에서도 움직임이 있었다.

형운과 한서우는 자혼을 통해서 청해용왕대에게 연락했다.

거리가 워낙 멀리 떨어져 있는지라 긴밀한 공조까지는 불가능했지만 타격해야 할 지점과 일시는 알려줄 수 있었고, 흑영신교에게 이를 갈고 있던 청해용왕대에서는 몇몇 고수들이 나섰다.

그러나 그들의 움직임은 흑영신교에게 파악당했다. 흑영신교 역시 그들이 자신에게 이를 갈고 있음을 잘 아는지라 동향을 파악하기 위한 감시망을 운용하고 있었던 것이다.

그들이 본토로 건너오는 순간 감시망이 포착했기에 위진국 쪽의 타격을 최소화할 수 있었다.

만마박사가 물었다.

"흑영기(黑影器)를 이 시점에서 잃은 것도 뼈아픈 일이오. 교주, 그렇게 해서라도 흉왕을 만날 가치가 있었소이까?"

"암월령을 잃는 것보다는 나았다. 그리고 그와는 만날 가치가 있었지."

흑영기는 귀혁에게 파괴된 세 인형들의 이름이었다.

귀혁이 추측한 대로 그것은 흑영신교가 토벌당하기 전에 만들어진 보물이었다.

만들기 위해서는 신기(神器) 흑영의 잔에 담기는 어둠의 정기가 대량으로 필요했으며, 완성되기까지 300명의 인간을 산 제물로 잡아먹었다. 모든 재료가 갖춰진 상황에서 만들기 시작해서 완성까지 30년 이상이 걸리고, 하물며 지금의 흑영신교 사정으로는 제작에 착수할 수조차 없다.

흑영신교는 교주의 힘이 지금보다 더 성숙해지는 시점에서 전략적으로 가장 중요한 지점에 흑영기를 투입할 계획으로 많은 준비를 해왔다. 그러나 이번 일로 그 준비가 물거품이 되고 말았다.

지금까지 추진해 오던 흑영신교의 전략은 전면적으로 재검토되어야 한다. 활동은 반 이하로 축소될 것이고, 목적을 이룰 가능성은 현격히 낮아지리라.

그래도 흑영신교는 멈추지 않을 것이다.

"설령 우리가 멸망하더라도, 우리는 연옥을 구원할 것이다."

교주의 의지는 확고했다.

내면에서 그의 의지를 지지해 주는 목소리들이 들린다. 그것은 죽은 팔대호법들의 목소리였다.

그들과 합일함으로써 교주는 경이로운 성장을 이룰 수 있었다. 대륙 곳곳에서 이뤄지는 연구 성과들은 하나같이 교주에게 신적인 힘을 부여하기 위한 것들이었고, 귀혁과의 일전으로 가시적인 성과를 증명한 셈이었다.

동시에 교주의 정신은 점점 더 큰 혼돈 속으로 떠밀리고 있었다.

자신을 중심으로 죽은 자들의 기억과 영적인 힘을 통합하고, 현실의 경험으로 그것을 자기화한다. 그 과정에서 교주의 자아는 돌이킬 수 없는 변화를 겪고 있었다.

형운에게 죽은 암운령을 통합하면 교주는 더욱 강해지리라. 그리고 원래의 자신과는 더욱 거리가 먼 존재로 변화하고 말리라.

'……결국은 그대가 가장 중요하게 여기는 몇 가지만이 남을 것이다.'

교주는 암익신조의 말을 떠올리며 눈을 감았다.

2

형운과 한서우의 공동작전은 훌륭한 성과를 거두었다.

이 성과 중 대부분은 비밀에 묻힐 것이다. 귀혁이 국경 지대의 연구 시설을 없애 버린 것도, 한서우와 자혼이 해낸 일들도 묻힐 수밖에 없었다.

하지만 형운 일행이 해낸 일들은 그럴 필요가 없었다. 형운은 별의 수호자에는 물론이고 황실에도 이 일을 보고하기로 결정했다.

서하령이 말했다.

"황실에서 저걸 내놓으라고 할지도 몰라."

"장로회에서 알아서 하겠지."

강주성의 지하 연구 시설에서 강탈한 것은 사술의 결정체였다. 연구 자료를 읽어본 서하령은 저것이 인간을 잡아먹고 그 정기를 이용해서 환마를 생산해 낼 수 있는 끔찍한 병기임을 알아냈다.

별의 수호자 입장에서도, 황실 입장에서도 저것은 굉장히 탐나는 성과일 것이다. 일단 저것을 연구하면 흑영신교가 투입할 사술에 대한 대책을 얻을 수 있다. 그리고……

"기환술적인 측면에서 얻을 수 있는 것도 클 거야."

사술의 결정체라고는 하지만 저것을 구현한 것은 굉장히 고도의 술법 기술이었다. 기환술사들 입장에서는 저것이 보물덩어리로 보이리라.

혹영신교가 저것을 만들기 위해 얼마나 많은 죄 없는 사람을 희생시켰을까?

그 사실을 생각하면 형운은 당장 저것을 파기하고 싶었다. 하지만 앞으로의 싸움을 생각하면 그럴 수가 없었다.

"젠장."

그렇게 서하령, 마곡정과 뒤처리를 위한 대화를 나누고 있을 때 한 사람이 그들의 거처를 방문했다.

"잠시 시간을 내주실 수 있겠습니까?"

산풍검의 제자 왕춘이었다.

3

이번 일로 풍검문이 얻은 것은 컸다.

'풍검문의 장로 산풍검과 그 제자 왕춘이 선풍권룡과 함께 강주성 지하에 자리하던 혹영신교의 비밀 연구 시설을 찾아서 파괴하는 과정에서 혁혁한 공을 세웠다.'

팔대호법 암운령과 이십사혹영수 둘을 해치운 것은 형운과 서하령, 마곡정이었지만 그 과정을 함께했다는 사실 자체가 풍검문이 위엄을 세우는 데 큰 도움이 되어주었다.

왕춘 역시 이번 일로 풍검문에서 제대로 입지를 확보하게 되었다. 이제는 풍검문 내에서 그를 경원시하는 눈길도 잦아들리라.

척마대도 이런 사정을 알았기에 다들 왕춘이 형운을 찾아온 것은 개인적으로 인사를 하기 위해서라고만 생각했다. 척마대 활동을 할 때마다 조금이라도 형운에게 자신의 인상을 각인시키기 위해 노력하는 이들이 한둘이 아니었다.

그런데 왕춘은 다른 이들을 물리고 형운과 독대할 것을 원했다. 서하령과 마곡정의 지위를 생각하면 꽤나 무례한 요구였지만, 형운은 예전의 인연을 생각해서 받아들였다.

"무례한 부탁을 받아들여 주셔서 감사합니다. 그런 김에 한 가지만 더 부탁드려도 되겠습니까?"

"무엇입니까?"

"한 수 배워보고 싶습니다."

그러면서 왕춘은 검을 뽑아 들었다.

이 순간, 형운은 모습을 숨긴 채 상황을 지켜보고 있던 가려의 시선에서 어처구니없어하는 감정을 읽었다.

'무슨 생각이지?'

척마대 활동을 하다 보면 '무인으로서 고수를 만났으니 한 수 가르침을 청하고 싶다' 이런 요구를 해오는 자는 많았다. 지금의 형운은 그럴 만한 위치에 있었으니까.

하지만 왕춘이 이러는 것은 정말 무례한 수준을 넘어서 생각이 없는 수준이었다. 자신의 이런 행동이 사문에 얼마나 누를 끼칠지 상상할 수 있다면 이런 짓은 하지 못하리라.

형운은 한숨을 참으며 그를 바라보았다. 개인적인 감상을 떠나서 척마대주로서는 이런 무례한 요구를 받아들여 줘서는 안 된다.

"좋습니다. 대신 짧게 하지요."

―공자님?

가려의 놀란 전음이 날아들었다. 형운은 대답하는 대신 자세를 잡았다.

마음을 바꾼 것은 자신을 향한 왕춘의 눈 때문이었다.

만약 자신을 향한 것이 무인의 치기나 호승심이었다면 형운은 곧장 등을 돌렸으리라. 하지만 왕춘의 눈에 담긴 감정은 그런 것과는 거리가 멀었다.

'회한과 감사?'

왜 자신에게 이런 감정을 보내면서 비무를 청하는 것일까?

그 사실이 궁금해서 형운은 그의 요구를 받아들였다.

왕춘이 말했다.

"감사합니다. 그럼 가겠습니다."

형운은 그의 공격을 기다렸다.

나이로 보면 그가 까마득하게 어리지만 강호에서의 위치는 정반대였다. 무엇보다 압도적인 실력 차가 있다는 것을 형운도, 왕춘도 잘 알고 있었다.

잠시 형운을 관찰하던 왕춘이 공격해 왔다. 자칫 다치게라도 하면 큰일 날 상대를 진검으로 공격하면서도 주저함이 없었다.

상대에게 겨눈 검 끝이 하늘하늘 춤추듯이 흔들리더니 어느 순간 튀어 오르듯이 급가속했다. 감각을 현혹하는 완급과 변화의 묘리가 담긴 검격이었지만 형운은 쉽게 막으면서 다음 변화를 기다렸다.

왕춘이 검이 현란한 궤도를 그리면서 형운을 노렸다. 마음만 먹으면 일권에 그 변화 자체를 분쇄할 수도 있었지만 형운은 왕춘이 마음껏 풍검문의 무공인 풍검십육형을 펼치도록 방어에만 전념했다.

'과연.'

현재의 왕춘과 이전, 흑풍검으로 불리던 왕춘의 검술의 차이점이 보였다.

신체 능력과 기본기가 훨씬 탄탄해진 것은 물론, 진기 흐름도 훨씬 안정적이었다. 내공은 그때나 지금이나 4심에 머무르고 있었지만 전체적인 기량은 현격하게 늘어났다.

중년으로 접어든 지 오래된 사람이 2년 만에 이 정도로 진보했다는 점이 정말 놀라웠다. 훌륭한 스승 밑에서 성실하게 단련해 왔기에 가능한 일이리라.

한 걸음도 물러나지 않고 공격을 받아내던 형운이 어느 순간 반격했다. 현란한 검의 궤적 사이를 뚫고 우레와 같은 권격이 뻗어나갔다.

후웅!

그 일권은 허공을 갈랐다. 그러나 명중한 것만큼이나 큰 효과를 가져왔다.

왕춘이 끊임없는 변화로 구축한 공격의 기세를 단번에 끊어버린 것이다. 이어지는 권격을 왕춘이 검으로 흘려내는 순간, 시야 사각으로부터 형운의 발차기가 솟구쳤다.

투학!

왕춘이 허공에서 빙글빙글 돌면서 착지했다. 시야가 어지럽게 회전한 와중에도 왕춘은 우아하게 착지하면서 곧바로 반격할 수 있는 자세를 갖췄다.

그러나 형운은 추격해 오지 않고 그를 지켜보고 있을 따름이었다.

'대단하군. 이 정도면……'

이번 강주성 작전에서 왕춘은 세 명의 흑영신교 무인을 베어 넘기는 전공을 세웠다. 지하 연구 시설을 지키고 있던 흑영신교 무인들이 척마대원들도 일대일로 상대하기 버거울 정도의 정예였음을 감안하면 그의 기량이 얼마나 큰 폭으로 성장했는지 알 수 있을 것이다.

문득 왕춘이 검을 거두었다. 그리고 정중하게 예를 표하며 말했다.

"무례한 부탁을 들어주셔서 감사합니다. 실은 한 가지, 확인해 보고 싶은 것이 있어서 이런 일을 저질렀습니다."

"무엇입니까?"

"대협, 우리는 예전에 만난 적이 있습니다."

순간 형운은 심장이 쿵 하고 내려앉는 것 같았다. 하지만 겉으로는 전혀 내색하지 않고 의아해하는 표정을 지었다.

"무슨 말씀이십니까? 제가 기억 못 하는 거라면 죄송합니다만……."

"진해성에서였습니다. 그때는 좋은 모습을 보여 드리지 못했지요."

"흠……."

여전히 모르겠다는 표정을 연기하고 있는 형운에게 왕춘이 고개를 숙이면서 입술을 달싹였다.

─청룡방의 일이 대협과 관련되어 있을 것이라 추측하기는 했습니다만 설마 뇌성권 형준이 대협 본인일 줄은 전혀 상상하지 못했습니다.

여전히 형운은 낯빛을 바꾸지 않았다. 그래도 왕춘은 상관하지 않고 말했다.

─대협을 보는 동안, 체형과 몸짓, 기파가 묘하게 낯익은 느낌이 들었습니다. 그런데 방금 전의 일권을 보니 확신하게 되었습니다.

형운은 여전히 겉으로는 티를 내지 않았지만 속으로는 아차 했다.

'눈썰미가 정말 좋군. 흑도에서 낭인검객으로 활동한 경력 때문인가?

뇌성권 형준으로 활동할 때는 인피면구로 겉모습을 꾸미고 목소리를 낮게 깔았을 뿐이다. 평소의 몸짓이나 걸음걸이까지는, 서하령은 그것까지도 신경 썼지만 형운은 신경 쓰지 않았다. 정확히는 못 했다.

무공의 경우도 허세용 무공이었던 굉호권을 제외한 다른 부분에 있어서는 몇 가지 제약 조건을 설정해서 전혀 다른 인상을 주는 것에 주력했다. 그러니 다양한 무공을 본 식견을 지니고 기억력과 눈썰미가 좋은 자가 차분하게 분석하다 보면 들킬 만도 했다.

물론 여기서는 그 모든 조건을 충족하고 진실에 도달한 왕춘의 능력을 높이 평가해야 할 것이다.

'반성해야겠군. 이거 사부님한테 부탁드려서 개선책을 강구해야겠어.'

―이 일은 누구에게도 발설하지 않을 겁니다. 그저 감사의 마음을 전하고 싶었습니다. 대협 덕분에 저는 과오를 되돌릴 기회를 얻을 수 있었고, 제자에게도 제대로 된 무인의 길을 열어줄 수 있었습니다.

왕춘이 정중하게 예를 표했다. 그리고 고개를 들고 육성으로 물었다.

"기억 못 하시는 것 같으니 서운하지만 다행스럽기도 하군요. 다만 한 가지 궁금한 게 있습니다. 혹시 그때 함께 있던 청년은 잘 지내고 있습니까? 그 눈이 가느다랗던……."

"……."

그 말에 형운이 움찔했다. 지금까지 천연덕스럽게 연기를 하고 있었지만 왕춘이 무일에 대해서 언급하는 순간 평정이 깨지고 말았다.

"…작년에 숨을 거두었습니다."

"……."

왕춘은 충격을 받았다.

무일의 존재는 그에게 형운만큼이나 깊은 인상을 남겼다. 그날 그가 형운의 뜻을 전해주지 않았다면, 그리고 청룡방주가 보낸 자객들을 치워주지 않았다면 지금의 그는 없었으리라.

그런 무일이 죽었다는 소리를 듣자 가슴 한구석에 무거운 돌이 내려앉은 것 같았다.

"그의 이름은 무일이었습니다."

"무일……."

"무일의 묘는 강주성에 있습니다. 짧으나마 인연이 있는 분께서 찾아가신다면 무일도 저승에서 기뻐할 겁니다."

완벽하게 시치미를 떼려고 해줘서는 안 되는 말이다. 하지만 형운은 충동적으로 왕춘에게 무일의 묘가 있는 곳을 알려주었다.

왕춘은 꼭 찾아가 보겠다고 말하고는 그 자리를 떠났다. 떠나기 전, 그는 굳이 전음으로 마지막 한마디를 남겼다.

—대협과 함께 싸우기에는 부족한 실력이지만 보은할 기회가 온다면 어디라도 달려가겠습니다. 기억해 주시길.

4

별의 수호자는 떠들썩해졌다.

척마대의 기세는 동세대의 경쟁자들을 압도하고 있었다. 30여 년 전, 두 마교가 토벌당한 후로 그 누구도 형운처럼 압도적인 실적을 쌓아 올리지 못했다.

형운 때문에 다소 빛이 바래기는 했지만 서하령과 마곡정의 활약 역시 무시할 수 없었고, 또 이번 작전에 참가함으로써 백건익 역시 혁혁한 공을 세웠다.

"슬슬 운 장로가 과격한 수단을 쓸 수도 있으니 주의를 기울이도록 해라."

귀혁이 그런 이야기를 꺼낸 것은 총단이 아니라 수련도 할 겸

광운산맥으로 나와서였다.

형운이 물었다.

"암살이라도 시도할 거라는 말씀인가요?"

"너 본인을 어떻게 해보겠다는 생각은 하지 않을 게다. 하지만 사람에게 목줄을 채우는 방식은 여러 가지가 있지. 아마 운장로는 여전히 네 성품을 제대로 이해하지 못하고 있으리라 생각하지만……."

형운의 행보는 평범한 사람들이 보면 정의로운 협객이다. 그러나 정치적인 시각으로 보면 자기 절제가 엄청나게 뛰어난 터무니없는 야심가로 보일 수도 있었다.

결과적으로 그동안 형운이 쌓아온 실적과 구축한 인맥을 보면 동세대, 아니, 좀 더 윗세대까지 통틀어서 경쟁자라고 할 수 있는 인물들 중 누구도 따라올 수 없을 정도로 압도적이었다. 성운의 기재들과 같은 시기에 태어났는데 그들보다 훨씬 화제가 된다는 것만 봐도 그렇다.

"주변 인물들의 사정을 이용할 수도 있지. 인질을 잡을 수도 있다. 여기서 인질이라는 것은 단순히 납치를 한다는 의미가 아니다. 증거를 남기지 않고 여러 단계를 거쳐서 경제적인 어려움에 처하게 할 수도 있고, 병에 걸리게 할 수도 있고, 소중한 사람을 어려움에 처하게 한 다음 구원의 손길을 내밀어서 은혜를 입히는 것도 가능할 터."

귀혁의 말을 들은 형운은 소름이 끼쳤다. 그는 이미 그런 상황에 처한 사람을 알고 있다. 바로 강연진이었다.

"지금 이야기한 것들은 운 장로 정도의 권력을 쥔 자치고는 굉장히 말랑말랑한 방식이다. 별의 수호자는 성존의 존재 때문에 이런 규모와 이익이 존재함에도 정쟁과 모략이라는 측면에서는 꽤나 순진한 조직이 되어버렸지. 하지만 그렇다고 피 묻은 싸움이 없다고 생각하면 오산이다."

아무리 별의 수호자가 실력 제일주의라도 사람의 배경을 따지고, 파벌들이 이익을 다투고, 정치를 한다. 인간이 무리 지은 이상 피할 수 없는 문제였다.

그 속에서 형운은 어려서부터 귀혁에게 보호받는 입장이었다. 그리고 운이 좋기도 했다.

예를 들어서 마곡정이 좀 더 음험한 성격이었다면 어땠을까? 혹은 풍성의 성품이 흉험하고, 마곡정이 버리는 패로 쓸 수 있을 정도로 하찮은 배경의 소유자였다면?

어릴 적 처음 형운에게 시비를 걸었을 때 사고를 빙자해서 재기 불능의 몸으로 만드는 것도 가능한 시도였을 것이다.

"……."

"물론 너도 의식은 하고 있겠지. 대비하고 있다는 것도 알고 있다. 하지만 운 장로쯤 되는 권력을 가졌다면 선택할 수 있는 수단이 대단히 많다는 것을 알아둬야 한다. 누군가에게 애착을 지녔다면 항상 그 사람의 정보를 수집하는 것을 게을리하지 마라. 눈이 닿는 곳에 없는 동안 무슨 일을 당할지 모르는 것이니."

"예."

살벌하기 짝이 없는 말이었지만 형운은 그 충고를 마음에 새겼다.

귀혁이 분위기를 환기시켰다.

"그나저나 이번 일로 완전히 팔객 자리를 굳힌 모양새더구나."

현재 하운국에서는 선풍권룡을 팔객의 일원으로 확정 지은 분위기였다. 위진국과 풍령국 쪽의 여론은 여전히 혼란스러웠지만 형운과 경쟁할 만한 이를 찾기 어렵다는 점에는 암묵적으로 동의하고 있었다.

형운이 머리를 긁적였다.

"그건 솔직히 실감이 잘 안 가네요. 보고서야 읽어봤지만 아직도 현실감이 안 느껴진다고나 할까."

형운은 이존팔객 대부분을 직접 만나보았다. 그리고 그들에게 필적하는 무위의 소유자들도 보았다.

그렇기에 자신이 무력만을 기준으로 보면 그들과 비견될 만한 고지에 올라섰음을 안다.

하지만 명성은 역시 좀 다른 문제였다. 어릴 적부터 동경하던 이야기 속의 주인공들과 동격의 존재로 불리고 있다는 실감이 좀처럼 들지 않았다.

귀혁이 빙긋 웃었다.

"너답구나."

"그나저나 사부님."

"음?"

"사부님 쪽은 어떠셨습니까?"

"……."

귀혁이 입을 다물었다. 순수하게 궁금해서 물었던 형운의 표정이 묘해졌다.

"설마 거기에 별것 없었습니까? 한서우 선배님께서는 거기가 가장 중요한 지점 중 하나라고 자신하시던데……."

"유감스럽게도 그 말이 맞았다. 놈들에게는 중요한 시설이었지만……."

"뭐가 있었나요?"

"놓쳐서 모른다."

"네?"

형운이 놀란 표정으로, 아니, 정확히는 과장되게 놀란 척을 하며 물었다. 그 반응으로 귀혁은 형운이 처음부터 다 알면서 자신의 반응을 즐기고 있었다는 사실을 깨달았다.

"제자가 머리가 좀 크더니 이제는 아주 사부를 농락하려고 하는군. 이 사부는 가슴이 아프구나."

"저도 하필 가장 기대를 걸었던 사부님께서 빈손으로 돌아오셨다는 사실이 가슴 아프네요."

"……."

이런 말을 듣기 싫어서 귀혁은 흑영신교가 흘리고 간 흔적을 열심히 더듬어보았다. 하지만 딱히 쓸 만한 것을 찾아내지 못했다. 거기서 뭘 연구하고 있었는지만 대충 알아낸 정도였다.

"나도 가슴이 아프구나. 어쨌든 놈들의 연구는 단기적으로 써먹을 살아 있는 병기들을 제외하면 거의 한 가지 주제에 다각도로 접근하고 있다."

그것은 바로 그릇 만들기였다.

그들은 한순간이라도 좋으니 거대한, 그리고 다채로운 힘을 그 안에 담을 수 있는 그릇을 만들려고 하고 있다.

"아마도 놈들이 추구하는 '성운을 먹는 자'와 관련이 있겠지. 네가 그놈들의 계획을 좌초시키기는 했지만 놈들은 분명히 대안을 추진하고 있을 것이다. 나와 싸웠던 암월령이나 교주를 보면 확신할 수 있지."

그들과 싸움으로 얻은 정보는 많았다. 동세대 성운의 기재 중에서 최강의 잠재력을 지닌 교주는 귀혁을 상대로 놀라운 성장 속도를 보여주었다.

"성장 속도 면에서는 너와 필적하는 수준이다. 특수한 요소들을 배제하고 보더라도 강적일 것이다. 그런 의미에서 안도감을 느끼게 되는구나."

"네? 아니 왜 거기서 안도감을 느끼세요?"

"내가 아직 네게 가르쳐 줄 게 아주 많다는 사실이 다행스러워서다."

"……."

빙긋 웃는 귀혁의 대답에 형운은 말문이 막혔다. 귀혁이 말을 이었다.

"우리에게는 시간이 많은 것 같지만 실은 그렇지 않다는 것을 알고 있겠지. 우리를 위협하는 존재가 경쟁을 강요하고 있다. 우리는 놈들이 따라오지 못할 정도로 빠르게 진보해야 한다. 한동안 휴가를 낼 수 있겠느냐?"

"한동안이라면 어느 정도요?"

"글쎄다. 한 한 달 정도는 붙잡고 가르치고 싶구나. 이번에 실전에서 쓸모를 확인한 것들도 많고, 슬슬 네가 나아갈 방향성에 대해서도 계획이 잡혀서."

귀혁이 형운을 가르칠 때는 늘 명확한 목적과 방향성이 잡혀 있었다.

그저 새로운 기술을 주입하기만 해서는 안 된다. 형운이 그것을 배움으로써 어떻게 변화할지에 대해서까지 고려하는 것이 사부의 의무라고 귀혁은 믿고 있었다.

'그런 점에서는 알아서 잘하는 녀석이 아니라서 더 재미있긴 하군.'

물론 형운은 늘 귀혁의 예상을 뛰어넘어 왔다. 하지만 무인으로서 단계를 뛰어넘을 뿐이지 그 형태와 방향성에 있어서는 귀혁의 계획을 충실히 따라왔다. 지금의 형운은 귀혁이 혼신의 힘을 다해 빚어낸 작품이라고 할 수 있으리라.

그리고 그 작품은 아직 완성되지 않았다. 아니, 완성되려면 멀었다.

형운이 고개를 끄덕였다.

"그러죠."

"괜찮겠느냐? 요즘 다망한 척마대주가?"

"일이 많긴 한데 제가 없다고 안 굴러가진 않거든요. 이제 조직 체계도 잡혔고, 부대주들이 일을 잘해요. 곡정이한테 맡기면 알아서 잘할 겁니다."

"공적으로는 풍성의 제자가 네 대역을 하면서 공을 쌓는다는 점이 미묘하지만, 사적으로는 참 좋다 싶은 게 미묘하구나."

"그렇죠?"

형운이 피식 웃었다. 사부들의 정치적인 입장을 고려할 때 형운과 마곡정의 관계는 정말로 묘했다. 그리고 둘 다 그 묘한 관계를 싫어하지 않았다.

5

무인으로서 귀혁은 형운에게 결코 뜬구름 잡는 이론을 가르치지 않는다.

늘 자신이 실험대에 서서 검증한 후에야, 그리고 그 기술이 형운에게 어떤 영향을 미칠지까지 판단을 끝마친 후에야 전수했다.

'잘 생각해 보면 형운보다는 다른 녀석들이 더 나와 비슷할지도 모르겠군.'

지금까지의 성장 추세를 보면 10명의 제자들이야말로 귀혁을 닮았다. 각자의 특성을 고려해서 육성 방식을 조금씩 달리하고 있는데도 전체적으로는 큰 차이가 나지 않고 귀혁의 열화판 같은 형태가 되었다. 많은 스승과 제자 관계가 그러하듯이.

현재 10명 중 가장 뛰어난 강연진과 양우전만 봐도 알 수 있다. 둘은 잘하는 것과 못하는 것이 조금씩 차이 나지만 종합적인 형태는 거의 같았다.

그에 비해 형운은 귀혁의 특성 중 일부만을 가져다가 극대화시켜 놓은 모양새였다.

그 특성 하나만을 보면 형운은 이미 귀혁을 뛰어넘었다. 그리고 귀혁조차도 예상치 못한 자신만의 고유한 특성까지 손에 넣었다.

"흑영신교주, 대단하군요. 하령이를 앞서다니……."

귀혁과 흑영신교주의 전투 내용을 들은 형운이 혀를 내둘렀다.

설산에서 만났을 때만 해도 교주는 무인으로서는 명백히 서하령에게 뒤처져 있었다. 그리고 진야 사건 때 재회했을 때도 마찬가지였다.

그런데 귀혁과 싸웠을 때는 갑자기 경이로울 정도의 성장을 보여주었다. 강신이라는 특이점을 제외하고 보더라도 형운이 승산을 장담할 수 없는 수준이었다.

"그럼 일단 네게 가르칠 것들을 정리해 보자. 네가 가장 먼저 익혀야 할 것은 심검(心劍)이다."

"…네?"

형운이 눈을 휘둥그레 떴다.

권사인 자신에게 심검을 익히라니 이게 무슨 소리인가?

물론 지금은 형운도 척마대의 검술도 익히고 있고, 일단 한 가지 형태로 심상경에 오른 자가 다른 영역으로 확장하는 것이 비교적 쉽다는 것은 알고 있다.

하지만 비교적 쉽다는 것이지 정말로 쉽다는 것이 아니다. 정말 쉬웠으면 심상경에 든 자들은 금세 다른 심상도 구현할 수 있게 되고, 다중심상을 구현하는 것도 해내고 그럴 것이다.

그 점을 지적하자 귀혁이 물었다.

"너와 다른 놈들의 차이가 뭔지 아느냐?"

"어, 심상경에 오르는 것으로 끝나지 않고 심상경의 절예를 장난감처럼 갖고 놀 정도로 뛰어난 사부님이 계시다는 거요?"

"내 얼굴에 금칠하는 솜씨가 제법이구나. 물론 그것도 그렇지만……."

"지금 물론이라고 하셨어요? 와, 사실이긴 하지만……."

귀혁은 형운이 어이없어하는 것을 무시하고 말했다.

"넌 이미 심상경 안에서 두 개 이상의 기준을 갖고 있다는 것이다."

"네?"

"대부분은 그것을 가장 어려워한다. 일단 심상경에 올라서 자신이 심상에 구축한 절대적인 파괴의 상을, 무극의 권이나 심검이나 신검합일 등등으로 펼칠 수 있게 되었다고 치자. 당연히 그다음으로 나아가야 하는데, 뭘 어떻게 해야 할지 모르고 헤매게 된다."

심상경의 절예를 펼치는 속도가 점점 빨라져서 심즉동의 경지에 오르는 것은 숙련도의 문제다.

하지만 다양한 형태, 다양한 심상을 취하는 것은 새로운 이론을 배우고 실천하는 기술을 익히는 과정이다.

"대부분은 여기서 자신이 이미 지닌 경험을 확장하는 것부터 시작한다."

검술로 심상경에 든 자를 예로 들면 처음에는 자신에게 가장 익숙한 검을 들지 않으면 심검을 펼칠 수 없다. 심검을 연마하는 과정에서 실수로 애검을 잃어버려서 다른 검으로는 심검을 펼칠 수 없는 상황은 농담처럼 보이지만 역사적으로 수도 없이 벌어진 일이다.

"물론 검객의 경우는 검만 잃어버리고 끝나니 양호하다. 권사의 경우는 기화했다가 못 돌아올 수도 있으니 훨씬 부담이 크지. 심상경의 고수가 되는 순간이 곧 죽음인 경우는 아마 꽤나 많았을 것이다."

심상경의 절예가 심즉동의 경지에 이르기가 힘든 이유가 바로 그것이었다.

숙련도를 높이려면 반복이 필수인데 초창기에는 한 번 펼칠 때마다 목숨을 걸어야 한다. 한 번 해내고 난 다음에 기력이 탈진해 버려도 전혀 이상한 일이 아니다.

"그런 점에서 너는 참 괴상한 경우지."

형운은 그런 부담을 몰랐다. 그에게 있어서 육화는 별로 어려운 일이 아니었다.

그럴 수 있는 것은 운화라는 특수한 경험을 해왔기 때문이다. 그리고 형운이 심상경에 오른 과정이 특수했기 때문이기도 했다.

이런 요소들 때문에 형운은 무극의 권의 숙련도를 빠르게 높일 수 있었다. 심즉동의 경지에 드는 것도 그리 먼 훗날의 일이 아닐 것이다.

"그럼 다시 검술에 대한 이야기로 돌아가 보자꾸나. 검객은 그런 부담을 이겨내면서 자신의 경험을 확장해 간다."

처음에는 오직 애병으로만 심검을 펼칠 수 있다. 조금 익숙해지면 그것과 비슷한 검이라면 무엇으로든 펼칠 수 있게 된다. 더 익숙해지면 그때는 검이기만 하면 된다.

"만약 오직 혼자서, 누군가와 심상경에서 다투는 경험 없이 수련한다면 이쯤에서 신검합일로 넘어가겠지."

만약 심상경의 고수끼리 싸우는 경험을 해본다면 이야기가 달라진다. 그것은 처음부터 기화와 육화를 자신의 육신에도 적용해 봐야만 살아남을 수 있는 경험이니까.

"지금 이야기만 봐도 알 수 있겠지만, 같은 수준에서 다른 기준을 만난다는 것 자체가 성장을 극적으로 촉진시키는 기연이나 마찬가지인 것이다."

그 점에서 형운은 심상경에 오른 직후부터 두 가지 심상을 구현할 수 있었다. 이미 두 개의 기준을 갖고 시작했던 것이다.

게다가 이전에 운강에서 선검 기영준을 통해서 조화의 심상을 경험했으며, 암해의 신에게 몸을 강탈당한 동안에 자혼을 비롯한 고수들과 싸우면서 무수한 심상이 구현된 절예들에 맞아보기도 했다.

아마 역사를 다 뒤져봐도 심상경에 오른 직후에 형운처럼 많은 기준을 만난 이를 찾기 어려울 것이다.

"나는 그런 특성이 내가 기대한 대로 작용할까를 시험하기 위해 네게 무극 칼날잡기를 가르쳤다."

결과는 놀라웠다. 귀혁이 직접 형운에게 몸으로 체험하게 하는 교육법을 택하자 불과 사흘 만에 무극 칼날잡기의 심상 구축에 성공했다.

"심상경에도 일월성신의 특성이 적용되는 것인지, 아직도 확신할 수는 없지만 새로운 기술을 익히는 것에 한해서는 네가 대단히 탁월하다는 것만은 사실이다."

기술의 활용은 별개지만 익히고 숙련도를 높이는 속도에 있어서만큼은 지금의 형운보다 뛰어난 자를 찾기 어려울 정도였다. 그것이 육체로 행하는 영역만이 아니라 심상경에서도 동일하게 적용된다는 점에는 귀혁도 크게 놀랐다.

"그런 점에서 너는 심상경에 올라서 새로운 것을 익히느라 고생하는 다른 이들과는 많이 다르다. 내가 보기에 너는 심검도 어렵지 않게 익힐 것이라고 본다."

"그런데 왜 심검인가요?"

형운은 그 점이 의아했다. 아마 귀혁은 굳이 심검이 아니라도 형운에게 가르칠 만한 심성경의 기술이 많을 것이다. 그런데 왜 굳이 심검을 익히라고 하는 것일까?

"내 판단으로는 네가 익힐 경우 가장 큰 효과를 기대할 수 있기 때문이다. 일단 심검을, 그다음에는 폭령(爆靈)을 익힌다."

"폭령이라면 그 폭성……."

"폭령은 폭령이다."

"……."

형운이 귀혁을 빤히 바라보았지만 귀혁은 눈썹 하나 까딱하지 않았다.

폭령은 단순히 표적을 기화시키는 것에 그치지 않고 압도적인 물리적 여파를 동반하는 심상경의 절예였다. 귀혁은 이 기술을 지금은 죽은 백리검운의 절기 폭성검과 비슷하다는 이유로 좋아하지 않았다.

형운이 더 뭐라고 하기 전에 귀혁이 말을 이었다.

"흑영신교주와의 싸움에서 나는 그 효과를 확인했다."

지금의 귀혁은 무극의 권으로 다중심상을 구현할 수 있다. 그 말은 심상경의 절예 한 번으로 여러 표적을 칠 수도 있다는 의미다.

그런데도 굳이 심검을 펼쳤던 것은 세 가지 이득이 있어서였다.

첫 번째로 검을 기화시켜서 날리기만 하고 다시 물질화시키지 않을 경우 놀랄 정도로 기운과 심력의 소모가 적었다.

두 번째로는 심검을 펼칠 때 물질화를 포기하고 물리적인 파괴력을 발생시킬 경우, 기화 대상의 무게가 무거울수록 적은 기운으로 많은 파괴력을 발생시키는 것도 가능하다는 사실을 알아냈다. 무극의 권은 더 많은 기운을 투입해야만 가능한 일을, 도구를 소모해 버린다는 대가만을 지불하고 구현할 수 있다는 점은 대단히 매력적이었다.

세 번째로는 기환술사가 기물과 술법을 준비하듯이, 전쟁을 위해 장비와 물자를 준비하는 것만으로 전투 수행 능력을 증가시킬 수 있다는 점이다. 심상경의 영역에서 그런 일이 가능하다는 점은 귀혁을 흥분시켰다.

"너야 워낙 기운이 넘쳐나긴 한다만 그래도 투자 대비 효과가 놀랍도록 뛰어난 기술이니 익혀두면 정말 좋을 것이다."

"확실히 매력적인데요? 아, 그런데 혹시 그 기의 물질화라는 것은 대체 어떻게 하시는 거예요? 저도 할 수 있나요?"

"흠. 나는 심상경을 연구하는 과정에서 한 가지 새로운 개념을 찾아냈단다."

그것은 현실과 심상의 경계, 귀혁이 '심상계'라 정의한 장소였다.

"객관적으로 볼 때 심상경의 절예는 인간의 내면에 품은 심상과 현실의 불일치를 수정하기 위한 작업이다. 이 과정은 인간이 인식할 수 있는 시간을 초월해서 즉시적으로 이루어지지."

기술이 완성되는 순간과 명중하는 순간의 시간 차가 없다.

하지만 귀혁은 기술의 완성 과정을 보면 꼭 거쳐 가는 단계가 있다는 사실을 알았다. 기술을 구사하는 자의 의식이 현실과 심상경의 영역을 잇는 바로 그 순간이었다.

"이 과정을 극한까지 줄이면 심즉동의 경지에 이르렀다고 한다. 그런데 반대로 이 과정을 한없이 늘릴 수도 있지 않을까?"

귀혁은 자신이 심상계라 정의한 영역에는 시간이라는 개념 자체가 존재하지 않는다는 사실을 알았다. 그곳에 시간 개념이 적용되는 것은 인간의 의식에 관측되는 순간뿐이다.

"그렇다면 원하는 순간을 고정시켜 둘 수도 있지 않을까? 그런 의문을 품고 연구한 끝에 거기에 도달했다. 아직 이 연구는 초기 단계지만 좀 더 연구하면 아주 굉장한 성과를 얻을 수 있을지도 모르지."

"…이미 엄청나게 대단한 것 아닌가요?"

"그 일을 해냈다는 것 자체로 대단하다는 평가를 듣는다면, 나는 당연하다고 할 것이다. 그러나 그 안에 잠재된 가능성을 생각하면 아직 내가 이룬 성과는 초라하지."

그렇게 단언한 귀혁은 손을 휘휘 내저었다.

"어쨌든 이걸 네가 배우는 것은 좀 더 훗날이 될 것이다. 어떻게 가르쳐야 할지도 아직 확정하지 못했으니까. 그것 말고도 배워야 할 것들이 많으니 당분간은 각오하거라. 그리고……."

귀혁은 형운이 무인으로서 배워야 할 것들 말고도 앞으로 기다리고 있는 일들을 줄줄이 늘어놓았다.

그 장대하면서도 꼼꼼한 계획을 들은 형운이 한숨을 푹 쉬었다.

"아무래도 저는 평생 사부님께 배우기만 해야 할 것 같은데요, 이거?"

"모쪼록 그 전에는 끝났으면 좋겠구나."

제92장
새로운 세대

성운을 먹는자

1

새해가 밝자 별의 수호자 총단에서는 언제나처럼 신년 비무회가 열렸다.

올해의 신년 비무회는 꽤나 흥미로운 행사였다.

일단 청년부에서 우승 후보로 꼽히는 자들의 면면이 젊다 못해 어렸다. 작년에 뛰어난 기량을 보였던 강연진과 양우전이 올해는 큰 폭으로 성장했으리라는 전망이 지배적이었다.

그런 가운데 새로운 대항마가 출현했는데, 이 또한 젊다 못해 어린 인물이었다.

화성의 막내 제자 오연서였다.

천공지체 후보가 되어 총단에 머무르고 있는 그녀는 강연진과 동갑, 즉 올해로 17세가 된다. 화성이 총단에 장기간 머무르면서 계속 지도하고 있는 만큼 신년 비무회에서도 두각을 드러낼 것이라고 기대하는 이가 많았다.

형운과 객석에서 비무회를 관전하던 서하령이 물었다.

"척마대주로서 대원들의 결과에 대해서 어떻게 생각해?"

"안타깝다고 생각해."

형운이 쓴웃음을 지었다.

이번 비무회에는 척마대원들도 세 명 참가했다. 하지만 다들 결과가 별로 좋지 않았다.

하필이면 형운의 사제들에게 패한 경우가 셋이나 된다는 점이 가슴 아프다. 올해로 모든 영성의 제자단이 청년부로 승격했고, 다들 1승 이상씩을 거두면서 2차전 대진표에서 상당한 비중을 차지했다.

애당초 신년 비무회에 참가하려면 자기가 소속된 곳에서 참가권을 확보해 줄 만한 실적이나 재능, 혹은 배경이 있어야 한다. 이런 상황이다 보니 무조건 참가권을 따낼 수 있는 영성의 제자단이 활약하는 것은 당연한 결과였다.

"그래도 역시 귀혁 아저씨야. 고만고만한 애들이라고 생각했는데 다들 급성장하고 있네."

서하령의 말에 형운이 기가 막혀 했다.

"야, 쟤네들도 다 고르고 고른 기재들이거든?"

"그러니까 귀혁 아저씨 흉내라도 낼 수 있는 거겠지. 그 점은 높이 평가하고 있어."

"……."

"세간에서 기재라 불리는가 아닌가, 그런 건 중요하지 않아. 네가 증명하고 있잖아? 내가 살면서 누군가를 질투해 본 경험은 너뿐인걸."

서하령이 그렇게 말하며 웃었다. 그녀의 의도를 모르고 그저 그 미소만을 봐도 가슴이 두근거릴, 만개하는 꽃 같은 미소였다.

형운도 잠시 동안 말을 잃었다. 그 얼굴을 즐기듯이 바라보던 서하령이 다시 비무대에 시선을 던지며 말을 이었다.

"아저씨의 제자가 된 지도 벌써 5년이 넘었고 실전도 경험하기 시작했으니 슬슬 성장도가 두드러질 때기는 해. 운 장로님 쪽에서는 복잡한 심경이겠네."

물론 현 상황은 운 장로에게도 나쁘지만은 않았다. 강연진은 운 장로의 후원을 받고 있고, 양우전의 배경은 운 장로 일파인 호 장로였으니까.

하지만 그럼에도 그들을 이야기할 때 가장 우선시되는 신분이 영성의 제자라는 점은 운 장로에게 복잡한 심경을 느끼게 하리라.

적당히 중간쯤 가는 수준이었다면 앞으로 유용한 패가 될 것이라고 낙관할 수 있겠지만 형운을 제외하고는 가장 잘나가는 둘이라면 과연 끝까지 통제할 수 있을지 의구심이 생길 수밖에 없다. 강연진의 경우는 형운과 너무 친밀한 관계가 되어버렸다는 점도 부담스러울 것이고.

'난 언젠가 연진이에게 선택을 강요하게 될지도 모르지.'

강연진은 운 장로에게 입은 은혜가 컸다. 설령 그 이면에 어떤 의도가 있었다고 해도 큰 도움을 받은 것이 사실이며, 강연진은 그 사실을 부정할 수 있는 성품이 아니다.

형운은 강연진을 아꼈지만 그 사실을 결코 잊지 않았다. 잊어서는 안 된다는 것을 알고 있었다.

2 ·

'이럴 수가.'

양우전은 충격에 휩싸였다.

올해의 그는 자신감이 넘쳤다. 작년에 강연진에게 당한 수모를 갚아주기 위해 만전의 준비를 갖춘 상태였다. 틈틈이 귀혁에게 개인 지도를 받아가면서 문제를 개선했고, 천공지체 연구 계획 속에서 호 장로의 지원을 받아서 내공의 기반도 튼실하게 닦았다.

'내가 이런 계집에게……'

그런데 강연진에게 설욕하기도 전에 준결승에서 패하고 말았다.

상대는 화성의 막내 제자 오연서였다.

"발밑을 보지 않는 자는 걸려 넘어지기 쉽다는 격언이 이 나라에도 있지 않은가요? 비장의 수까지 제게 노출했으면서도 저를 안중에도 두지 않다니, 정말 오만함이 극에 달한 분이에요."

오연서가 양우전의 가슴팍에 검을 들이댄 채 속삭였다.

양우전은 오직 강연진에게 설욕할 것만을 생각하고 자신을 갈고닦았다. 그리고 오연서는 그런 그에게 설욕하기 위해서 만반의 준비를 갖추고 있었다.

"선현들께서는 말씀하셨지요. '하나의 화살로는 하나의 표적만을 노려라'. 그런데 저는 당신만을 겨냥해도 다른 사람까지 노릴 수 있으니 참으로 행운이네요."

그녀가 양우전에게 패했던 것은 불과 두 달 전의 일이었다.

하지만 그때도 격차는 그리 크지 않았다. 화성 하성지는 이미 한번 양우전을 상대해 본 그녀의 경험을 극대화시키는 방향으로 지도했고, 그 성과가 여기서 드러났다.

오로지 강연진만을 표적으로 삼고 다른 상대에게 있어서는 범용적인 대응성만을 믿은 양우전은, 처음부터 자신을 표적으로 삼고 공략법을 연구한 오연서를 당해내지 못했다.

그리고 오연서에게는 앞서 다른 귀혁의 제자들을 상대해 본 것이 좋은 연습이 되었다. 양우전을 표적으로 한 공략법이 영성의 제자들 모두에 대한 대응성을 갖추게 한 것이다.

"빚은 갚았습니다."

오연서는 우아하게 예를 표하고는 돌아섰다. 양우전은 치욕으로 몸을 떨며 비무대에서 내려와야만 했다.

그리고……

3

"축하하네. 자네가 아끼는 아이였지?"

며칠 후, 백건익이 형운을 찾아왔다.

올해 신년 비무회에서는 마침내 강연진이 우승을 거머쥐었다.

이 사실은 사람들을 놀라게 했다. 결승전이 시작되기 전, 사람들의 예상은 8할이 오연서의 승리로 기울어져 있었기 때문이다.

준결승에서 오연서가 양우전을 비교적 수월하게 격파했다는 점도 그랬지만, 그녀와 달리 강연진은 준결승이 피 말리는 격전이었다는 점도 이 예상에 큰 영향을 끼쳤다. 강연진은 작년 준우승자였던 성운검대의 양미준을 상대로 반 시진(1시간)에 이르는 장기전 끝에 승리했던 것이다.

당연히 결승전에 임할 때는 오연서의 상태가 훨씬 좋았다. 서로의 기량이 비슷할지라도 시작하기도 전에 승패가 갈린 것이나 다름없는 상황이었다.

그러나 강연진은 불리한 상황을 뒤집고 우승을 거머쥐었다.

"초반에는 장기전으로 끌고 가는 것처럼 보이다가 갑자기 승부에 나서서 반각(약 7~8분) 만에 끝장을 볼 줄이야. 미리 그 일전을 준비하고 있었다는 느낌이 강하게 들었는데, 자네가 준비시킨 건가?"

"네."

형운이 고개를 끄덕였다.

양우전과 달리 강연진은 오연서와 싸울 경우를 상정하고 있었다. 형운은 강연진에게 있어서 그녀가 양우전만큼이나 강적이 될 수 있으리라 예상했기 때문이다.

강연진과 오연서, 둘 다 자신이 승리하는 각본을 준비하고 나온 상황이었다. 아무 생각 없이 기량만을 믿고 임하는 것과는 전혀 마음가짐이 달라지는 싸움이다.

"화성은 자네 사제들이 열 명이나 되니 몇 번이고 싸우게 될 가능성이 높다는 것을 잘 숙지하고 준비시켰다는 느낌이었지. 그런데 강연진 그 아이는 상대가 그럴 것이라는 점을 예상하고 있었던 느낌이었고."

"그랬지요. 머릿속에 완벽한 계획을 준비하고 나왔을수록 그 계획에서 어긋나는 상황이 하나둘씩 늘어날 경우 손발이 어지러워지는 법이니까요."

형운은 강연진에게 오직 오연서를 상대할 때를 대비한 수법들을 준비하게 했다.

본신의 무공에 비하면 임시방편에 불과한 잔재주들이었지만 오연서와의 싸움에서는 아주 잘 먹혀들었다. 무인끼리의 싸움에서 비기란 무엇보다도 상대에게 드러나지 않은 미지의 수법이라는 점이 가장 강하게 작용하는 법이니까.

결국 강연진의 승리가 선언되었을 때, 객석의 상황은 정말로 볼만했다.

귀혁은 담담했지만 지성 위지혁이 노골적으로 화성을 자극했고, 분노를 참지 못한 화성이 들고 있던 부채를 분질러 먹었던 것이다.

"그나저나……."

형운은 뭔가를 기다리는 표정으로 백건익을 바라보았다.

그가 찾아오는 것이야 놀라울 것도 없었지만, 오늘은 좀 눈길을 끄는 요소가 있었다. 예닐곱 살 정도로 보이는 남자아이 한 명을 대동했다는 점이었다.

외모상으로는 눈에 띄는 구석이 없는 아이였다. 그러나 형운은 아이를 보는 순간 한 가지 사실을 알아보았다.

"영수의 혈통이군요. 겉으로 드러나는 요소는 없지만."

"한눈에 알아보다니 역시 기파를 감지하는 능력은 귀신같
군."

혀를 내두른 백건익이 아이를 형운에게 인사시켰다.

"아, 안녕하세요. 허조라고 합니다. 선풍권룡 대협을 뵙게 되
어 영광입니다."

허조는 흥분으로 눈을 반짝반짝 빛내며 형운을 바라보았다.
이 나이 또래의 아이들에게 있어서 형운은 그야말로 선망의 대
상이었다.

"반갑다. 허조, 너는 혹시 육령조 어르신의 후예니?"

"어, 어떻게 아셨지요?"

허조가 화들짝 놀랐다.

영수의 혈통임을 알아본 것은 백건익도 마찬가지였기 때문에
그럴 수도 있겠다 싶었다. 그런데 외모상으로 딱히 두드러지는
특징도 없는데 한눈에 자신의 선조까지 알아보다니?

"그냥 저번에 그분을 뵈었을 때 느낀 것과 비슷해서."

형운은 허조가 영수 혼혈 1세대가 아니라 2세대라는 것까지
알아차렸지만 거기까지는 말하지 않았다.

'어쩐지 그분 인간 모습이 자연스럽더라니.'

백령회의 보금자리에서 만난 육령조는 인간의 모습으로 둔갑
했을 때의 행동이 자연스러워서 인간들 사이에 섞이기에 무리
가 없어 보였다. 그것은 인간과 관계를 맺은 세월이 있기에 가
능한 일이었나 보다.

허조를 보던 형운은 문득 한 가지에 생각이 미쳐서 백건익에

게 물었다.

"혹시 제자로 받으셨습니까?"

"그렇게 되었네. 육령조 어르신께서 부탁을 하시는데 거절할 수가 없어서 원."

백건익이 쑥스러운 듯 머리를 긁적였다.

그의 나이도 슬슬 40대를 바라보는 중이고, 파견 경호대주라는 높은 지위에 올랐으니 제자 한둘쯤 두어도 이상하지 않았다. 하지만 그는 교관 노릇은 많이 해봤어도 제자를 두고 가르친 적은 없었다.

자신을 연마하는 것만으로도 부족하니 언젠가 만족할 만한 경지에 오르게 되면, 자신이 이룬 것을 후세에 물려주고 싶다는 기분이 들면 그때나 제자를 들이리라, 그렇게 생각하고 있었는데 갑자기 인연이 찾아와 버렸다.

형운이 미소 지었다.

"축하드립니다."

"고맙네."

"저희 사부님께서 말씀하시길 저를 가르치면서 배운 것이 많다고 하셨습니다. 분명 제자를 가르치는 일은 백 대주님 자신을 연마하는 길이 되기도 할 겁니다."

"영성께서 그렇게 말씀하셨다니 좀 안심이 되는군. 빈말은 안 하시는 분이지 않나?"

"정말 그렇지요. 그리고 보니 요즘 제자 소식이 많이 들리는군요. 슬슬 저도 구세대가 되어가는 기분입니다."

귀혁이 제자단을 받았다는 사실을 알았을 때하고는 또 다른 기분이었다. 그때는 자신에게 사제들이 생긴다는 사실이 신기했을 뿐이다.

하지만 최근 들어 화성이 오연서라는 새로운 제자를 선보이고, 지성도 제자를 받았음을 공표했는데 백건익까지 제자를 소개시키러 온 것을 보니 슬슬 별의 수호자의 다음 세대가 시작되었다는 느낌이 들었다.

백건익이 웃었다.

"자네는 그런 기분을 이제야 맛보는군. 나는 오래전에 경험했지. 아마 자네만이 아니라 자네와 같은 세대 모두가 그런 기분을 느끼고 있을 걸세. 슬슬 어린놈 취급은 덜 받겠구나, 나도 나이를 먹었구나 싶지."

"뒤쪽은 제가 아직 새파랗게 젊어서 잘 모르겠군요."

"하긴 그렇지. 명성으로 보면 한 20년쯤 앞서갔지만, 그건 자네 세대가 모두 그렇고."

형운의 세대는 성운의 기재들 때문에 다른 이들은 다들 이름 알리기가 힘들었다. 형운의 명성이 너무 독보적인 수준이라 좀 묻히는 감이 있지만 다른 성운의 기재들 역시 젊은 나이라고는 믿을 수 없을 정도로 뛰어난 활약을 펼치면서 자신의 존재를 세상에 각인시켜 왔다.

백건익이 말했다.

"이 아이는 서 원주에게도 교육을 부탁해 볼 생각일세."

"음공의 자질이 있습니까?"

"서 원주에게 보여봐야 확실해지겠지만, 내가 보기에는 꽤 재능이 있어 보이는군."

백건익은 그동안 꾸준히 음공원에 다니면서 연구에 협력했고, 그 과정에서 음공원에서 확립한 음공의 기본을 터득했다. 그런 그이니 근거 없이 하는 말은 아닐 것이다.

"나중에 기회가 되면 자네에게도 한 수 가르침을 부탁함세."

"알겠습니다."

"기왕이면 나도."

"그건 좀……."

쓴웃음을 짓는 형운의 대답에 백건익이 껄껄 웃었다.

4

새해가 되어도 형운은 여전히 정신없이 바빴다.

다만 척마대주로서의 일은 거의 부대주들에게 맡겨두고 있었기 때문에 바쁜 이유는 좀 달랐다. 거의 대부분의 시간을 귀혁과의 수련에 투자하고 있었고, 그렇지 않은 경우는…….

"척마대주, 여기서 보는 것은 처음이로군."

천공지체 연구에 협력할 때였다.

형운은 자신을 못마땅하게 쩨려보는 화성에게 묵례하고는 말했다.

"일이 좀 있어서 왔습니다. 화성께서는 제자분 일로 오셨습니까?"

"그렇다. 그쪽도 2차 후보에 오른 모양이더군."

형운은 강연진을 대동하고 왔다. 그리고 하성지도 오연서를 대동하고 왔기에 둘은 노골적으로 적대감을 드러내면서 서로를 노려보고 있었다.

"연진이야 신년 비무회 우승자이기도 하니까요."

순간 화성의 기파가 날카로워졌다. 강연진과 오연서가 움찔했지만 형운은 태연하게 말을 이었다.

"뭐, 오늘은 제 일보다는 연진이의 천명단 복용 때문에 온 겁니다."

"신년 비무회 우승자에게 천명단이라. 일월성단은 좀처럼 내주질 않더니 그건 잘도 내주는군."

화성이 콧방귀를 뀌었다.

작년에 개발이 완료된 천명단은 열 명의 피험자들을 통해서 1차적으로 효력과 안정성이 입증되었다. 서하령과 가려, 마곡정을 포함한 열 명은 복용 후 시간이 지나도 아무런 문제를 보이지 않았다.

또한 형운은 가려가 천명단을 복용한 지 반년이 지나는 시점에서 해룡단을 복용시킬 계획이었다.

일단 그때쯤이면 슬슬 가려가 천명단의 기운을 다 소화시킬 것으로 예상되었고, 천명단 피험자들은 복용 후 반년 동안은 다른 영약과 비약의 섭취를 최소한으로 제한하면서 지속적으로 실험 자료를 제공해 줘야 하는 의무가 있기 때문이다.

형운이 말했다.

"일월성단보다 위험성이 적은 데다가 제작 비용이 저렴하니까요. 이것으로 또 우리 무인들의 평균 내공 수준이 진일보하리라고들 하니, 앞으로는 더 경쟁이 치열해지겠지요."

이정운 장로가 이뤄낸 성과는 그토록 컸다. 일월성단 연구와 천공단 연구에 이어서 별의 수호자의 연단술 역사에 또 한 획을 그었다고 할 수 있으리라.

그리고 그것은 천공지체 연구에서도 자연스럽게 이정운 장로가 주도권을 잡는 것으로 이어졌다. 운 장로가 정치적인 입지를 이용해서 사전 작업을 했지만 중립파 장로들은 생각할 것도 없다는 반응이라 어쩔 수가 없었다.

덕분에 형운은 천공지체 연구 속에서 귀혁의 계획을 실현하기 위한 거의 무제한적인 지원을 받을 수 있었다.

하성지가 비아냥거렸다.

"앞으로 경쟁자가 없을 일월성신에 9심 내공을 이룬 자다운 여유로군. 적어도 그 경쟁은 자신과 상관없는 영역에서의 일이다 이건가?"

"부정하진 않겠습니다. 저는 그저 그렇게 경쟁하는 이들을 도와주는 역할로 만족해야지요."

"……."

형운이 여유롭게 받아치자 하성지가 못마땅한 표정을 지었다.

일월성신인 형운은 천공지체 연구에서도, 그리고 각 세력의 무인들이 일월성단이나 천명단을 복용할 때에도 조력자로서 기공사 수십 명을 뛰어넘는 활약을 하고 있었다. 이제는 다들 부담이 큰 비약을 복용해야 된다면 어떻게든 형운을 모셔 오고 싶어 할 정도였고 그것이 척마대의 입지 확장으로 이어졌다.

"그럼 이만 실례하겠습니다. 오 소저, 시간이 나면 척마대로 놀러 오도록 해요. 서 원주가 아쉬운 일 있을 때마다 종종 좋은 다과를 가져와서 대접할 만한 것들이 쌓여 있답니다."

"앗, 네. 호의 감사드립니다."

강연진과 서로 노려보고 있던 오연서의 당황한 대답을 들은 형운은 그 자리를 떠났다.

잠시 그가 떠난 자리를 바라보던 하성지가 눈살을 찌푸렸다.

"젊은 놈이 정말 끝을 알 수가 없군."

"네?"

오연서가 스승의 눈치를 보았다. 하지만 하성지는 생각에 빠져서 혼잣말을 중얼거리고 있었다.

"이미 오만하다고 할 수준을 넘었어. 영성이 도대체 무슨 일을 해놓은 건지 모르겠지만 탐날 정도야."

그녀는 세간에 알려진 대로 야심가였다. 형운과 신경전을 벌이면서도 감정에 휘둘리지는 않는다. 야망을 이루는 데 필요하다면 설령 적대 관계라도 협력을 시도해 볼 수 있었다.

'하지만 지성 그놈은 안 돼. 감정적인 문제를 떠나서 운 장로 일파와는 절대 친해질 수 없어.'

스스로의 생각에 그렇게 첨언한 하성지는 오연서를 돌아보며 말했다.

"연서야."

"네."

"조만간 척마대로 놀러 가도록 해라."

"…네?"

오연서가 눈을 껌뻑거렸다.

그러자 하성지가 빙긋 웃었다. 자기 딴에는 친밀한 미소를 짓는다고 한 것이지만 오연서의 눈에는 사냥감을 찾은 맹수처럼 사납게만 보이는 미소였다.

"네가 보기에 척마대주는 어떻느냐?"

"그건……."

"솔직하게."

"굉장히 친근한 기분이 드는 분이에요. 왜인지는 모르겠지만, 저분에게 적대감을 못 느끼겠어요."

"너도 그렇게 느끼는군."

막연한 느낌에 사로잡힌 오연서와 달리 하성지는 그 이유까지도 꿰뚫어 보았다.

'조사해 본 결과로는 분명 순혈의 인간이었는데 왜 저렇게 짙은 영기(靈氣)를 지니고 있는 거지? 일월성신이라서는 아닐 텐데?'

그것은 형운의 안에 있는 빙백기심 때문이다. 지금의 형운은 웬만한 영수를 능가하는 영기를 품고 있었다. 그리고 두 개의 빙백기심이 하나로 통합되면서 그 기운을 아주 능숙하게 감출 수 있게 되었으며, 영수들에게 친밀하고 거부감 없는 느낌을 주는 사람이 되었다.

"다시 말하마. 척마대주의 초대에 응하도록 해라. 여기 있는 동안에는 자주 놀러 가도 좋다. 어차피 너도 심심했을 테니 잘 됐군."

오연서는 스승의 의도를 알 수가 없어서 눈만 껌뻑거렸다. 하성지는 척 하면 착 하고 자기 의도를 알아듣지 못하는 그녀에게 답답함을 느꼈다.

'역시 이런 눈치는 아윤이 최고지.'

아윤은 어릴 적부터 그녀의 의도를 알아차리는 눈치 하나는 귀신같아서 길게 설명할 필요가 없었다. 무공 성취와 별개로 그녀가 아윤을 아끼는 이유이기도 했다.

"척마대주와 친해지라는 말이다. 아, 다른 영성의 제자 놈들하고는 친해질 필요 없으니 알랑거리지 않아도 된다. 가서 기회가 닿으면 척마대원들과 비무도 좀 해보면서 그쪽의 훈련 방식 같은 것도 알아보면 좋은데, 이건 무리해서 하지는 말거라. 척마대주의 호의와 다른 이익을 비교해 봐서 둘이 상충한다면 무조건 전자를 우선하도록 해라."

"예."

오연서는 여전히 스승이 의도를 잘 몰랐지만, 어쨌거나 여기 와서 놀 사람이 없어서 심심한 것은 사실이었는지라 고개는 끄덕이고 보았다.

5

운중산 장로는 천공지체 연구에 많은 공을 들이고 있었다.

비록 주도권을 이정운 장로에게 빼앗기기는 했지만 그것이 이 연구를 소홀히 할 이유는 되지 않았다. 지고한 경지를 꿈꾸는 연단술사로서, 그리고 죽기 전까지는 이정운 장로를 뛰어넘고야 말겠다는 야심을 이루기 위해서 이곳에서 최대한의 성과를 얻어야 했다.

그가 정치적 입지를 확보하고자 하는 노력도 결과적으로 그

야심을 이루기 위해서였다.

자기가 오를 수 없다면 이정운 장로를 끌어내린다거나 하는 저열한 의도는 아니었다. 단지 그는 개인의 재능으로는 도저히 이정운 장로를 당해낼 수 없다고 인정했을 뿐이다.

연단술이 발달하면서 학문으로서 누적된 지식의 총량은 도저히 한 개인이 통달할 수 없는 것이 되었다. 연단술의 정점이라고 불리는 별의 수호자의 장로들도 각자 전문 분야가 명확하게 갈려 있었다.

개인의 능력으로 볼 때 이정운 장로는 압도적인 수준에 이르러 있다. 그러나 그런 그조차도 연구를 혼자서 진행하지는 않았다.

운 장로가 더 많은 인적, 물적 연구 자원을 자신의 연구에 집중시키기 위해서는 손에 쥔 권력을 유지해야 했다.

어떤 의미에서는 그의 인생은 목적과 수단이 뒤섞여 있었다.

젊은 시절부터 스스로의 재능을 과신해서 권력까지 탐했다. 그러다가 재능과 권력, 양쪽에서 거대한 벽을 만나 좌절을 맛보았다.

그 과정에서 운 장로는 깨닫게 되었다. 자신의 재능과 권력은 서로를 보완하지만, 동시에 추구하면 추구할수록 서로를 방해하는 요소이기도 하다는 것을.

운 장로는 오랜 세월 동안 그 모순과 싸워왔다.

"강연진의 점수가 상당히 올랐군."

천공지체 2차 후보가 걸러졌다. 300여 명의 1차 후보 중에 반수가 떨어져 나가고 150명 정도가 남았다. 3개월 후 3차 후보 선정이 이루어지면 또 반 이상이 떨어져 나가리라.

내부의 평가 기준에 따르면 가장 높은 점수를 받은 것은 강연진이었다. 이전에는 비슷비슷한 경쟁자들이 있었는데 이번에 천명단을 복용하면서 확연히 평가가 올라갔다.

"하나 이 정도로는 어림도 없어."

그러나 운 장로는 눈살을 찌푸리며 보고서를 던져놓았다.

문제는 그 위에 후보가 아닌 한 사람이 존재한다는 것이다.

형운.

명목상으로는 천공지체의 연구 협력자로 되어 있는 그는 강연진을 까마득하게 앞서 있었다. 이러다가는 일월성신과 천공지체가 한 몸으로 구현되는 거 아니냐는 말도 안 되는 예측이 나올 정도다.

"이 아이는 정말 불가사의하군. 어쩌다가 이런 괴물이 되어버린 건지 모르겠어."

"그 예측이 실제로 이뤄질 경우에는 어떻게 됩니까? 연단술사의 입장에서 보면."

지성 위지혁이 물었다. 그는 자신의 제자가 천공지체 2차 후보에 오른 일 때문에 와 있었다.

운 장로가 눈살을 찌푸렸다.

"상상하기도 싫은 일이지만, 만약 그렇게 될 경우에는… 흠. 무인의 기준으로 보면 별로 의미가 없을지도 모르겠군."

"이미 일월성신을 이루었기 때문입니까?"

"신체적으로는 이미 무인의 정점에 이르렀다고 해도 과언이 아닌데 거기서 뭔가를 더한다 한들 의미가 있겠나?"

형운이 장로회에 연구 협력할 때 자신의 모든 것을 보여주지는 않지만, 보여준 것만으로도 압도적인 수치가 나왔다. 단순히 신체 능력과 내공에 대해서라면 별의 수호자가 수집한 정보 안에서는 형운이 이 시대의 최강자였다.

　"아마 그 점은 차기 설산검후가 지금 이상의 경지를 이룬다고 하더라도 마찬가지일 터. 현재 파악된 예외라면 윤극성의 풍아검(風牙劍) 정도겠지."

　"아, 그 풍혼족의 피를 이었다는 성운의 기재 말입니까?"

　무상검존 나윤극의 셋째 제자인 만검호 봉연후, 그가 제자로 거둔 성운의 기재 위해극은 풍아검이라는 별호를 얻었다.

　재작년에 그가 강호에 나왔을 때 수집된 정보에 따르면 믿을 수 없는 괴력과 풍신이 현세에 강림한 듯 폭풍을 몰고 다닌다고 한다. 아마도 신체와 내공 모두 기심의 수만으로는 짐작할 수 없는 수준에 이르러 있으리라.

　"하지만 연단술사 입장에서 보면 다르지. 지금의 그 아이가 우리에게 있어서 운철(雲鐵) 이상의 보물이라면……."

　운철은 성혼철이라는 전설적인 소재를 운룡족의 신기로 가공하여 만들어낸 물질이었다. 하운국의 신기인 운룡검(雲龍劍)이 바로 이 운철로 벼려낸 것이라고 한다.

　"천공지체까지 이룰 경우에는 글쎄, 그것보다도 수백 배 가치 있으며 동시에 그만큼 위험하기도 한 재앙의 보물로 보일 걸세."

　"어째서입니까?"

　"우리는 일월성신에 대해서도 다 알지 못했고, 지금도 다 알지 못하지. 형운 그 아이가 보여주는 변화를 연구가 따라가지 못하고 있는 상황이고, 유명후라는 악몽 같은 예가 있다네."

그런데 거기에 또 하나의 미지인 천공지체가 더해진다? 그것이 과연 어떤 결과를 낳을지 상상조차 할 수 없었다.

"형운 그 아이가 유명후처럼 인간을 벗어난 존재로 폭주라도 한다면 어떻게 될 것 같은가?"

"음……."

"그런 위험을 내포하고 있는데 그저 사람의 의지, 성품만을 믿어야 한다니 불안해서 견딜 수가 없는 지경이네. 내 바로 옆에서 불붙은 화탄이 굴러다니는 것을 보는 기분이야. 하지만 문제는 그 위험을 감수할 정도로 매력적인 데다 성존께서 비호하시기 때문에 건드릴 수도 없다는 점이지."

그렇기 때문에 운 장로는 어떻게든 다른 후보로 가시적인 성과를 내고 싶었다. 그래야만 형운을 천공지체 연구에서 한발 물러나게 할 수 있기 때문이다.

운 장로가 한숨을 쉬며 물었다.

"제자를 받아보니 어떤가?"

"어렵더군요. 영 뜻대로 안 됩니다."

"자네도 풍성과 비슷한 말을 하는군."

"초 선배도 그랬습니까?"

"한 세 번째까지는 그런 말을 했다네. 네 번째 이후로는, 곡정이를 제자로 들이기 전까지는 그런 말을 안 했고."

"척마부대주라면 참 사고뭉치였다는 말은 많이 들었습니다."

"상상을 초월할 정도였지. 하령이가 없었다면 도저히 제어가

안 됐을 게야. 재능이라도 넘치지 않았다면 진즉 내쳤을지도 모르지."

운 장로가 예전을 생각하며 혀를 끌끌 찼다. 어릴 적을 생각하면 마곡정이 지금처럼 자란 것이 정말 기적 같다.

"어쨌든 잘 키워보게. 아무래도 3차 후보에 남기는 것까지는 무리겠지만⋯⋯."

사실 위지혁의 제자는 2차 후보에 남을 만한 평가를 받지 못했지만 운 장로의 입김으로 남겨졌다.

"곧바로 내가 진행 중인 다른 연구 계획에 피험자로 포함시켜 줄 테니 지원은 걱정 말게."

"알겠습니다. 화성의 제자에게만큼은 뒤지지 않도록 키울 겁니다."

최근 총단에서 하성지와 만날 때마다 날을 세우고 있는 위지혁은 제자 경쟁에서는 반드시 그녀를 이기겠다는 의지를 활활 불태웠다.

6

광세천교의 그림자 교주, 만상경은 폐허를 걷고 있었다.

아니, 그것을 과연 폐허라고 해야 할까?

화산이나 지진 같은 자연재해가 덮치고 간 후의 풍경이라고 믿을 수밖에 없는, 그러나 그렇게 보기에는 너무나도 어색한 구석이 많은 대파괴의 흔적이었다.

"과연 흉왕. 무지막지하군요."

그것은 바로 하운국과 위진국의 국경 지대, 귀혁과 흑영신교주가 싸운 장소였다.

"역시 아직 흔적이 남아 있군요. 여기서라면 엿볼 수 있을 것 같습니다."

만상경은 눈을 감으며 말했다. 그가 지닌 예지는 저 아득한 곳에서 지상을 굽어보는 광세천이 천기를 읽어내는 힘, 그 힘은 시공을 관통한다. 즉 미래를 엿보는 것만이 아니라 과거를 읽어내는 것도 가능하다는 뜻이다.

"이만큼 시간이 흘러서인지 신녀의 예지도 여기로 향해 있지 않아요. 하지만 흔적은 지워져 있군. 그래도 역시 경계가 약해."

만상경은 예지로 시간의 흐름을 돌이켜 보며 혀를 찼다.

그가 여기에 온 것은 귀혁에 대해서, 그리고 흑영신교의 연구에 대해서 알아보고자 함이었다. 하지만 신녀의 힘으로 이곳에서 흑영신교가 진행한 연구에 대한 흔적을 읽는 것은 막혀 있었다.

아니, 좀 무리한다면 읽을 수는 있으리라. 그러나 그렇게 하면 만상경도 대가를 치러야 한다.

그의 호위로 따라온 칠왕의 한 명, 혼살권 유단이 물었다.

"원하는 것은 얻으셨습니까?"

"반은 얻었군요. 구체적인 자료 같은 것은 얻지 못했지만 이곳에서 일어난 일을 보았으니 그것만으로도 충분한 성과입니다. 역시……."

만상경이 차갑게 웃었다.

"흑영신교주는 당초의 목표를 포기하고 대안을 택했군요. 지금의 완성도는 믿을 수 없을 정도로 높지만, 우리에게는 상관없는 일입니다. 그가 포기한 것은 광요가 이루고 있으니. 완성까지 머지않았습니다."

제93장
멸망한 자들의 유적

성운을 먹는 자

1

하운국 사대마, 아니, 이제는 삼대마 중에서 백마(百魔)는 특이한 존재였다.

그는 분명 인간에게 해악을 끼치는 존재였다. 기분 내키는 대로 인간을 죽이고, 필요하면 피나 정기를 갈취하기도 했다.

그런데 놀랍게도 그는 다른 마인들과 달리 인간들에게 도움이 되는 구석이 있었다.

바로 요괴를 사냥한다는 점이다. 그는 끊임없이 요괴를 사냥하여 자신에게 통합함으로써 끝없는 다양성을 내포한 존재를 추구하고 있었다. 그리고 그런 요괴 사냥은 분명히 민초들에게 이로운 일이었다.

하지만 그것으로 그가 행한 해악이 용서되는 것은 아니다. 황실에서도 어떻게든 그를 잡으려고 벼르고 있었지만 수십수백의 요괴를 안에 내포한 그의 능력이 너무나도 신출귀몰해서 도저히 잡지 못했다.

황실 마교 대책반에 협력하러 나온 천유하는 자신이 백마와 조우하게 될 거라고는 전혀 생각해 보지 않았다.

쿠구구구궁……!

자욱하게 일어난 흙먼지가 산 능선을 타고 안개처럼 흐르면서 주변의 시야를 제약했다.

"큭……!"

천유하가 신음했다.

방금 전, 그는 죽을 고비를 넘겼다. 그의 옆을 기다란 촉수 같은 것이 무시무시한 속도로 때렸는데 그 위력이 어마어마했다.

"사부님, 괜찮으십니까?"

"으음. 괘, 괜찮다."

그렇게 대답하는 우격검 진규는 전혀 괜찮아 보이지 않았다.

백마가 출현하는 순간, 가장 먼저 대적한 것이 그였다. 그는 속수무책으로 당할 뻔한 이들을 구해내고 백마의 어깨에 검상을 남기기까지 했지만 그 직후 이어지는 공세를 방어하다가 내상을 입었다.

쉬리리리릭!

무수한 촉수들이 춤을 추며 주변을 난도질하기 시작했다. 수십 장 길이로 늘어나서 고속의 궤적을 그려내는 그 촉수들이 주변에 흩어져 있던 마교 대책반의 무인들을 노렸다.

"크악!"

"이, 이건 대체 뭐냐?"

마교 대책반은 지금껏 마교와 싸우고, 그리고 그 과정에서 마인들이나 요괴들을 척살해 온 전적이 있었다. 핵심이 되는 관병들 말고는 계속해서 인원이 교체되기 때문에 모두가 숙련되었다고 할 수는 없지만 전체적인 대응 능력은 상당히 뛰어나다.

하지만 예기치 못하게 마주친 백마의 능력이 실로 괴상하고 강력해서 다들 혼란에 빠졌다. 그리고 백마는 그 틈을 아주 능숙하게 찌르고 들어왔다.

카앙!

허공에서 불꽃이 튀며 천유하가 한 걸음 물러났다.

'수십 개의 연검이 춤을 추고 있다. 이것도 요괴의 능력인가?'

촉수의 정체는 자유자재로 길이가 늘어나는 연검이었다. 수십 장 길이로 늘어난 그 촉수가 채찍처럼 날카로운 기세로 날아들 때의 파괴력은 웬만한 무인은 무기째로 두 동강 날 정도로 어마어마했다.

캉! 카아앙!

하지만 마교 대책반에는 뛰어난 무인이 많아서 천유하 말고도 곳곳에서 그 공세를 받아내는 이들이 있었다.

천유하는 진규가 기맥을 다스리고 몸을 일으키는 것을 보며 말했다.

"사부님, 물러나서 부상을 다스리십시오."

"어쩔 셈이냐?"

"싸워보겠습니다."

"하지만……."

천유하는 스승의 뒷말을 듣지 않고 흙먼지 속으로 뛰어들었다.

동시에 마치 기다렸다는 듯 투명한 기공파가 날아들었다. 흙먼지가 아니었다면 궤도가 보이지도 않았을 정도로 은밀한 기공파였다.

'엄청난 힘을 가졌으면서도 약은 수를 쓰는군.'

그러나 천유하는 검을 놀리지도 않고 허공섭물의 힘으로 그 궤도를 비틀었다. 그러면서 전진하는 속도를 높여서 순식간에 백마에게 도달했다.

"백마! 멈춰라!"

천유하는 일부러 큰 소리로 외쳤다.

바깥에서 자신의 움직임을 알 수 있도록 하기 위해서였다. 지휘관이 듣는다면 무인들과 기환술사들을 움직여 자신을 지원하리라.

가까이서 본 백마는 긴 머리칼과 시체처럼 창백한 얼굴을 가진 남자였다. 그의 머리카락 끝에서 마치 허공에다 먹선을 그어 놓은 것 같은 어둠의 궤적이 땅으로 이어지고, 그리고 그로부터 연검의 촉수가 뻗어 나가서 주변을 난도질했다.

천유하는 그와 시선을 마주하는 순간 몸을 틀었다.

파앙!

아슬아슬하게 천유하의 머리가 있던 자리를 뭔가가 때렸다.

'격공의 기!'

대뜸 격공의 기로 공격해 온 것이다. 천유하 역시 격공의 기를 터득하지 않았더라면 회피하지 못했을 것이다.

백마의 머리가 홱 돌아갔다. 회피와 동시에 천유하가 격공의 기로 반격했기 때문이다.

천유하는 곧바로 기세를 몰아서 백마를 베어버리려고 했다. 하지만 검기를 뻗어내다 말고 뒤로 몸을 날려야 했다.

땅속에서 괴물의 팔이 솟아나서 섬광을 토해냈기 때문이었다.

쫘과과광!

기습임에도 천유하는 당황하지 않았다. 검으로 섬광을 비껴내고는 반격했다.

파학!

분명 백마가 품은 요괴 중 하나였을 괴물의 팔이 일검으로 잘려서 날아갔다.

그러나 그사이 백마는 한 대 얻어맞아서 드러냈던 허점을 회복했다. 자신에게 달려드는 천유하를 본 그가 뒤로 훌쩍 뛰면서 쌍장을 펼쳤다. 직후 붉은 기공파가 시야를 가득 메우면서 날아들었다.

'큭! 엄청난 위력이다!'

강맹한 힘이 폭발하면서 흙먼지가 더욱 심해졌다.

그러나 천유하는 퍼져 나가는 충격파를 자연체와 검기로 흘려내면서 백마에게 돌진했다. 백마가 연거푸 기공파를 쏘아냈지만 천유하는 조금도 흔들리지 않고 흘려 버렸다. 그의 내공도 이미 7심에 이르렀기에 기술만 발휘할 수 있다면 이런 공격도 아무렇지도 않게 받아넘기는 것이다.

쾅!

소나기처럼 쏟아지던 백마의 기공파를 뚫고 천유하의 기공파가 작렬했다.

하지만 백마는 아무런 타격을 입지 않았다. 몸 전체를 호신장벽으로 두른 채 뒤로 물러났을 뿐이었다.

"성운의 기재?"

백마가 다 죽어가는 사람처럼 흐릿한 눈으로 천유하를 보며 중얼거렸다.

—천 공자! 사격 지원하겠소! 조심하시오!

그러는 사이 바깥쪽에서 새하얀 불꽃을 휘감은 화살들이 날아올랐다.

그 화살들이 대지에 꽂히며 새하얀 불꽃이 폭발적인 기세로 퍼져 나갔다. 서로 공명하듯이 불꽃들이 만나는 지점에서 몇 배로 강한 반응이 일어나서 일거에 주변을 휩쓸었다.

화아아아아악!

마인이나 요괴처럼 부정한 기운을 원천으로 삼는 존재를 상대하기 위한 기물병기, 정혼시(正魂矢)였다.

이 기운은 무인에게도 영향을 끼치지만 마교 대책반의 무인은 사전에 이에 대비한 호부를 착용하고 있었다. 백마가 새하얀 불꽃 속에서 비틀거리는 순간 천유하가 돌격했다.

파학!

백마의 가슴팍이 깊숙이 베이면서 피가 튀었다.

천유하는 일검으로 만족하지 않았다. 백마가 보이는 것보다 훨씬 거대한 존재임은 널리 알려져 있다. 그 안에 있는 존재를 남김없이 죽일 때까지 몰아쳐야 했다.

콰콰콰콰콰!

강맹한 검기가 연달아 쏟아지면서 빛의 폭풍이 형성되었다. 천유하는 자신이 쏘아낸 검기의 흐름을 제어하여 다시 불러들이고, 거기에 새로운 검기를 계속 덧붙이는 방식으로 죽음의 권역을 형성했다. 7심의 내공으로부터 비롯되는 기운이 그 안에 있는 것들을 갈가리 찢어발겼다.

"크으어어어······!"

백마가 소름 끼치는 비명을 토해냈다.

연달아 쏟아지는 정혼시가 그의 기운을 뒤흔들어 놓았고, 거기에 태세를 정비한 기환술사들이 술법을 더하니 천유하의 공세에 제대로 대응할 수가 없었다.

─곤란하군. 너, 우리가 수집한 정보보다 훨씬 뛰어나구나.

하지만 그때였다.

─어차피 놔둬도 알아서 잘 살아나겠지만 그래도 백마는 앞으로도 쓸모가 많으니 감정이 상하면 곤란해. 지금 너를 죽일 수는 없지만 좀 얌전하게 만들어주마, 유성검룡.

천유하에게 누군가 전음으로 말을 걸어왔다.

그리고 악몽이 시작되었다.

2

척마대는 정신없이 바빴다. 그들의 명성이 높아지면서 협력해 주는 이들이 늘자 들어오는 정보량이 더욱 늘었기 때문이었다. 도움의 손길을 바라는 자들의 수에 비하면 척마대의 규모도

턱없이 모자라서 일거리를 골라야 할 지경이었다.

'흑영신교 놈들이 좀 잠잠해진 게 다행인지 불행인지…….'

형운은 보고서들을 읽으면서 눈살을 찌푸렸다.

한서우와 연합해서 한바탕 두들겨 준 이후 흑영신교는 활동을 드러내지 않고 있었다. 상식적으로 추측해 보면 그때 입은 타격이 너무 커서 얌전해질 수밖에 없었던 것이겠지만, 지금까지 당한 일이 워낙 많다 보니 과연 그럴까 의심하게 된다.

"후우."

형운이 보고서를 놓고 의자에 기대어 눈을 감았을 때였다.

"대주님!"

그의 집무실 방으로 급하게 뛰어 들어오는 이가 있었다. 의아해하는 형운에게 그가 충격적인 소식을 전했다.

"황실 마교 대책반이 전멸의 위기에 빠졌다고 합니다! 긴급히 지원을 요청해 왔습니다!"

간략하게 작성된 보고서를 읽은 형운의 표정이 굳었다.

―황실 마교 대책반이 광세천교의 지부를 쫓는 과정에서 백마와 조우. 정체불명의 유적 출현. 전사자 다수 발생. 유성검룡 천유하를 비롯한 다수의 인원이 실종.

3

황실 마교 대책반에는 별의 수호자의 무인들도가 있었다. 그들 중에서 전사자와 실종자가 나온 상황이라 별의 수호자에서도 움직여야 했다.

하지만 이번 일은 총단에서 나설 일은 아니었다.

일이 벌어진 곳이 영운성이라 너무 멀다. 사안의 급박함을 생각하면 당연히 영운성 쪽에서 인원을 모아야 했고, 실제로도 그런 조치가 이루어졌다.

이런 상황에서 형운이 자신이 지원하러 나설 것을 요청했다.

과연 거기까지 가는 동안 사태가 끝나지 않을지 의문이었지만, 그 요청은 승인되었다.

원래 형운은 혼자서 가려고 했다. 자신의 이동 능력이 타의 추종을 불허하는 만큼 한달음에 달려가서 그쪽 인원들과 합류하면 된다는 생각이었다.

하지만 가려가 그 뜻을 꺾었다.

"저도 가겠습니다."

"누나, 이번에는 누나를 데리고 가지 않는 분명한 이유가 있어요. 미안하지만……."

"알고 있습니다, 제가 따라가면 공자님이 그쪽에 당도하는 게 훨씬 늦어진다는 것은."

가려 역시 내공이 6심에 도달했기에 일반인은 상상도 할 수 없는 이동 능력을 자랑한다. 여기에 전국적인 활동을 위해 준비한 척마대의 긴급 지원조 운용 계획을 쓰면 깜짝 놀랄 정도로 빠르게 목적지에 당도할 수 있으리라.

하지만 그럼에도 가려는 형운이 혼자 가는 경우에 비하면 엄청나게 시간을 많이 잡아먹게 되리라는 사실을 알았다.

"그런데도 따라가야겠다고요?"

"네. 공자님은 먼저 가셔도 좋습니다. 그저 제가 뒤따라가서 돕는 것만은 허락해 주십시오."

"왜 그렇게까지 하는 거예요?"

형운의 호위무사로서 떨어지지 않겠다는 뜻이라면 모를까, 늦어서 헛걸음을 하는 한이 있더라도 가고야 말겠다는 의지를 불태우는 이유가 궁금했다.

가려가 형운의 눈을 똑바로 바라보며 대답했다.

"저는 천 공자에게 목숨 빚을 졌기 때문입니다. 언젠가 기회가 생긴다면 반드시 그 빚을 갚겠노라고 천 공자에게 맹세했었습니다."

"알겠어요."

형운은 고개를 끄덕였다. 이렇게까지 말하는데 떼어놓고 갈수 있을 리가 없었다.

"그럼 차라리 인원을 꾸리기로 하죠. 어차피 늦어지는 거라면."

"혼자 가셔도 됩니다."

"저 혼자 가고, 누나가 따로 따라오고? 그런 건 의미가 없을뿐더러 위험해요."

자신과 떨어지고, 총단에서도 나올 경우 가려는 흑영신교의 신녀가 얼마든지 그 행동을 예지할 수 있는 대상이 된다. 만에 하나라도 그녀의 움직임이 포착될 경우 흑영신교가 무슨 짓을 할지 모르지 않은가?

형운은 그런 식으로 허점을 보일 생각이 없었다.

"어차피 데리고 갈 사람 정하느라 시간 잡아먹을 일도 없고요."

형운은 곧바로 마곡정과 서하령에게 연락해서 같이 갈 것을 청했다. 두 사람은 흔쾌히 허락했다.

이들을 선발한 조건은 최대한 빨리 현장에 도착하기 위한 이동속도의 확보, 그리고 천유하와의 친분이었다. 전자의 조건만이라면 충족하는 사람들이 몇 더 있지만 후자의 조건까지 따지면 이들밖에 없었다.

그런데 그 소식을 들은 뜻밖의 인물이 지원해 왔다.

"나도 데려가 주게."

"오량 선배?"

마곡정의 사형인 오량이었다.

"나도 유성검룡과는 인연이 있지. 황실 마교 대책반도 그렇고."

그 역시 마교 대책반에 파견되었던 적이 있었고, 그곳에서 활동하면서 세운 공적이 경력을 회복하는 데 많은 도움이 되었다.

"게다가 무엇보다 자네에게 갚을 빚도 있으니까."

오량은 언젠가 형운에게 빚을 갚겠노라고 약속했다. 그리고 지금이 바로 그 기회라고 여겼다.

형운은 흔쾌히 받아들였다.

"함께해 주신다면 든든할 겁니다. 다만 가는 길이 굉장히 힘들 테니 각오해 주시지요."

"걱정 말게. 나도 그동안 놀고 있지는 않았으니까."

오량은 이전에 운룡족에게 약속받은 일월성단을 작년에 복용함으로써 내공이 진일보했다. 형운이라면 몰라도 다른 이들은 충분히 따라갈 자신이 있었다.

4

"헉, 헉, 허억……."

그러나 오량의 자신감은 금세 무너져 내렸다.

형운 일행의 이동속도는 말도 못 하게 빨랐다. 척마대의 긴급 지원조 운용 계획을 이용해서 최단 거리를 이용하면서도 필요한 물품을 보급받고, 최대한 좋은 잠자리에서 휴식을 취하고, 중간중간에는 말을 타고 이동함으로써 체력 소모를 최소화하는 일정이었다.

'맙소사. 정말 미친 짓이군.'

두 번째 일월성단을 섭취함으로써 오량의 내공은 6심에 도달했고, 진기의 질적인 면에서도 꽤 향상을 이뤘다. 하지만 그런 그도 정신이 혼미해질 정도로 무시무시한 일정이었다.

'나만 지친 게 아니라는 점은 그나마 위안이지만…….'

오량만이 아니라 형운을 제외한 세 사람도 다들 지쳐 있었다.

목적지는 영운성이었다. 진해성을 떠나서 호장성까지만 해도 한 달 일정을 잡는다. 거기서 다시 영운성까지 가면 그 두 배를 훌쩍 넘는 시간이 걸린다.

그런데 일행은 불과 사흘 만에 호장성까지의 거리 중 절반 이상을 주파했다.

먹고 자는 시간을 제외하면 거의 전부를 이동에만 쓴 결과였다. 전원 내공이 6심 이상으로 심후한 자들이기에 가능한 일이다.

하지만 그것도 한계가 있어서 이틀째, 사흘째에 접어들면서 조금씩 이동속도가 떨어지고 있었다.

다시 하루를 이동해서 지부에서 머문 날, 형운이 총단으로부터 온 연락을 보고 반색했다.

"시간을 많이 단축할 수 있게 됐습니다."

"어떻게 말인가?"

날마다 느려지고 있어도 여전히 일행의 이동속도는 경이로웠다. 하지만 이대로 가면 목적지까지 도달하는 총 예상 소요 시간은 보름 정도가 될 것이다.

지금까지 오면서 보고받은 바로는 목적지의 상황이 좋지 않았다. 이런 상황에서 보름은 너무 긴 시간이었다.

"최고의 조력자가 나타났거든요. 정말이지 인맥은 만들고 볼 일이군요. 일단은 푹 쉬어두세요."

형운이 웃었다. 오량은 도통 그의 말에 숨겨진 뜻을 짐작할 수 없었지만, 형운은 내일이면 알게 될 것이라며 알려주지 않았다.

5

다음 날, 오량은 하늘을 날고 있었다.

"허허허허……."

살면서 하늘을 나는 경험을 한다면 그건 꽤나 훗날이 되리라고 생각하고 있었다. 언젠가는 자신도 능공허도의 경지에 오를 수 있으리라 꿈꾸었기 때문이다.

하지만 설마 거대한 영수의 등에 타고 하늘을 나는 날이 올 줄이야?

"맙소사. 꿈을 꾸는 것 같군. 전설의 육령조라니."

일행을 태운 영수는 여섯 개의 날개를 지닌 거대한 새, 육령 조였다. 이번 일에 참가하지 않은 백건익이 백령회에 연락을 취해서 육령조의 도움을 받을 수 있게 해주었던 것이다.

그들을 감싼 공기의 막 너머에서 노래처럼 아름다운 목소리가 들려왔다.

"한 시진(2시간) 정도 날고 지상으로 내려가도록 하겠네. 들르길 원하는 지점이 있으면 미리 말해주게."

육령조는 정말 빨랐으며 육로를 이동하는 인간들과 달리 지형의 구애를 받지 않는다. 그러나 아무리 뛰어난 새 영수라도 인간 넷을 태우고 하늘에 머물 수 있는 시간에는 한계가 있었다. 그는 날갯짓을 하거나 바람을 타고 나는 게 아니라 영력을 써서 날기 때문에 그런 문제가 더 두드러졌다.

형운이 말했다.

"자야 할 때는 인간의 마을 근처에 내리도록 하지요. 저희 쪽 지부나 사업체가 없더라도 제대로 쉴 만한 장소로 가는 편이 나으니까요."

"아마 오늘 해 지기 전에는 당도할 수 있을 것이네만?"

"정말 굉장하시군요."

"칭찬 고맙네. 부디 내 손자 좀 잘 봐주게나."

"물론입니다."

그리고 육령조는 정말 그날 해가 지기 전에 일행을 영운성까지 데려다주었다.

6

"닷새 만에 여기까지 오게 될 줄은……."

오량은 자기가 영운성 땅을 밟고 있다는 사실을 믿기 어려웠다.

하지만 실제로 일어난 일이었다. 육령조는 인적이 드문 산속에 그들을 내려주었고, 거기서 경공으로 조금 이동하는 것만으로 목적지에 당도할 수 있었다.

'그동안 나도 많이 노력했는데 정말 격차를 실감하게 되는군.'

오량은 혀를 내둘렀다.

괴령 사건 이후로 4년여의 시간이 흘렀다. 그동안 오량은 조금도 나태해지지 않고 달려왔다. 무인으로서 의미 있는 진보를 이루었고 망가졌던 경력도 회복하면서 주목받는 입지를 구축하기 시작했다.

하지만 형운을 보고 있노라면 자신은 아직도 멀었다는 생각이 들 뿐이다. 실력, 실적, 거기에 인맥까지 뭐 하나 따라갈 수 있는 것이 없지 않은가? 덕분에 앞으로도 나태해질 일은 없을 것 같았다.

형운이 주변을 둘러보며 말했다.

"정말 많이도 모여들었군요."

현장에는 수많은 사람이 모여들어서 시장 바닥 같은 분위기였다. 황실에서 투입한 관병들만 해도 500명 이상이었고, 마교 대책반 협력 문파들에서 보낸 인원들까지 합치면 천 명이 넘었다.

형운은 곧바로 별의 수호자 인원들과 합류한 뒤 마교 대책반의 지휘관이 있는 막사로 찾아갔다.

"자네는……."

그곳에는 형운이 아는 얼굴이 기다리고 있었다.

황실 환견대의 부대주이며 환예마존 이현의 제자이기도 한 중년의 기환술사 규람이었다.

"오랜만에 뵙습니다."

형운이 정중하게 인사했다.

규람이 말했다.

"별의 수호자 측에서 인원을 추가로 보낸다는 이야기는 들었지만 설마 자네가 올 줄은 몰랐군. 근처에 있었던 건가?"

"도움을 주신 분이 계셨습니다. 혹시 상황을 들을 수 있겠습니까?"

형운은 육령조에 대해서 언급하는 것은 피하면서 물었다. 여기까지 오는 동안에도 지부에서 보고서를 받기는 했지만 정보가 불충분했다.

규람은 고개를 끄덕이고는 그 요청에 응했다.

7

규람은 원래 이곳의 지휘관이 아니었다. 지휘관이 실종되었기 때문에 가장 가까이 있던 현장 지휘관인 그가 투입된 것이다.

그렇기에 그의 설명은 얼마 안 되는 생존자들의 증언을 종합한 것이었다.

본래 영운성의 마교 대책반이 노린 것은 마교의 비밀 지부였다. 집요하게 그들의 행적을 추적한 끝에 이곳에 비밀 지부가 있다는 결론을 내렸던 것이다.

하지만 마교 대책반이 그곳을 덮쳤을 때, 그곳에는 마치 유적을 발굴하는 것 같은 작업의 흔적이 있었을 뿐이다.

"그리고 백마가 공격해 왔지."

백마는 마치 마교 대책반이 오기를 기다리고 있었던 것처럼 절묘한 순간을 노리고 급습해 왔다.

격렬한 전투가 벌어졌고, 다수의 사상자가 나왔지만 상황은 나쁘지 않았다. 마교 대책반은 마인과 상대해 본 경험이 풍부했고, 뛰어난 무인들이 다수 있었다. 그들의 기민한 대처와 천유하의 활약으로 백마를 궁지에 몰아넣는 데 성공했다.

"그런데 갑자기 상황이 바뀌었다네."

갑자기 지진이 일어나면서 지반이 붕괴해 버렸다. 그리고 비명을 지르는 그들 사이로 어마어마한 밀도의 마기가 간헐천처럼 솟아나서 퍼져 나갔다.

지하에 파묻혀 있던 불길한 유적이 모습을 드러냈다. 거대한 뿔 같은 형상으로 지면에 돌출된 그 유적 주변으로 다수의 환마와 요괴가 출현하면서 마교 대책반은 치명적인 타격을 입었다.

"실종자들은 유적이 모습을 드러낼 때 행방이 묘연해진 자들일세."

생존자들의 증언에 따르면 마치 유적이 지상으로 돌출되면서 그들을 삼켜 버린 것 같았다고 했다. 말도 안 되는 소리였지만 모두가 공통된 표현을 쓴 것은 본능적으로 같은 것을 느꼈다는 의미이리라.

"그 후로는 긴급지원병력을 편성하고, 협력 문파들에 공문을 돌려서 사람을 모았지. 그리고 어느 정도 인원이 모인 시점에서 유적 주변의 환마와 요괴 소탕 작업에 들어갔네."

유적에서 흘러나오는 마기가 어찌나 강한지 슬슬 언어를 구사할 정도의 지성을 지닌 환마가 나타나고 있었다.

하지만 사특한 것들을 상대하는 데는 이골이 난 마교 대책반을 중심으로 수백 명의 인원이 모여 있으니 그 정도는 문제가 되지 않았다. 단 하루 만에 주변 정리를 끝낼 수 있었다.

"그리고 경계를 돌려서 계속 출현하는 환마와 요괴들을 처리하면서 슬슬 유적 안쪽을 탐사하기 시작한 상황일세. 일단 유적의 지상 층 지도는 작성이 끝났고, 지하층 지도 작성에 들어갔네만……."

규람은 지금까지 작성한 유적 지도를 펼쳐서 보여주었다. 형운이 지도에 적힌 명칭을 보고 중얼거렸다.

"사명교(四明敎)? 뭐지요?"

"400년 전쯤에 멸망한 마교일세. 당대의 위세는 흑영신교나 광세천교에 버금갔다고 기록되어 있더군."

역사적으로 보면 마교라 불린 집단은 많았다. 다만 현대로 올수록 마교로 지정될 정도로 성세를 떨치기가 어려워서 마지막

으로 마교 지정이 있었던 것은 150년 전이다. 그나마도 다 멸망
하고 지금은 흑영신교와 광세천교를 제외하면 고만고만한 사교
집단들만 있을 뿐이다.

사명교는 하운국의 혼란기를 타고 득세했던 마교였다. 당시
는 하운국의 황실의 혈통이 그대로 끊겨서 국호가 바뀔지도 모
르는 위기의 시대였고, 그만큼 사교들이 득세하기 좋은 환경이
갖춰져 있었다.

규람이 말했다.

"황실에는 당시 강호의 고수들이 사명의 사도라 칭하는 네
명의 교주와 싸웠던 기록도 남아 있네. 그들은 인간처럼 말하고
행동하지만 인간이 아닌 요괴였다고 하더군. 다만 독특한 점이
하나 있는데, 인간에서 요괴가 된 자들이라 그런지 무공이 대단
히 뛰어났다는 것일세."

"마인 중에서도 마공의 영향으로 요괴가 되는 경우가 있지
않습니까? 백마도 그렇고."

"드물긴 하지만 그렇지. 하지만 이들이 정말 특이했던 점은
마인도 아니었다는 것일세. 그들의 무공 자체는 마공이 아닌 정
공이었으며, 교도 중에서 전사라 불리는 자들 역시 딱히 마공을
익히지 않았다는군."

"그건 굉장히 특이하군요."

꽤 많은 요괴를 겪어본 형운도 처음 듣는 유형이었다.

규람이 말했다.

"문제는 그런 영향이 유적 안에서 나타나고 있다는 것일세."

"어떤 의미입니까?"

"유적 안에서 환마와 요괴가 출현하는데, 그중 일부가… 정확히는 환마가 무공을 쓰고 있네. 유적 바깥에서 나오는 자들보다 훨씬 위험도가 높아. 지금 유적 탐사 속도가 느린 이유지."

형운이 깜짝 놀랐다.

환마의 힘과 속도, 튼튼함만 해도 위협적인데 인간처럼 무공으로 싸우기까지 한다면 정말 상대하기 어려울 것이다. 게다가 탁 트인 곳도 아니고 유적 안에서는 수적 우위나 마교 대책반의 장비를 살려서 밀어붙이기도 어렵지 않은가?

형운이 심각한 표정으로 물었다.

"실종자들의 구출은 어떻게 되어가고 있습니까?"

"유감스럽게도 아직까지는 한 명도 발견하지 못했네."

대답하는 규람의 낯빛이 어두웠다.

벌써 사태가 발발한 지 닷새가 흘렀다. 유적에 삼켜진 실종자들이 살아 있을 가능성은 거의 없다고 봐야 할 것이다.

8

규람에게 들은 소식을 전하자 서하령이 잠시 생각해 보더니 물었다.

"형운, 혹시 천유하의 존재가 느껴져?"

"아니. 너는?"

"나도 아직은……."

성운의 기재끼리는 서로를 느낄 수 있다. 형운은 성운의 기재가 아니지만 역시 같은 일이 가능했다.

하지만 지금은 둘 다 유적 안에 있을 천유하의 존재를 느끼지 못했다. 이것이 의미하는 바는 무엇일까?

"역시 마기가 너무 짙어. 저 유적의 안팎이 얼마나 차단되어 있는지도 알 수 없고."

서하령은 환마가 계속해서 발생할 정도의 마기와 유적의 특성 때문이리라 판단했다.

그렇게 판단하는 근거도 있었다. 예전에 설산에서 흑영신교주와 처음 만났을 때, 서하령은 너무나도 짙은 마기 때문에 그가 성운의 기재임을 알아보지 못하는 경험을 하지 않았던가?

마곡정이 말했다.

"그 자식이 쉽게 죽을 리가 없어. 천명을 받은 놈이니 죽을 때는 최소한 다들 한참 동안 떠들어댈 만한 업적 정도는 세우고 죽겠지 설마 이런 데서 죽겠냐?"

"…혹시 너 지금 그걸 위로라고 하고 있나?"

형운이 그를 째려보았다. 하지만 천유하를 걱정하는 마음은 마곡정도 마찬가지라는 것을 알기에 화를 내지는 않았다.

서하령이 물었다.

"그래서, 유적 탐사에는 언제부터 참가할 수 있어?"

"오늘은 지금 들어간 탐사조가 마지막이래. 곧 해가 지니까 어쩔 수 없어. 대신 내일 아침이 밝으면 첫 번째 탐사조로 들어가기로 했어. 하령아, 혹시 사명교에 대해서 아는 게 있어?"

"겉핥기 정도는. 하지만 저 유적에 대해서는 짐작 가는 게 있어."

"뭔데?"

"저건 아마 혈신교의 성지일걸?"

"혈신교? 거기도 마교잖아?"

혈신교에 대해서는 별의 수호자 무인들도 다들 알고 있었다. 광세천교가 진 일월성단을 탈취하기 위해 공격해 왔을 때 나타난 괴물들이 혈신교의 유산이라는 사실이 밝혀졌기 때문이었다.

서하령이 고개를 끄덕였다.

"맞아. 혈신교는 600년 전에 멸망, 사명교는 400년 전에 멸망했지. 둘은 꽤 극단적인 차이가 있어. 뭔지 알아?"

"글쎄? 한쪽은 마인들 집단이고 한쪽은 아니라는 점은… 아니겠지?"

"마인이나 인간 모습을 한 요괴나 일반인이 보기에 사특한 괴물이라는 점은 똑같아. 둘의 차이는 성세와 역사야."

혈신교는 꽤 오랜 역사를 지닌 마교였다. 하지만 고대에 마교로 지정된 이후로는 그리 성세를 떨치지 못했다.

그에 비해 사명교는 광풍처럼 세상을 휩쓸며 역사에 이름을 새겼지만 그 수명은 고작 한 세대에 불과한, 역사적인 관점에서는 하루살이 같은 존재들이었다.

"당시에 사명교가 성세를 구가한 만큼 돈도 많고 인력도 많기는 했겠지. 그래도 수백 년 후에 저런 식으로 발견될 유적을 만들 만한 여건은 안 되었어."

즉 저 유적은 더욱 오래전부터 존재하던 것을 사명교에서 손에 넣었다고 보는 편이 타당하다.

"혈신교는 혈통으로 교주직을 계승했는데 결국 협객들에 의해 그 대가 끊겼다고 해. 하지만 그들의 성지는 발견되지 않았고, 교주는 죽으면서 언젠가 어둠 속에 잠든 자신들의 성지에서 혁신의 선택을 받은 새로운 혈통이 나타날 것이라는 예언인지 망상인지 모를 말을 남겼지. 600년 지나도록 소식이 없는 걸로 봐서는 제발 그랬으면 좋겠다는 망상으로 끝난 거겠지만."

가차 없는 평가를 내린 서하령이 말을 이었다.

"혁신교에 대한 기록을 읽어보면 그들이 종종 저런 건축물을 지었다는 것을 알 수 있어. 지하 시설이지만 발각되면 지면으로 뿔 같은 구조물이 돌출되면서 거기서 강력한 마기를 발생, 그것을 이용해서 기환진을 구축하는 기술이 있었다고 해. 그걸로 미루어 볼 때 아마 혁신교의 유적, 어쩌면 끝끝내 밝혀지지 않은 성지일지도 모르는 것을 사명교가 발굴해서 손에 넣은 것이 아니었을까 싶은데?"

"…겉핥기치고는 너무 자세하지 않아?"

실로 상세한 지식에 근거한 추론에 형운이 황당해하며 묻자 그녀가 미소 지었다.

"사명교에 대해서는 겉핥기지만 혁신교에 대해서는 꽤 자세히 알아봤거든. 광세천교가 그 유산을 써먹은 이상 대적할 일이 있을지도 몰랐으니까. 이미 우리 쪽에서 무학, 기환술 양쪽으로 대책 연구도 이뤄지고 있어. 지금 보고하면 기물 관리부에서 대응 장비도 보내줄 테니까 보고해 두자. 시간이 맞을지는 알 수 없지만."

"그런 게 있었단 말야?"

형운이 놀랐다.

별의 수호자는 인재층이 엄청나게 두터웠다. 거기에 연구에 필요한 자원, 자료, 자금까지 모든 필요 요소가 넘쳐나니 뭔가 과제가 생길 때마다 금세 일을 진행시켜서 성과를 낸다는 점이 조직으로서의 무서운 점이다.

"안에 뭐가 있는지 알 수 없지만 어쩌면 혈신교의 존재들이 있을 수도 있어. 상식적으로는 있을 수 없는 일이지만 어차피 인간도 아닌 존재들이고, 광세천교가 가져다 써먹은 것으로 봐서는 수백 년 동안이나 존재를 보존할 수 있는 방법도 있었다고 봐야겠지. 그러니까 혈신교에 대해서는 알아두고 가도록 하자."

서하령은 일행에게 혈신교의 존재들에 대해서 설명하기 시작했다.

9

천유하는 캄캄한 어둠 속에서 눈을 떴다.

흐으으으······

어둠 저편에서 소름 끼치는 흐느낌이 들려왔기 때문이었다. 벽에 기대어 앉은 채로 선잠을 자던 천유하는 곧바로 품에 안고 있던 검을 붙잡았다.

이 어둠 속에 갇힌 지 얼마나 지났는지 모르겠다. 시간을 헤아리는 재주가 탁월한 천유하였지만 감각이 흐려질 정도로 많은 시간이 지났다.

가장 큰 문제는 부상과 허기였다. 아무리 육체가 강건하고 내공이 심후해도 허기와 싸울 수 있는 시간은 한정되어 있었다.

게다가 이 안이 농밀한 마기로 가득하다는 것도 문제였다. 이것은 인간에게는 독소와도 같아서 이 안에 있는 것만으로도 육체적, 정신적으로 고통받게 된다. 마기에 저항하기 위해서는 내공이 필요했기에 더더욱 빨리 지치게 되었다.

여기에 또 한 가지 심각한 문제가 있었는데, 그것은 바로 도무지 이 유적의 구조를 알 수가 없다는 점이었다.

천유하는 거의 대부분 어둠 속에서 지냈지만 종종 그렇지 않은 구역으로 들어설 때가 있었다. 그런데 문제는 그곳이 전혀 현실감 없는 공간이라는 것이다.

조금 전까지만 해도 캄캄한 지하 시설 안을 지나고 있었는데 갑자기 하늘이, 그것도 혼탁한 보랏빛으로 물든 하늘이 보이고 주변에는 기괴한 생명체들이 배회하고 있는 상황을 대체 어떻게 받아들여야 한단 말인가?

혹은 갑자기 독 늪에 잠식당한 폐허가 기다리고 있을 때는?

천유하는 그런 어두운 지하와 그런 비현실적인 공간들을 오가며 빠져나갈 길을 찾고 있었다. 하지만 지금까지는 별 성과를 거두지 못했다.

'여기가 정말 밖과 연결되어 있기는 할까?'

그런 절망감이 수시로 고개를 들고 있었다.

게다가 이곳에는 그의 목숨을 위협하는 존재들까지 있었다. 벌써 교전을 치른 횟수만도 스무 번을 넘는다.

요괴와 환마.

천유하는 요괴는 몇 번 보았어도 환마는 이곳에서 처음 보았다. 하지만 지식만은 갖고 있었기에 걱정을 많이 했다. 들은 바에 따르면 고위 환마는 강호의 고수들조차 목숨을 걸어야 할 정도로 강하다고 하지 않는가?

하지만 다행히 그 정도로 강력한 놈은 만나지 못했다. 그래도 거듭된 전투로 지쳐가는 것이 문제였다.

'이쪽으로 오지는 않나? 그래도 슬슬 이동하는 게 좋겠군.'

천유하는 은신술로 기척을 죽인 채 천천히 이동했다. 이곳에 갇힌 후로 계속 은신술을 썼더니 숙련도가 몇 배는 높아진 것 같았다.

'물이라도 있으면 좋을 텐데.'

그는 지쳐 있었다.

적들이 언제 나타날지 모르기에 휴식조차 제대로 취할 수 없는 상황이었다. 그런 상황이 계속되자 기력이 빠른 속도로 깎여 나갔다.

"키키킥! 키킷!"

아무리 조심해도 요괴나 환마와 싸울 수밖에 없는 상황이 계속되니 정말 힘들었다.

요괴 중에서는 아예 물리적 실체가 없는 그림자나 귀신 계통의 영적 존재들도 있었고, 환마는 어느 순간 갑자기 감각이 닿는 곳에서 출현해서 공격해 왔다.

"후우."

천유하는 환마가 나타나자 한숨을 쉬었다. 이번에는 윤곽은 인간을 닮았지만 왼팔이 칼날의 형상을 띤 환마였다.

파학!

환마가 달려드는 순간, 천유하는 의기상인으로 감각을 농락하면서 일검으로 목을 쳐 날렸다. 그리고 그 직후 천장에 달라붙었다가 떨어져 내리는 또 다른 환마를 몸을 빙글 돌리며 허리를 갈라 버렸다.

키이이이…….

환마들이 기괴한 소리를 내면서 어둠 속에 녹아들듯이 흩어져 간다.

소름 끼치도록 깔끔한 전투였다. 하지만 이런 전투조차도 심력과 기력을 갉아먹는다.

'그나마 함정이 없다는 것을 위안으로 삼아야겠지.'

어두운 지하 시설 안에는 기관장치나 기환진으로 발동되는 죽음의 함정 같은 것은 없었다. 그런 것까지 있었다면 진짜 심적 부담이 너무 커서 미칠 지경이었을 것이다.

천유하가 작게 한숨을 쉬며 앞으로 나아갈 때였다.

갑자기 발밑이 허전해졌다.

'이런!'

일순간에 풍경이 바뀌었다. 갑자기 나타난 협곡이 천유하를 집어삼켰다.

"또인가?"

천유하는 순식간에 냉정함을 되찾았다. 갑자기 지형이 바뀐 경우가 이번이 처음이 아니라서 적응이 빨랐다.

발밑으로 기공파를 발출해서 낙하 속도를 늦춘 다음 경공으로 활강했다. 처음 이 공간에 들어오는 순간 이미 협곡의 중간 지점이었기 때문에 굳이 낙하를 멈추는 것에 집착하지 않고 속도만 죽여서 내려가고 있을 때였다.

'동굴?'

암벽이 갈라지면서 동굴을 형성하고 있는 것이 보였다.

천유하는 낙하 방향을 바꿔서 그 안으로 들어가 보았다. 순간
한기가 덮쳐왔다.

'동굴이라고는 해도 기온 차가 엄청나군.'

내공이 7심에 달하는 천유하였지만 한서불침을 이루지는 못
했다. 그렇다고는 해도 평소라면 이 정도에는 아무런 고통도 못
느끼겠지만 기력이 떨어진 지금은 몸이 부르르 떨렸다.

천유하는 진기를 끌어 올려서 한기에 저항하면서 안으로 들
어가 보았다. 지금까지처럼 적이 나타날 것에 대비했지만 백 걸
음 정도 나아가는 동안 싱거울 정도로 아무 일도 없었다.

곧 동굴이 끝나면서 막다른 공동이 나타났다. 천유하는 그 안
으로 들어가는 순간 오싹함을 느꼈다.

'결계가 있었군.'

동굴에서 공동으로 들어서는 그 지점을 차단하는 결계가 펼
쳐져 있었다.

그 사실을 알아차리자 긴장감이 최고조로 올라갔다. 그의 감
각으로도 결계 밖에서는 결계가 있다는 사실도, 그리고 안에 무
엇이 있는지도 전혀 알 수가 없었기 때문이다.

곧 천유하는 기공으로 빛의 구슬을 만들어서 주변을 비추었
다. 그리고 드러난 풍경에 놀랐다.

그가 기감으로 주변을 더듬고 머릿속에서 상상력으로 조합한
풍경과 별로 다르지 않았다. 하지만 단 하나, 예상에서 벗어난

것이 있었다.

벽 쪽에서 꼿꼿한 자세로 앉아서 죽은 남자의 목내이(木乃伊 : 미이라)와 그 앞에 놓인 한 권의 책이었다.

'여긴 대체 뭐지?'

시신은 그 하나만이 아니었다. 주변에 싸우다 죽은 흔적이 역력한 시체 일곱 구가 있었다.

천유하는 그 사실에 놀라지는 않았다. 다만 경계심을 더더욱 끌어 올렸을 뿐.

유적 안에 빠진 후 시체는 여러 번 보았다. 시간이 오래 지났으니 다 썩어서 백골만 남아도 이상하지 않은데 기이할 정도로 상태가 온전한, 혹은 바짝 말라서 목내이가 된 시체들이 많았다.

그리고 그 시체들은 대부분 시귀가 되어서 천유하에게 덤벼들었다. 계속 농밀한 마기가 흐르는 곳이니 당연한 귀결이었다.

하지만 이곳의 상황은 기이했다.

일단 유적 안이 아니라 이런 기이한 공간으로 빠졌을 때는 시체를 본 적이 없었다. 언제나 환마나 요괴만이 그를 덮쳤다.

그런데 이번에는 시신이 총 여덟 구나 있고 그중에 하나는 부자연스러울 정도로 자세가 바른 데다 앞에 책을 두고 있다.

'뭔가 실마리가 있었으면 좋겠군.'

천유하의 감각으로는 이 시체들이 시귀인지 아닌지 알 수 없었다. 그래도 만약을 대비해서 허공섭물로 책을 들어 올린 뒤, 손을 대지 않고 책장을 넘겨보았다.

―훗날 이 책을 보는 자가 있다면 그것은 하늘이 끝까지 내게 가혹하지만은 않았다는 의미일 것이다.

책의 첫 장에는 피로 쓴 글씨로 그런 내용이 적혀 있었다.

제94장
무괴(武怪)

성운을 먹는 자

1

　─나는 일야문(日夜門)의 마지막 계승자 유필헌이라고 한다. 사람들은 나를 천하십객의 한 명인 일야검협(日夜劍俠)이라는 과분한 허명으로 불러주었다.

　언제 적 사람인지는 모르겠지만 천유하는 모르는 인물이었다. 하지만 이 말이 사실이라면 아마 생전에는 지금의 이존팔객에 해당하는 명성을 구가했던 것 같았다.

　'천하십객이라고 불렸던 시기라…….'

　천유하는 기억을 더듬어보았다.

　천하를 대표하는 협객 열 명을 일컫는 명칭은 시대마다 달랐다. 이존팔객이라는 말은 이전 시대에는 없었고 천하십객이 가장 많이 쓰였을 것이다. 그러다 보니 어느 시대 사람인지 추측하기가 어렵다.

하지만 거기에 대한 답은 그다음 장에 나와 있었다.

─나는 황실의 요청을 받아 사명교와 싸웠다. 용기 있는 자들과 함께 그들의 행적을 끈질기게 추적한 끝에 200년 전에 멸망한 혈신교의 유적을 본거지로 쓰고 있다는 사실을 알아냈다. 현대의 마교가 과거의 마교의 유적을 이용하고 있었던 것이다.

천유하는 몰랐지만 바깥에서 서하령이 추측한 그대로였다.

─이곳에 침입한 우리는 무서운 사실을 알게 되었다. 널리 알려진 바대로 사명교를 다스리는 네 교주와 그 휘하의 간부들은 인간이 아니었다. 그들은 인간이기를 포기하고 초월적인 마(魔)를 섬기는 대가로 요괴가 되어 있었다. 그리고 그들은 마계와 항시 연결되는 통로를 열어서 이곳을 현계도 마계도 아닌, 그 둘을 연결하는 공간으로 만들고자 했다.

심지어 그 의식은 거의 완성 단계에 접어든 것 같았다.

빠져나가서 원군을 몰고 올 시간이 없다는 사실을 알게 된 일야검협과 동료들은 행동을 결정했다. 한 사람만이 소식을 전하기 위해 빠져나가고 나머지는 결사의 각오로 의식을 막기로 한 것이다.

'존경스러운 협사로구나.'

천유하는 그들의 의기에 감탄했다.

여기서 그들이 싸우지 않고 물러난다 해도 비난받을 일은 아니었으리라. 그들이 손에 넣은 것은 세상의 운명을 좌우할 수 있는 정보였고, 소수로 적진 한복판에 잠입했음을 생각하면 여기서 싸운다는 것 자체가 자살행위였으니까.

　하지만 그들은 자신들의 목숨을 버려가면서 올바른 뜻을 위한 싸움을 펼쳤다. 그것만으로도 존경받아 마땅했다.

　─결과적으로 우리는 성공했다. 하지만 그 과정에서 나를 제외한 모든 동지가 죽었다. 그들이 목숨을 희생해 가면서 시간을 벌어준 덕분에, 나는 의식을 주관하던 자를 쓰러뜨리고 의식을 파괴할 수 있었다.

　하지만 거기까지였다.

　술법을 유지할 이들과 자원을 잃은 의식이 폭주하기 시작했다.

　─나는 돌아갈 수 없다는 사실을 알게 되었다. 아니, 나만이 아니라 이곳에 있던 사명교도들도 모두 마찬가지였다. 무슨 일이 벌어졌는지, 술법에 대한 지식이 일천한 나로서는 잘 알 수 없다. 사명교도가 나를 비웃으며 한 말이 사실이라면, 아마 그러리라 예상하지만 의식이 파괴되면서 폭주한 술법이 이곳 전부를 집어삼켰다. 그리고 우리는 현계도 마계도 아닌 그 틈새에 갇히는 신세가 되었다. 아마도 현계든 마계든 어느 한쪽에서 우리를 찾아내어 끄집어내 주는 그날까지.

설마 그때가 오기까지 400년이 걸리리라고는 상상하지 못했으리라.

—나는 술법에 조예가 없었으나, 의식의 폭주로 인해서 몇 가지 괴이한 능력을 얻게 되었다. 예전이었다면 사술이라며 욕했겠지만 지금은 감사한다. 이곳에서 쓸쓸하게 죽어가는 지금, 실낱같은 가능성이나마 일야문의 소중한 무공을 누군가에게 전할 수 있다고 기대할 수 있게 되었으니.

무인은 무공을 목숨처럼 소중히 여긴다. 특히 정공을 수련한 자라면, 사문에 애착을 가진 자라면 자신이 이어받은 무공의 진전을 이어야 한다는 마음은 유서 깊은 가문에서 대를 이어야 한다고 생각하는 것보다도 더 절실한 것이다.

—이 책의 내용을 보고 있다면 마(魔)에 물들지 않은 사람일 것이다.

그 사실을 확인하는 투인 것으로 보아 아마 그가 죽기 전에 얻은 능력이라는 것과 관련되어 있으리라.

—연자여, 부디 일야신공의 진전을 이어주기 바란다. 그것이 내가 단 한 가지 바라는 것이니.

뒷내용은 일야신공이 얼마나 뛰어난 무공인지에 대해서 설명하고 있었다.

자신이 본 내용 뒤쪽으로는 일야신공의 비급이라고 할 수 있다는 것을 알게 된 천유하는 보지 않고 책을 덮었다.

그리고 일야검협의 시신에 정중하게 예를 표했다.

"협의에 몸 바친 일야검협 대협께 존경을 보냅니다. 하지만 죄송하게도 저는 이미 어버이 같은 은사가 있고 가족 같은 사문이 있는 몸이라 대협의 무공을 이을 수 없습니다. 다만 이곳에서 대협의 진실을 알게 된 인연을 가벼이 여길 수 없으니, 이곳에서 살아 나간다면 반드시 적합한 인물을 찾아서 일야신공을 전하고 제대로 익힐 수 있도록 돕도록 하겠습니다."

이미 죽은 자가 들을 수 있을 리도 없지만 천유하는 진심을 다해 말했다.

그리고 일야신공 비급을 챙겨서 돌아설 때였다.

ㅎㅇㅇㅇ……!

일야검협의 시신을 제외한 일곱 구의 시체가 소름 끼치는 소리를 내면서 일어나기 시작했다.

"혹시나 했더니만 역시나인가."

천유하는 놀라기보다는 지긋지긋해하는 표정을 지었다. 그리고 기다리지도 않았다.

퍼억!

가장 가까이서 일어나던 시귀가 일검에 머리통이 날아가서 쓰러졌다.

시귀들을 보며 어떤 감정을 느끼기에는 천유하의 심신이 너무 황폐했다. 그리고 지금까지 너무 많은 시귀들과 싸웠다.

검광이 번뜩이며 시귀들이 짚단처럼 쓰러져 갔다. 일곱 구의 시귀는 채 일어나 보기도 전에 전부 토막 나서 꿈틀거리는 신세가 되었다.

그런데 그때였다.

"가서는 안 된다."

뒤쪽에서 잔뜩 쉰 목소리가 들려왔다.

순간 천유하는 섬뜩함을 느끼며 몸을 날렸다. 간발의 차이로 그가 있던 자리를 뭔가가 지나갔다.

"이런……."

재빨리 몸을 돌리며 응전 태세를 취한 천유하의 낯빛이 어두워졌다.

일야검협의 시신이 시귀가 되어 일어났다.

목내이가 된 그의 눈이 파르스름한 빛을 발했다. 잔뜩 목소리가 위압적인 울림을 싣고 울려 퍼졌다.

"너는 일야신공의 진전을 이어야 한다! 그럴 것을 맹세하고 나의 지도를 받기 전에는 갈 수 없다!"

"…존경스러운 대협의 사후가 이렇게 더럽혀졌다는 사실에 안타까움을 느낍니다."

천유하는 진정 안타까워하며 말했다.

"부디 안식을 얻도록 하십시오."

그리고 400년 전, 천하십객으로 불렸던 고수가 천유하를 잡기 위해 달려들었다.

2

　도착한 다음 날 아침, 형운 일행은 그날 첫 번째 탐사조로 유적에 발을 디뎠다.

　형운 일행은 다른 인원을 끼우지 않고 자신들만으로 탐사를 진행하기로 했다. 안에서 시도 때도 없이 교전을 벌여야 한다면 전투 능력이 떨어지는 인원들을 끼우는 것보다 그편이 낫다고 보았기 때문이었다.

　형운이 물었다.

　"어떻게 하는 게 좋을까?"

　"지침상으로는 천천히 탐사하면서 지도를 작성해야겠지만……."

　지상 층은 이미 탐사가 끝나고 지하 1층 탐사가 진행 중이었다. 1층의 전체적인 넓이는 파악되었고, 대충 절반 이상 진도가 나갔다고 추정하고 있었다.

　"…벌써 6일이 지난 시점이라 그래서는 도저히 생존자들을 구출할 수 없을 거야. 게다가 우리의 전력을 고려하면 빠른 진행이 가능하겠지."

　탐사 속도가 느린 원인은 세 가지였다.

　일단 어둠 속에서 요괴나 환마들이 덮쳐와서 빈번하게 전투를 벌여야 한다.

　안의 구조를 모르는 데다가 혹시 함정이 있을지도 모르니 아직 가보지 않은 구역은 천천히 진행해야 한다.

　그리고 유적 안의 마기가 워낙 농밀해서 무인들조차도 장시간 탐사가 어렵다.

하지만 형운 일행은 이 문제들에 대한 대응력이 다른 탐사조와는 비교도 되지 않았다.

형운 일행은 전원이 6심 이상의 내공을 지녔다. 유적 속의 마기가 농밀하다고 해도 충분히 버텨내면서 장시간 탐사가 가능하다는 뜻이다.

"일단 이 층의 탐사를 끝내는 것을 목표로 하자."

지하 1층의 경우 통로의 넓이는 저마다 달랐지만 천장은 2장(약 6미터) 이상의 높이였다. 그리고 그것은 일행에게는 꽤 성가시게 작용했다.

이미 탐사된 영역을 빠르게 이동하는 사이, 소리 없이 천장을 타고 달려온 환마 하나가 일행을 위에서 급습해 왔다.

펑!

하지만 공격을 시작하는 그 순간 형운이 유성혼을 날려서 요격했고, 더 손을 쓰기도 전에 이어진 다른 일행의 공격이 끝장을 냈다.

"함정이 없어도 적은 있으니 귀찮군."

"그렇군. 미탐색 구역까지는 진행 속도를 높이자. 그 사이에 대기하는 놈들이 있으면 따라오게 해서 모은 다음 한꺼번에 처리하도록 하고."

"좋아."

형운과 서하령의 대화를 바깥에 있는 다른 탐색조가 들었다면 제정신인가 의심했을지도 모른다. 하나하나가 웬만한 무인에 필적하는 위협인 환마들을 일부러 모이게 한 다음에 상대한

다니?

하지만 이 자리에 있는 사람들은 그런 전술을 선택할 자격이
있는 사람들이었다.

일행의 이동속도가 일반인이 전력 질주하는 것보다도 두 배
이상 빨라졌다.

키이이익!

캬캬캬캬캬!

어둠 속에서 괴성들이 울려 퍼지면서 환마들이 일행을 덮쳐
왔다.

어떤 것들은 벽을 관통하듯이 불쑥 튀어나왔고, 어떤 것들은
처음 덤벼든 것처럼 위쪽에 달라붙어 있다가 낙하해 왔다.

일행은 정면을 가로막는 놈들과 뒤에서 따라붙은 놈들 말고
는 상대하지 않았다. 정면으로 달려드는 적은…….

쾅!

접근하는 순간 형운의 일권에 머리통이 날아가 버려서 이동
속도를 늦추는 역할조차 하지 못했다.

그리고 뒤에 따라붙은 적을 처리하는 것은 오량이 맡았다.

형운과 달리 그는 적을 끝장내는 데 집착하지 않았다. 붙은
놈을 털어내는 것이 자신의 역할이라는 점을 잘 이해하고 있었
기에 간격에 접근해 오는 놈이 있을 때마다 일도를 쳐낼 뿐이었
다.

형운이 생각했다.

'내가 강해진 것을 감안하더라도 설산에 나타났던 놈들보다
는 약하군.'

하긴 이곳의 마기가 농밀하다고 해도 흑영신교가 설산에서 절진을 펼쳤을 때만은 못하다. 출현하는 환마가 그때보다 약한 것도 당연하리라.

일행이 미탐색 구역을 앞에 두었을 때, 뒤를 따라오는 환마의 수는 21마리에 달했다.

오량이 투덜거렸다.

"왜 탐사가 더뎠는지 알겠군."

진행이 더디다고 생각했는데 환마의 출현 빈도를 보니 납득이 간다. 탐사를 진행하면서 한바탕 교전을 벌인 곳에서도 이 정도로 많은 환마가 출현하니 느릴 수밖에.

파학!

그는 가장 앞서 달려드는 환마를 도격으로 베어버리고 발로 걷어찼다. 그리고 물 흐르듯이 이어지는 움직임으로 도를 휘두르면서 도기를 발했다.

파파파파파!

날카로우면서도 변화무쌍한 도기가 넓은 범위로 퍼져 나가면서 그들을 베고 지나갔다.

환마들은 인간보다 훨씬 상처와 고통에 강하다. 하지만 오량의 공격 앞에서는 아무런 의미가 없었다.

캬아아아악!

산발적으로 퍼져 나가는 듯했던 도기가 어느 순간 형상을 바꾸면서 요소요소에 집중되었기 때문이다. 그렇게 집중된 도기의 절삭력은 환마의 몸을 토막 내기에 충분했다.

'대단하군. 실력이 확연히 늘었어.'

형운은 그의 기량이 눈에 띄게 향상된 것에 놀랐다.

내공이 6심에 이른 것이야 보는 순간 알아보았다. 그러나 기술의 향상은 역시 보기 전에는 알 수 없는 것이다.

'게다가 저 도기는 곡정이의 것과는 운용 방식이 많이 다른데? 독자적으로 발전시킨 수법인가?'

형운은 몰랐지만 그것은 오량이 괴령의 유적에서 풍혼아의 신기를 썼을 때의 경험을 활용해서 발전시킨 수법이었다. 그가 펼치는 도법은 바람처럼 변화무쌍했고 궤도가 서로 얽히는 지점에서 날카로운 기류를 발생시켜 그 위력을 배가시켰다.

퍼퍼퍼퍼펑!

오량의 공격에 환마들이 주춤한 사이, 다른 일행이 날린 기공파들이 소나기처럼 쏟아졌다. 하나같이 내공이 심후한 이들만 모이다 보니 한차례 기공파를 쏟아내는 것만으로도 21마리의 환마들을 싹 쓸어버렸다.

'새삼스럽지만 정말 대단하군.'

오량이 다른 일행의 실력에 감탄했다. 지금 보인 화력으로 그는 서하령은 물론이고 마곡정과 가려도 자신에게 뒤지지 않는 내공을 지녔다는 사실을 알아차렸다.

'가 무사에게 유일하게 부족한 것이 내공이었는데 그것까지 채워지다니… 허어, 정말이지 호위무사나 하고 있기에는 아까운 인물이야.'

서하령과 가려는 오량에게 있어서 복잡한 감정의 대상이었다.

둘 다 아름다운 여성이지만 그런 점은 전혀 의식하지 않게 된다. 저 둘에게 꺾여서 장래가 한동안 어두컴컴해졌으니 그럴 수밖에.

그 점에 있어서는 형운도 마찬가지지만 무인의 세계에서 남자에게 패한 것과 여자에게 패한 것은 전혀 다른 무게로 다가오는 일이다. 도산검림의 강호에서 남녀가 무슨 상관이겠냐마는 사람들이 보는 시각이 그렇지 않았다.

하지만 오량은 이제는 두 사람을 담담하게 바라볼 수 있게 되었다. 그래서인지 지금 이들과 함께 싸운다는 사실이 든든했다.

형운이 말했다.

"점심 전까지 탐색하고 물러나지. 아래로 내려가는 길이 입구에서 좀 멀리 있는 것 같은데, 탐사 진행을 생각하면 거기에는 집착하지 않는 편이 낫겠어."

"구체적으로 생각하고 있는 게 있나?"

오량의 질문에 형운이 대답했다.

"이 층의 탐사가 끝나면 입구 부근의 바닥에 구멍을 뚫어서 아래층으로 통하는 길을 만들까 합니다."

"음? 가능하기야 하겠지만 그건… 아, 자네라면 문제없겠군."

의아해하던 오량은 곧바로 그 말뜻을 이해했다. 형운이 심상경의 고수라는 정보를 떠올린 것이다.

"그럼 가지요."

후우우우!

형운은 광풍혼을 확장시켜서 전방을 쓸었다. 푸른빛의 기류가 빠른 속도로 전방 30장(약 90미터) 정도를 싹 쓸고 지나가자 거기에 있던 환마들의 존재가 적나라하게 드러났다.

서하령이 말했다.

"함정은 없는 것 같네. 여긴 뭔가 보물을 감춰두거나 한 곳은 아니고 장시간 생활하기 위한 지하 도시, 혹은 마을이라고 봐야 할 것 같은데……."

형운은 예전에 괴령이 봉인된 유적을 탐사했던 경험이 있다. 당시에 이런 방법으로 함정 유무를 알아냈는데, 지금은 내공도 기술도 그때보다 훨씬 진보했기 때문에 서하령의 음공으로 교차 검증할 필요도 없었다.

퍼퍼퍼퍼퍼펑!

그리고 깜짝 놀라서 달려오는 환마들은 다가오기도 전에 모조리 기공파의 제물이 되었다.

이런 방식으로 탐사하자 놀라울 정도로 효율이 좋았다. 전투 능력과 상황 대응력 양쪽이 비정상적으로 높은 인원들만 모아뒀기에 가능한, 지금까지 탐사를 진행한 이들이 허탈해할 정도로 빠른 속도였다.

마곡정이 말했다.

"환마들이 무공을 쓴다고 해서 걱정했는데, 이 정도면 걱정할 필요 없겠는데?"

"언어를 구사할 정도로 지능이 높은 놈이 나타날 경우는 이야기가 좀 달라질걸. 아래층의 마기 밀도가 어떨지 알 수 없으니 계속 긴장하는 게 좋아."

그들은 채 반 시진(1시간) 만에 지하 1층의 탐색을 끝냈다. 하지만 생존자는 찾을 수 없었다.

"생각보다 너무 빨리 끝났어. 어쩔까? 일단 나가서 작성한 지도를 건네주는 게 좋을까?"

서하령이 지도를 작성하며 물었다.

잠시 고민하던 형운이 대답했다.

"일단 내려간 후에 아래쪽에서 위로 올라오는 구멍을 뚫는 게 효율적일 것 같은데, 어떻게 생각해?"

"동의해. 지금 돌아갔다 다시 들어오는 것은 시간 낭비지."

그러나 2층으로 내려간 일행은, 전혀 예상치 못한 광경에 경악했다.

"뭐야, 이건?"

분명히 계단을 따라서 한 층을 내려왔다.

그런데 왜 혼탁한 보랏빛 하늘이 보이는, 탁 트인 숲이 그들을 기다리고 있단 말인가?

서하령이 신음처럼 중얼거렸다.

"마계화……."

마기가 농밀하다는 것은 그곳이 그만큼 마계와 강하게 연결되어 있다는 의미다. 그 연결성이 일정 수준을 넘어갈 경우 그때는 현계와 마계의 경계가 무너질 수도 있었다.

마계도 현계도 아닌, 마계의 요소에 오염된 백일몽 같은 공간.

일행이 발을 디딘 곳은 바로 그런 장소였다.

그리고…….

"통로가 사라졌다"

가장 뒤쪽에 있던 오량이 침중한 목소리로 절망적인 사실을 알렸다.

아아아악……!

숲 한구석에서 비명이 울리고 있었다.

비명을 지르는 것은 인간이 아니었다. 언뜻 인간 남성의 것으로 들리기도 하지만 그 속에는 기이한 울림이 섞여 있었다.

"대가는 다 지불했다, 백마. 다음에도 잘 부탁하지."

그렇게 말한 것은 굉장히 눈에 띄는 용모를 지닌 남자였다.

머리칼은 적금색을, 눈동자는 호박색을 띠고 있었으며 피부 위로 마치 문신처럼 혈관 일부가 붉은빛을 발하며 맥동했다.

곧 비명이 그치고, 나무들 사이에서 모습을 드러낸 백마가 스산한 목소리로 말했다.

"광세천교의 칠왕 가한이라 했나."

"그렇다."

"이번과 같은 조건이라면 거래할 수 있을 것이다."

백마는 그 말을 끝으로 땅을 박차고 멀어져 갔다.

남자, 광세천교의 칠왕이며 염마도 구윤의 수제자이기도 한 가한이 중얼거렸다.

"정말 쓸 만하긴 하군. 저놈 입맛에 맞는 진귀한 요괴를 구하는 것도 쉬운 일은 아니라는 것이 문제일 뿐."

백마는 위진국 오흉마 살무귀와도 닮은 구석이 있었다. 인간이 아니라 요괴를 자신의 일부로 통합하여 가능성을 모색한다는 점이 다를 뿐.

그저 강하거나 희귀한 것만으로는 안 된다. 백마가 통합한 적 없는 요괴여야 한다.

　광세천교는 만상경의 예지에 힘입어 그런 요괴를 구해서 거래의 대가로 지불했고, 백마는 그들을 위해 일해주었다.

　현계와 마계의 틈새에 자리하던 사명교의 유적을 찾아낸 것도 백마의 힘이다. 만상경의 예지로도 할 수 없었던 일을 그는 그동안 통합한 무수한 요괴의 능력들을 써서 해낸 것이다.

　거기에 미끼가 되어서 황실 마교 대책반과 격돌, 큰 피해를 주는 역할까지도 성공리에 수행해 냈다. 이 과정에서 광세천교의 병력 손실이 전혀 없었음을 고려하면 그에게 지불한 대가가 전혀 아깝지 않았다.

　'사부님은 영 마음에 안 드시는 것 같지만……'

　가한의 스승, 염마도 구윤은 이번 일을 영 마땅찮게 여기고 있었다.

　그는 이전의 토벌에서 살아남은 세대다. 그러다 보니 토벌 이후의 세대보다 폐쇄적인 자부심을 갖고 있었다.

　'그래도 또 교를 위한 일이라는 것을 납득시키기만 하면 반대하지 않는 점이 사부님다우신 부분이다.'

　사부에 대해서 생각하던 가한이 옆을 돌아보며 말했다.

　"준비됐느냐, 광요?"

　"응."

　그곳에는 광세천교에서 만들어낸 성운의 기재 모사품, 광요가 있었다.

　그는 여전히 초점이 잡히지 않은 멍한 눈을 하고 있었지만 이

전에는 보이지 않았던 행동을 하고 있었다. 쪼그려 앉은 채로 발밑의 개미 떼들을 관찰하고 있었던 것이다.

"…그게 재미있느냐?"

"응."

"정말로?"

"응."

"뭐가 재미있는 것이냐?"

"그냥 재밌어."

"……."

어이없어하며 광요를 보던 가한이 몸을 돌리며 한숨을 쉬었다.

"무공은 폭발적으로 성장하는 놈이 왜 다른 부분에서는 성장이 저렇게 더딘지 모르겠군."

4

형운 일행은 처음 들어선 기괴한 숲을 금방 빠져나갔다.

위층에서보다 강력한 환마들이 덤벼들었지만 그 정도에 당황하기에는 일행의 전력이 심히 강력했다. 다가오는 모든 놈들을 학살해 버리면서 나아가자 어느 순간 어둠이 그들을 반기고 있었다.

"큰일이군."

하지만 일행은 심각한 위기감을 느꼈다.

마계화 공간을 빠져나오기는 했는데 그렇다고 해서 돌아갈 길이 다시 생긴 것은 아니었다. 갑자기 어딘지 모를 곳으로 내던져진 느낌이라 탐사의 연속성이 뚝 끊겨 버렸다.

형운은 왠지 이런 느낌이 익숙했다.

"마치 마존께서 펼친 기환진에 빠졌을 때와도 비슷해."

"마존? 혹시 환예마존 말인가?"

오량이 놀라서 물었다.

"네. 전에 사부님 요청으로 새 술법을 실험하실 겸, 제 수련을 도와주실 겸 기환진을 구축해 주셨던 적이 있습니다."

"허어……."

"공간의 구성이 제멋대로라서 연속성이 없다는 점이 비슷하군요. 만약 그 기환진 안과 같은 상황이라면 구조를 파악하거나 앞으로 나아가는 것만으로는 해결이 안 됩니다."

"달리 해결책이 있나?"

"그 기환진의 경우는 그 상황을 지탱하는 술법의 기둥들이 있었습니다. 그것을 찾아서 파괴해야 하지요."

"흠. 확실히 이 유적은 출현 과정부터가 정상적이지 않았기도 하니……."

규람은 이 유적이 땅에 매설되어 있다가 튀어나온 것이 아니리라 예상했다. 예전 괴령이 봉인된 유적이 그랬듯이 현계가 아닌 다른 공간, 아마도 마계 어딘가에 수백 년 동안 격리되었다가 다시 현계로 돌아온 것이리라.

그렇게 가정하면 충분한 단서가 있었음에도 혈신교의 성지가 그 오랜 세월 동안 발견되지 않은 것도, 그리고 유적 안에 밀도 높은 마기가 흐르는 것도 이해할 수 있었다.

형운이 말했다.

"우리는 장기간 탐사를 예정하고 들어오지 않았습니다. 물도, 식량도, 장비도 부족합니다. 최대한 빨리 돌파구를 찾는 편이 좋겠습니다."

일행의 전력이 막강하다고는 하지만 마계화까지 일어날 정도라면 고위 환마가 출현할 가능성도 있었다. 만약 고위 환마가, 자신에게 우세한 환경에서 출현할 경우에는 일행도 위험할 것이다.

게다가 그런 상황이 한 번으로 끝나지도 않고 몇 번이나 계속된다면?

설마 그런 일이 일어날까 싶지만, 지금 그들은 전혀 예상치 못한 상황에 처했다. 최악을 가정하고 대비해야 했다.

마곡정이 말했다.

"생존자들이 얼마나 있을지 모르겠군."

이런 환경에서 벌써 엿새가 지났으니 생존자가 있을 가능성은 희박했다.

"아직 몰라."

그래도 형운은 다른 사람은 몰라도 천유하만은 살아 있으리라 믿고 있었다.

지옥 같은 상황이지만 천유하라면 어떻게든 이겨냈을 것이다. 마곡정의 말마따나 천명을 받은 성운의 기재가 아무도 모르는 곳에서 조용히 죽어갔을 리가 없다.

서하령이 말했다.

"이 공간은 규칙성이 없는 혼돈으로 보이지만, 그건 상식의

잣대를 들이밀었을 때 그렇게 보이는 거야. 이럴 때는 반대로 우리가 비상식적인 행동을 해서 반응을 보는 게 좋을 것 같아."

"어떤 행동?"

"바닥에 구멍을 내봐, 형운."

"그러지."

곧 형운의 몸이 빛으로 화했다가 원래대로 돌아왔다.

그리고 그의 발밑에는 사람이 떨어지기에 충분한 넓이의 구멍이 뻥 뚫려 있었다.

'빠르군.'

오량이 혀를 내둘렀다.

그는 사부인 풍성 초후적이 심도나 신도합일을 펼치는 것을 수십 번도 더 보아왔다. 하지만 그럼에도 형운이 무극의 권을 불과 한 호흡 만에 펼치는 것은 놀랍기 그지없었다.

'격투 중에도 이 속도로 펼칠 수 있다면 거의 심즉동에 근접했다고 봐도 좋은 수준 아닌가?'

그 정도로 형운이 무극의 권을 펼치는 속도가 빨랐다.

우우우우우!

무극의 권으로 뚫은 구멍에서 불길한 기운이 쏟아져 나왔다. 그리고 주변 풍경이 급변했다.

순식간에 지하 용암지대로 변한 주변을 보며 서하령이 말했다.

"역시. 시설에 대한 방어 기제가 존재하는 것 같아. 기환진처럼 손상을 방지하려는 의지가."

그녀의 표정은 어두웠다. 그 사실이 의미하는 바는 일행에게는 부정적이었기 때문이다.

가려가 말했다.

"천장에 구멍을 뚫고 날아오르는 방법으로는 밖으로 나갈 수 없다는 뜻이군요."

"바로 그래요. 그럴 때마다 이런 상황이 덮쳐오겠죠. 이런 상황을 일으키는 동력원을 파괴해야 해요."

서하령이 형운을 바라보았다. 그리고 다소 엉뚱하게 들리는 말을 했다.

"느꼈어?"

"너도?"

형운은 한마디 설명도 없이 그녀의 말뜻을 이해했다. 서하령이 고개를 끄덕였다.

"스쳐 가듯이. 아주 잠깐의 깜빡임이었지만 너도 느꼈다면 착각이 아닐 거야."

"그래."

형운의 표정이 조금 밝아졌다.

영문을 알 수 없는 대화에 오량이 물었다.

"무슨 소린가?"

"천유하가 살아 있습니다."

형운의 눈이 희망으로 빛났다.

쿠구구구궁!

그때 용암지대가 뒤흔들리며 주변에서 불꽃과 연기가 솟구치기 시작했다.

"뭔가 겹쳐지고 있어."

형운은 이 상황이 비정상적이라고 느꼈다.

물론 지금 겪는 상황마다 다 정상적인 것이 없지만, 그 경험 안에서도 이질적인 사태가 벌어졌다고 느낀 것이다.

'잠깐. 그렇다는 것은……'

형운의 이성은 그저 이 상황을 혼돈으로 받아들이지만 본능은 규칙성을 발견했단 말인가?

유감스럽게도 그 생각에 골몰할 여유는 없었다.

꽈광!

암벽이 터져 나가면서 시뻘건 용암이 튀어 올랐다.

그리고 그 틈으로 환마들이 쏟아져 나왔다. 형운은 그들이 시야에 들어오는 순간 숫자를 파악했다.

'49명. 많기도 하군. 하나하나의 기운도 상당히 강해. 그런데 뭔가 이상한데?

벽을 뚫고 나온 환마들이 일행을 덮쳐오지 않았다. 대신 용암의 강을 사이에 두고 두 무리로 갈라져서 서로 대치했다.

—이건 무슨 상황이지?

형운은 그들을 자극하지 않기 위해서 전음으로 말했다. 서하령이 말했다.

—아무래도 혈신교의 환마와 사명교의 환마가 적대하는 것 같은데?

—그런 경우가 있을 수 있나?

—똑같이 마교라고 불린다고 해서 서로 사이가 좋을 리 없다는 것은 흑영신교와 광세천교가 증명해 주고 있잖아? 혈신교 입장에서는 자기네 성지를 뭔지도 모르는 놈들이 차지했는데 좋

은 감정이 들겠어?

─아니, 하지만 저놈들은 마교도 본인들이 아니라…….

─환마는 실존하는, 혹은 했던 무언가가 투영된 존재야. 여기서 만난 것들은 많은 것들이 뒤섞여 있는 것 같지만, 그럼에도 혈신교도와 사명교도를 짙게 투영한 놈들이 한자리에 모였다면, 실존하는 존재들에 대한 증오하고 질시마저 능가하는 감정으로 저런 일도 벌어질 수 있는 거겠지.

혈신교도로 보이는 28마리 중 몇몇은 뱀 머리 인간이었고, 그렇지 않은 놈들은 그들과 동일한 복장을 하고 있었다.

그에 비해 사명교도로 보이는 21마리는 전원이 인간과 유사한 모습을 하고 있었다. 얼굴이 악귀의 형상이라거나 피부가 파랗거나 빨갛거나 하는 식으로 비인간적인 요소를 가졌기는 하지만.

곧 두 무리는 일행을 아랑곳하지 않고 격돌하기 시작했다.

─어쩔까?

형운이 서하령에게 물었다

─손 놓고 구경하다가 남는 쪽을 처리하고, 저놈들이 나온 곳으로 이동하자.

─그거 왠지 굉장히 악당 같은 발상이다.

─정의로운 대협객 선풍권룡께서는 달리 의견이라도?

─음. 없지?

─그럼 구시렁거리지 말고 닥쳐.

하지만 일행은 곧 그럴 수 없다는 사실을 깨달았다.

용암이 요동치면서 그 속에서 몸이 불로 이루어진 괴물들이 나타나기 시작했던 것이다. 곰보다도 몇 배는 커다란 불거인과 황소만 한 덩치의 불도마뱀들이 용암 위를 질주해서 일행에게 달려들었다.

"역시 무사히 지나가게 해주지는 않는군."

위험한 상황이었다. 사방이 용암밭이라 발 디딜 곳이 많지 않았기 때문이다.

일행이 아무리 고수라도 용암에 떨어지면 무사할 수 없다. 좁은 발판 속에서, 그것도 지형을 개의치 않는 적을 상대로 발판을 지켜가면서 싸워야 한다.

마곡정이 중얼거렸다.

"그러고 보니 수상비가 용암 위에서도 통할까?"

"시험해 보고 싶어?"

"안 하는 게 좋겠지?"

마곡정은 냉기가 실린 도기를 발출해서 불도마뱀 하나를 베어버렸다.

그것을 시작으로 일행들이 쏘아낸 기공파들이 불도마뱀들과 불거인들을 격퇴했다. 다들 내공이 막강하다 보니 적이 접근조차 할 수 없는 화력을 뿜낼 수 있었다.

"저놈은 좀 단단하군."

그래도 불거인 중 덩치가 눈에 띄게 큰 한 놈은 일행의 기공파 세례를 뚫고 접근해 오는 데 성공했다. 일행은 키가 5장(약 15미터)에 달하는 불거인이 자신들을 공격해 오는 것을 보며 뿔뿔이 흩어져서 피했다.

하지만 단 한 사람, 형운만은 피하지 않고 그 자리에 버티고서 있었다.

'쳐부순다.'

형운은 정권으로 불거인의 손을 받아쳤다.

콰아아앙!

새하얀 냉기가 실린 주먹이 거대한 불의 손과 충돌하면서 수증기 폭발이 일어났다. 불거인의 팔이 갈가리 찢겨서 흩어지고, 균형을 잃은 거구가 용암 위로 쓰러졌다.

"이 바보야!"

벽을 달리던 서하령이 외쳤다.

"발판이 없어지잖아!"

"어?"

형운은 그제야 자신의 실수를 깨달았다.

일권으로 불거인을 분쇄한 것은 좋은데 너무 위력이 강했다. 발판의 일부가 붕괴한 것은 물론이고 불거인이 쓰러지면서 용암이 격하게 솟구쳐서 발판을 삼켜 버리는 게 아닌가?

"미, 미안해."

사과한 형운이 위로 솟구쳐서 천장에 달라붙었을 때였다.

갑자기 무서운 기세로 형운에게 뛰어드는 적이 있었다.

투학!

형운은 거꾸로 달라붙은 채로 적의 공격을 막아냈다.

'사명교가 이겼어?'

적의 정체를 파악한 형운이 놀랐다.

혈신교 쪽이 수적으로 우세했는데도 사명교가 이겼다. 그리고 살아남은 환마 열두 놈이 흩어져서 일행을 공격해 왔다.

형운의 앞에 선 것은 흑, 백, 적, 청의 네 가지 색으로 자아낸 옷을 입고 피부는 푸른색을 띤 놈이었다. 그 점을 제외하면 인간과 거의 흡사했지만 두 눈과 양 주먹에서 푸른 불길이 타오르고 있었다.

푸른 환마는 천장에 거꾸로 달라붙은 채로도 마치 평지를 이동하듯이 재차 뛰어들어서 공격해 왔다.

팍!

형운은 내밀고 있던 오른손으로 첫 공격을 막는 것과 동시에 왼손으로 반격했다. 상대가 그것을 막는 순간, 거두어들이는 것 같았던 오른손이 죽 뻗어 나가면서 기공파를 발출했다.

쾅!

폭음이 울리며 푸른 환마가 날아갔다.

형운이 곧바로 추격해서 끝장을 내려고 할 때였다.

섬뜩한 기파가 느껴졌다.

쾅!

뒤쪽에서 날아든 검기가 푸른 환마를 토막 내버렸다. 형운만이 아니라 다들, 심지어 사명교도 환마들조차도 놀라서 검기를 뿜어낸 자를 바라보았다.

그리고 그의 정체를 확인한 후에는 더더욱 놀랐다.

"시귀잖아?"

바짝 마른 목내이의 형상을 한 시귀가 눈에서 파르스름한 빛을 발하면서 사명교도 환마들을 노려보고 있었다.

5

형운은 그 시귀를 보는 순간 오싹함을 느꼈다.

이제까지의 경험을 통해서 그가 사술을 이용해서 인공적으로 만들어낸 존재가 아니라 자연적으로 시귀가 된 존재, 즉 요괴임을 알 수 있었다. 그런데 쌍검을 든 채 사명교도 환마들을 노려보는 그를 보자 무인의 본능이 경고해 온다.

'위험한 존재다.'

그저 그가 막대한 요기를 품은 존재라서가 아니었다. 쌍검을 들고 선 자세, 그리고 요기를 마치 무인이 진기를 다루듯이 세련되게 운용하는 것이 소름 끼치는 감각을 전달했다.

"사특한 놈들! 죽여도 죽여도 끝이 없구나!"

"일야검협! 네 이놈! 아직도 지옥으로 가지 않고 뻔뻔하게 구천을 떠돌고 있었느냐!"

사명교도 환마들은 시귀의 정체가 일야검협 유필헌임을 알아보았다. 유필헌의 시귀가 그들을 증오하듯 그들 역시 일야검협에 대해서 씻을 수 없는 증오를 품고 있었다.

그 증오는 너무나도 깊어서 방금 전까지 일행을 공격하던 놈들이 주저 없이 등을 돌렸다.

파학!

"바보 아냐?"

마곡정은 인정사정없이 등을 보인 환마를 베어버렸다. 한창 싸우던 놈이 자기 사정 생겼다고 허점을 보인다고 해서 급한 볼일 보라고 배려해 줄 이유가 없지 않은가?

하지만 다른 일행들은 다들 어이없어하며 그를 바라보았다.

오량이 한마디 했다.

"조금 전하고 똑같은 상황 아니냐? 적들과, 적이 될 가능성이 높은 놈이 서로 싸우겠다는데 왜 굳이 손을 써?"

"아니, 그래도 어차피 싸울 놈들인데……."

"넌 이런 상황에서도 눈앞만 보고 사는 거냐? 어릴 때나 지금이나 달라진 게 없군."

모두가 퍽 한심하다는 시선을 보내자 마곡정의 표정이 구겨졌다.

사명교 환마들은 그런 일행들을 노려보며 갈등하는 모습이었다. 하지만 그들에게는 그럴 여유가 없었다.

쾅!

폭음이 울리며 환마 하나의 머리가 터져 나갔다.

그리고 쌍검을 든 환마의 모습이 푸른 불길로 화해 사라졌다가 다른 환마 앞에 나타났다.

퍼퍼퍼퍼펑!

연속적으로 사명교도 환마들의 몸이 썰리고, 터지고, 불타올랐다. 그 속도가 너무 빨라서 소리가 끊이지 않고 울려 퍼졌다.

허공에 그어진 푸른 불길의 궤적을 보며 일행은 할 말을 잃었다.

"신검합일?"

"아니야."

마곡정의 중얼거림에 형운이 반사적으로 대답했다. 그리고 전음으로 이어서 말했다.

─기화했다가 육화하면서 그 사이 궤적에서 불꽃을 발생시키

고 있어.

―그게 신검합일이랑 뭐가 다른데?

―상대를 쳐서 기화시키지 않는다는 거야. 축지처럼 그냥 공간만 뛰어넘는데 이동 전의 지점과 이동 후의 지점을 잇는 불꽃의 궤적이 생기는 거라고.

―…그거 축지라기보다는 운화랑 비슷하지 않나?

―그래. 운화와 신검합일을 합쳐놓은 것 같은 능력이야.

형운이 심각한 표정으로 고개를 끄덕였다.

쌍검의 요괴, 일야검협이라 불린 자는 운화와 거의 흡사한 능력을 쓰고 있었다. 게다가…….

―요기를 검기로 벼려내고, 의기상인으로 환마들의 감각을 어긋나게 하면서, 격공의 기까지 쓰고 있어. 마치 진기를 요기로 대체하기라도 한 것처럼 완벽한 무공이야.

서하령도 무섭게 굳은 표정으로 분석했다.

이 자리에서 기를 시각화해서 볼 수 있는 형운과 서하령 두 사람만이 일야검협의 진가를 완벽하게 알아보았다. 그리고 두 사람은 있을 수 없는 일을 봤을 때의 충격을 느꼈다.

―차라리 환마라면 납득하겠는데, 요괴라니.

―무엇이든 될 수 있기 때문에 요괴라더니 이런 경우도 있군.

둘은 바짝 긴장했다.

일야검협이 사명교도 환마들을 정리하는 데는 얼마 걸리지도 않았다. 다들 언어를 자유자재로 구사할 만큼 지성이 높고, 당연히 신체 능력이나 내구성도 높은 환마들이었지만 완전히 학살당했다.

일야검협이 천장에 거꾸로 매달린 일행을 보며 고개를 갸웃했다.

"사명교도가 아니군. 어디에 소속된 무인들인가?"

"그러는 당신은 누구지?"

"새파란 애송이들이 버릇이 없구나."

일야검협의 눈에서 시퍼런 광망이 뿜어져 나왔다. 동시에 형운과 서하령이 움직였다.

파지직! 파지지직!

허공에서 기파가 부딪치며 불꽃이 튀었다.

기공전이었다. 일야검협이 요기로 전개한 의기상인을 두 사람이 막아낸 것이다.

'공격할 의도는 아니었어. 우리를 탐색하려고 하는군.'

분노하던 일야검협의 눈이 대신 다른 감정을 띠었다. 탐욕이었다.

요괴가 탐욕을 띠었다면 그것은 맹수가 사냥감을 보고 입맛을 다시는 것과 비슷해야 할 것이다. 그런데 다들 좀 이상한 감정을 느끼고 있었다.

특히 시선에서 감정을 느낄 수 있는 형운은 그랬다.

'호기심? 감탄? 감동? 소유욕과 승부욕?'

그런 형운에게 일야검협이 달려들었다. 땅을 박차는 순간 무시무시한 기세로 코앞까지 쇄도해 왔지만…….

투학!

형운과 격돌하기 직전, 갑자기 옆에서 불쑥 끼어든 방해자가 있었다.

"음! 내 이목을 속이다니, 젊은 소저가 놀랍군!"

가려가 다른 사람들의 존재감에 묻은 채로 은신하고 있다가 끼어든 것이다.

그리고 그는 놀랍게도 허공에 발판이 있는 것처럼 사뿐하게 딛고 섰다.

'요괴의 능력으로 비행하는 게 아니야. 능공허도다.'

형운이 혀를 내둘렀다. 분명히 요괴인데도 모든 행동이 무인의 규칙대로 움직이고 있었다.

형운 앞을 가로막고 선 가려가 차가운 눈으로 그를 노려보았다.

환경이 좋지는 않았지만 최선의 기습이었다. 그런데도 전혀 이득을 보지 못했다. 아니, 오히려 손해를 봤다.

'엄청난 요기만으로도 부담스러운데 그것을 무공처럼 쓰기까지 하다니.'

내상을 입지는 않았지만 진기의 흐름이 흐트러졌다.

일야검협이 못마땅한 듯 말했다.

"천고의 기재로다. 하지만 길을 잘못 들었군."

가려의 표정이 묘해졌다. 일야검협이 말을 이었다.

"스승이 누구인지 모르겠지만 잘못된 인연을 만났어. 정도를 걸었다면 미래에 검후라 불릴 수 있을지도 모르는 자질이거늘, 자객 나부랭이들의 잡술에 치중하다니."

"……"

가려의 눈매가 날카로워졌다. 이걸 뭐라고 해야 할까?

'정도 문파에서 잔뼈가 굵은 꼰대?'

그런 시각이 역력히 드러나는 말이 심기를 거슬렸다.

"누나, 물러나세요."

형운이 그런 가려를 제치고 앞으로 나왔다. 그리고 천장에서 발을 떼고 몸을 돌리더니 일야검협 앞, 허공에 사뿐하게 섰다.

그것은 시위였다.

'당신만 능공허도 할 줄 아는 것 아니다. 이쪽을 쉽게 보지 마라.'

과연 일야검협의 눈빛에 놀라움이 떠올랐다.

아무리 봐도 20대 초반으로밖에 안 보이는 형운이 능공허도를 쓰다니, 게다가…….

'뭐지, 이 느낌은?'

형운을 보는 순간 가슴속에서 어떤 욕구가 요동치고 있었다.

'먹고 싶다.'

지금껏 경험해 보지 못한 맹렬한 허기와 갈증이 치솟았다. 이성이 날아갈 정도의 갈망과 고통이 영혼을 사로잡는다.

동시에 침이 고인다.

'저걸 먹어야 한다.'

사막에서 죽기 직전까지 헤매다가 물을 발견한다면 이런 기분을 느낄 수 있을까?

사명교도 환마들을 상대할 때를 제외하면 더없이 이성적이었던 그의 눈빛이 불타오르기 시작했다.

하지만 놀랍게도 일야검협은 요괴가 되었음에도 그런 감정에 저항했다. 그는 자신의 내면에서 활화산처럼 샘솟는 감정에 두려움을 느끼며 몸을 떨었다.

"너, 너는 대체 정체가 뭐냐!"

"별의 수호자의 형운입니다. 강호의 선배라 주장하는 당신께서는 누구십니까?"

"나는, 크윽, 아, 아니다! 이 사특한 것! 무슨 요망한 사술을 쓰는 것이냐!"

"뭐라고요?"

형운이 영문을 몰라 묻는 순간이었다.

쾅!

둘 사이에서 폭음이 울려 퍼졌다.

6

'역시 요괴는 요괴인가? 대화를 기대한 게 잘못이군.'

괴로워하던 일야검협이 형운을 급습했다.

형운은 잠시 당황했지만 물 흐르듯이 임전 태세로 들어갔다. 허공을 박차고 쇄도해 온 일야검협의 쌍검이 쏟아내는 검기를 정확하게 방어해 냈다.

파파파파파!

폭풍처럼 쏟아지는 검기가 남김없이 차단되었다.

형운이 속으로 식은땀을 흘렸다.

'좌검과 우검이 완전히 다른 박자로 날아들고 있다.'

보통 쌍검술은 좌검과 우검이 철저하게 상호보완적이다. 사람이 수족을 쓰는 것과 마찬가지로 하나의 중심을 두고 유기적으로 움직이는 것이다. 기술이 다채롭고 감각이 뛰어난 사람이라면 마치 둘이 따로따로 움직이는 것처럼 보일 수 있지만 고수의 눈으로 보면 그 중간을 떠받치는 중심이 보이게 마련이다.

하지만 일야검협의 검술은 정말로 한 몸을 지닌 두 사람을 상대하는 것 같았다.

좌검은 유려하며 우검은 강맹하다. 심지어 격투를 벌이는 도중에 양쪽의 성격이 뒤바뀌기까지 하니 상대하기가 정말 까다로웠다.

이런 쌍검술, 아니, 정확히는 쌍병기술을 형운은 알고 있었다.

'양의심공(兩意心功) 계통인가?'

인간의 머리는 동시에 여러 가지 사고를 진행할 수 없다. 그것이 상식이다.

한꺼번에 여러 가지를 처리하는 데 능해 보이는 사람이라도 정말 두 가지 생각을 동시에 처리하는 것은 아니다. 여러 가지 일이 동시에 몰려들었을 때 우선순위를 정하는 것과 각 안건에 대한 생각을 전환하는 것이 빠를 뿐이다.

그렇지 않은 경우는 딱히 사고 능력을 할당할 필요가 없는 단순노동이거나 무의식의 영역에서 움직이는 일을 사고 능력을 필요로 하는 일과 병행할 때였다.

하지만 드물게도 정말 두 가지 이상의 사고를 동시에 진행할 수 있는 특이한 재능의 소유자들이 존재한다. 그리고 강호에는 이런 재능을 인공적으로 육성할 수 있는, 즉 그것을 기술의 영역으로 승화시킨 무공들이 있었다.

"이놈! 내 머릿속에서 나가라!"

일야검협이 노성을 질렀다.

형운의 추측대로 일야신공은 사용자로 하여금 두 가지 이상의 사고를 동시에 진행할 수 있도록 하는 무공이었다.

이 무공이 여타 양의심공 계열의 무공들과 차별화되는 점은 안정성이다. 양의심공 계통의 무공들은 연마하는 과정에서 심마가 자라나 다중인격에 사로잡히거나 하는 위험이 있었다. 그런데 일야신공은 그런 위험을 완전히 배제했으니 신공이라 불릴 만했다.

그렇기에 일야검협은 가슴속에서 일어난 맹렬한 감정에 휘둘리면서도 신들린 듯 정묘한 검술로 형운을 압박할 수 있었다.

"큭!"

점점 위협적으로 쏟아지는 공격에 형운이 신음했다.

잠깐 시선이 쌍검이 그려내는 궤적을 홀린 듯이 쫓아가다가 빈틈이 생겼다. 감극도가 아니었다면 꼼짝없이 사각을 찔릴 뻔했다.

이유는 간단했다.

'검술은 그렇다 치고 요괴가 어떻게 기공까지 이렇게 잘하는 거야?'

일야검협의 의기상인이 형운의 감각을 현혹한 것이다.

"아!"

문득 서하령이 깜짝 놀라서 외쳤다.

"일야검협 유필헌!"

이 자리에 있는 사람들 중 그녀만이 그 이름을 알고 있었다. 사명교에 대해서 겉핥기 정도로나마 조사를 했기 때문이었다.

그녀가 황급히 전음을 날렸다.

—400년 전에 천하십객 중 최강이라고 칭송받았던 인물이야!

당시에는 열 명의 이름 중 다른 이들을 압도하는 이가 없어서 천하십객이라 불렸다.

그러나 그들의 무위에 대해서는 우열을 논하는 목소리들이 활발했다.

일야검협은 사명교와의 싸움에서 맹위를 떨친 것은 물론이고 흑영신교의 팔대호법, 광세천교의 칠왕, 혼원교의 칠대령까지 후대에까지 남아서 3대 마교라는 악명을 떨쳤던 조직들의 거물들을 쓰러뜨린 전적이 있었다. 아마 그가 사명교와의 싸움이 끝날 때까지 살아남았다면 그 시대 사람들은 천하십객이라는 명칭 대신 일존구객이라고 불렀을 가능성도 농후했다.

'맙소사.'

형운은 전율했다.

물론 400년 전에 최강이었다고 해서 지금도 그만한 평가를 받을 수는 없을 것이다. 중원삼국의 치세는 문명이 유실됨 없이 이어지도록 만들었고, 무공 역시 그 수혜를 입었다.

한두 세대 정도라면 모를까, 400년의 시간은 특정 분야의 문화 자체가 진일보하기에 충분할 정도로 장구한 시간이다. 당장 그 세월 동안 강호에서 이야기하는 내공의 정점이 8심에서 9심으로 높아진 것만 봐도 알 수 있는 사실 아닌가?

형운의 눈은 그 세월의 격차를 꿰뚫어 보았다.

'진기 운용 방식이 낡았어. 기심에서 다른 기심으로 보내는 과정에서 일으키는 증폭 방식이 비효율적이다.'

별의 수호자는 무수히 많은 무공을 수집하고, 해체하여 연구해 왔다. 그들은 자신들의 무공이 과거의 것보다 낮다고 확언할 수 있는 집단이었다.

그러나 강호에는 그렇지 못한 집단이 많다. 전음에 대한 것만 봐도 알 수 있듯 강호의 평균 수준이 올랐다 해도 집단들마다 기술적인 수준은 천차만별이었다.

일야검협 개인이 이룬 성취는 놀랍지만 기술 자체에서 낡은 부분들이 눈에 띄었다. 아니, 어쩌면 저것은 일야검협이 살아가던 시대에는 진보한 방식이었는지도 모르겠다.

어쨌든 중요한 것은 그와 형운 사이에 400년의 세월이 가로놓여 있다는 것이다.

그래서일까? 아니면 단지 광기가 발작하고 있어서일까?

형운은 그의 맹공을 잘 막아내고 있었다. 아니, 잘 막아내는 수준을 넘어서 반격을 개시했다.

투둥!

허공을 미끄러진 형운의 주먹이 일야검협의 쌍검이 그려내는 궤적을 관통하며 파고들었다.

일야검협이 아슬아슬하게 그것을 받아냈지만 곧바로 형운이 파고들었다. 일야검협은 기다렸다는 듯 반대쪽 검으로 형운의 움직임을 봉쇄하면서 격공의 기를 날린다. 그야말로 물 흐르듯이 유려하고 완벽한 대응이었다.

그러나…….

펑!

갑자기 형운의 위치가 바뀌면서 일권이 복부를 때렸다.

"크억!"

운화였다.

이 싸움이 시작된 후로 처음 보여준 한 수였지만, 일야검협이 당한 이유는 그것만이 아니었다. 형운이 그의 반응을 유도한 다음 그 행동으로 인한 감극을 이용했기 때문이다.

감각으로 수집한 정보를 토대로 머리가 사고함으로써 나온 결정을 신체가 행한다.

그 연결 사이에 존재할 수밖에 없는 틈을, 뻔히 보면서도 지금 하는 행동을 되돌릴 수 없는 순간을 완벽하게 포착해서 찔렀다.

형운은 철저하게 감극도의 철학에 따라서 싸우고 있었다.

화아아악!

곧바로 일야검협을 추격하는 형운의 눈앞을 푸른 불꽃이 가득 채웠다.

동시에 형운이 운화로 위치를 바꾸면서 내지른 정권이 검과 충돌했다.

"으으, 윽!"

기화해서 형운의 뒤를 잡았던 일야검협이 괴로워했다.

형운에게 맞은 타격 때문이 아니다. 내면에서 용솟음치는 갈망과 이성이 격렬하게 싸우고 있었다.

"크아아악!"

어느 순간, 일야검협이 비명을 질렀다. 그가 절규했다.

"나, 나는… 나는! 반드시 전해야만 한다!"

의미를 알 수 없는 말이었다. 하지만 그는 치솟는 광기로 괴로워하면서도 놀라운 검술로 형운의 공격을 방어해 냈다.

"사악한 유혹이여! 네놈들은 결코 내 의지를 꺾을 수 없으리라! 나는 반드시 일야신공을 전할 것이다……!"

직후 푸른 불꽃이 허공을 화려하게 수놓으며 폭발했다.

광풍혼으로 그것을 받아낸 형운이 신음했다.

"…도망갔군."

"차라리 잘됐어. 일단 우리도 이 공간에서 빠져나가자."

일야검협은 정상이 아니었다. 광기에 괴로워하면서도 그 정도였는데 온전한 정신 상태로 제 실력을 발휘한다면 얼마나 무서울지 가늠하기 어렵다.

형운이 중얼거렸다.

"왠지 몹쓸 짓을 한 기분이 들어."

"요괴한테?"

"대화가 통했을지도 모르잖아. 나만 아니었다면."

형운은 일야검협과 싸우는 동안 그의 시선에 담긴 감정을 통해서 발작의 이유를 추측할 수 있었다.

일월성신인 형운을 보는 순간, 그는 요괴라면 당연히 품고 있을 갈증을 자각한 것이다. 자신이 불완전함을, 앞으로도 계속 불완전할 것임을 아는 고통을.

그리고 형운을 먹어 그 영육을 취한다면 그 고통에서 벗어날 수 있을지도 모른다는 것을 알았다.

"특이한 요괴일 뿐, 고위 요괴는 아니었어."

이성을 가졌다는 점만으로도 저급한 요괴는 아니라고 할 수 있을 것이다.

그래도 고위 요괴라고 불리기에는 너무 지닌 요기가 적었다. 그럼에도 그 정도로 위협적이었던 것은 요기를 완벽하게 진기 대용으로 쓰고 있었기 때문이다. 기심법조차도 생전 그대로 쓰고 있었기에 적은 요기로도 그런 힘을 발휘했던 것이다.

하지만 요괴로서의 욕망과 싸운 경험이 풍부한 고위 요괴가 아닌 이상 일월성신의 존재를 앞에 두었을 때 치솟는 식인 욕구를 다스리기는 너무나도 어려운 일이다. 요괴로서는 어린애나 다름없던, 어쩌면 자신이 요괴라는 자각조차 없을 일야검협에 게는 가혹한 일이었다.

"분명 생전에는 다른 사람을 위해 목숨 걸고 싸운 협사였을 텐데 사후에 저런 모습이 되어 고통받다니……."

형운은 그 사실이 마음에 들지 않았다. 협의를 위해 목숨까지 바친 사람이 보답받기는커녕 요괴가 되어 고통받다니 얼마나 부조리한 일이란 말인가?

'하다못해 안식이라도 주고 싶군.'

자신이 그에게 해줄 수 있는 일은 그 정도일 것이다. 형운은 그렇게 생각하며 한숨을 쉬었다.

제95장
일야검협(日夜劍俠)

성운을 먹는 자

1

천유하는 지친 표정으로 어둠 속을 걷고 있었다.

"으윽……."

어둠 속을 걷던 천유하는 또다시 기이한 공간에 들어섰다. 마기의 농도가 확 높아지면서 검보랏빛 암석 지대가 그를 맞이했다.

기분 나쁜 공간이었다. 암석들 사이로 붉은빛이 혈맥처럼 뻗어 나가서 맥동하는데 그럴 때마다 정신을 압박하는 힘이 느껴졌다.

"젠장."

천유하는 낭패한 기색으로 털썩 주저앉았다.

이러면 안 된다는 것을 안다. 당장 주변을 경계해야만 했다.

하지만 너무 지쳤다. 게다가 그동안 부상까지 입었는데, 옆구리에 찍힌 손바닥 자국이 문제였다. 갈비뼈에 금이 가고 그 위치를 통해 침투한 기운이 진기 운행을 흐트러뜨려서 내상을 유발하고 있었다.

깔깔깔깔…….

죽어…….

환청이 들려왔다.

어느 순간, 그의 시선이 한곳에 못 박혔다. 기이한 암석군 사이로 흐르고 있는 물줄기였다.

'저 물을 마실 수 있었으면…….'

짜증이 격하게 솟구쳤다.

아무리 강철 같은 정신력을 지녔어도 일주일 가까이 물 한 모금 마시지 못하고 기이한 공간들을 헤매면서 환마, 요괴와 전투까지 벌여왔으니 한계에 달할 수밖에 없었다. 천유하가 지금까지 제정신을 유지하고 있는 것 자체가 기적이었다.

그런 상황에서 물이 눈에 띄었는데, 겉보기로는 투명해 보이는 물이지만 아무리 생각해 봐도 마셨다가는 절대 좋은 꼴을 볼수 없을 것 같다. 이런 상황에 처한 그의 심정이 어떻겠는가?

"제기랄!"

쿠르르르……!

그리고 그런 그의 분노에 호응하듯이 주변에서 적이 나타나기 시작했다.

암석들이 꿈틀거리더니 인간을 닮은 형상으로 변했다. 천유하의 눈이 흉흉한 빛을 뿜어냈다.

"오냐, 어디 누가 죽나 해보자."

이성은 여기서 싸워서 힘을 낭비해서는 안 된다고 말하고 있었다. 교전을 최소화하면서 이 공간에서 빠져나가야 한다.

하지만 감정이 말을 듣지 않았다. 몸을 가득 채운 이 분노를 해소하지 않으면 미쳐 버릴 것 같았다.

캬아아아아!

암석인간들이 괴성을 지르며 달려들었다. 무인 빰치는 속도였다.

쾅!

하지만 가장 먼저 달려들던 놈은 천유하의 3장(약 9미터) 거리에 들어서는 순간 머리통이 날아갔다.

서걱!

그 뒤를 따르던 놈은 오히려 전진해 온 천유하가 휘두른 검에 두부처럼 썰려 나갔다.

두 동강 난 놈의 몸통이 분리되기도 전에 천유하가 발로 걷어찼다. 그러자 몸을 구성한 암석이 산산조각으로 터져 나갔고……

콰콰콰쾅!

그대로 그 뒤쪽에서 뛰어들던 놈들을 두들기는 탄환이 되었다.

수십이나 되는 암석인간들이 천유하에게 학살당했다. 부상을 입고, 기력은 고갈되었으며, 정신적으로도 한계에 도달한 상황인데도 천유하는 압도적인 전투 능력을 보여주고 있었다.

하지만 그것도 끝까지 이어지지는 못했다.

투학!

천유하의 기세가 약해진 틈을 타서 암석인간들이 파고들어왔다. 한번 접근을 허용하자 천유하는 순식간에 궁지에 몰렸다.

"크윽……!"

천유하는 가까스로 암석인간의 손을 피하며 신음했다.

몸이 뜻대로 움직이지 않는다. 아무리 정신을 바짝 차리려고 해도 생각한 것보다 약간씩 반응이 늦었다.

흐트러진 진기를 이용, 기공으로 적의 움직임을 견제하고 있지만 그것도 한계에 달하고 있었다. 천유하는 죽음이 다가오는 소리를 들었다.

"그건 곤란하지."

암석인간들이 내는 소리를 뚫고 중저음의 목소리가 들려왔다. 그리고 불꽃이 허공을 질주하기 시작했다.

화아아악!

불꽃의 궤적이 암석인간들을 무 썰듯 토막 내버렸다. 그리고 흩어지는 불꽃 사이로 두 사람이 걸어왔다.

목숨을 구원받은 천유하는 그들을 보는 순간 이를 악물었다.

"끈질긴 놈들."

"칭찬해 주마, 지금까지 살아남은 것을. 그렇지 않았다면 내 입장이 곤란할 뻔했으니."

중저음의 목소리로 천유하를 비웃는 것은 굉장히 눈에 띄는 용모를 지닌 남자였다. 머리칼은 적금색에 눈동자는 호박색이었고 혈관 일부가 피부 위로 붉은빛을 발하며 맥동한다.

광세천교의 칠왕 가한, 그리고 광세천교에서 인공적으로 만들어낸 성운의 기재 모사품 광요였다.

광요가 물었다.

"죽여?"

"이번에는 확실하게 죽여라. 놈이 지닌 별의 조각을 먹어치우는 거다."

천유하와 이들은 이미 이 유적 안에서 한 번 만나서 싸웠다.

광요만이라면 모를까, 가한까지 있었으니 지칠 대로 지친 천유하는 그 자리에서 도망치지도 못하고 죽었어야 정상이었다. 하지만 그때 천유하는 자신을 붙잡으려는 일야검협과 싸우면서 도망치고 있었기에 살 수 있었다.

"흠. 그놈은 없군."

가한이 주변을 두리번거리며 중얼거렸다.

먼저 천유하를 발견했을 때, 그는 대뜸 일야검협을 치워 버리려고 했다. 하지만 그랬다가 일야검협이 덤벼오는 바람에 한바탕 격전을 치르게 되었다.

그러는 동안 가한의 명령을 받은 광요가 천유하를 공격해 왔다. 천유하는 순식간에 궁지에 몰렸고, 몸에 일장을 맞아서 부상으로 고통받게 되었다.

그런 상황에서 몸을 빼낼 수 있었던 것은 일야검협 덕분이었다.

'계승자여, 도망쳐라! 내가 너를 찾아갈 것이다! 그때까지 살아남아야 한다! 내 숨이 붙어 있는 것은 오로지 그 사명을 다하기 위해서일진저!'

하지만 그렇게 몸을 빼낸 지 얼마 지나지도 않아서 또다시 가한과 광요에게 따라잡히고 말았다.

'어떻게 나를 쫓아온 거지? 이놈들은 이 안에서 길을 찾아낼 수 있는 방법을 가진 건가?'

그렇지 않고서야 시시때때로 사람을 이상한 공간으로 끌어들여서 탐사의 연속성을 끊어버리는 유적에서 특정한 표적을 추적해 올 수 있을 리가 없지 않은가?

"천유하, 죽일게."

초점이 흐릿한 눈으로 자신을 바라보는 광요의 말에 천유하가 이를 악물었다.

'나를 죽이고 성운의 기재가 지닌 힘을 갈취하겠다라. 흑영신교나 이놈들이나 마교 놈들은 하나같이 저열한 발상을 즐기는군.'

천유하도 형운을 통해서 흑영신교주와 광요에 대한 것을 들었다.

본래 광요는 별 부스러기들을 찾아다니며 그들을 살해하고 별의 조각을 갈취했다고 하는데, 이제는 그것만으로 만족하지 못하고 성운의 기재를 노리기로 한 모양이다.

투콱!

광요가 빗살처럼 날아들어서 천유하를 공격했다.

천유하는 의기상인과 허공섭물을 융합한 함정을 준비하고 있었다. 하지만 광요는 특유의 방어 기술, 피하거나 막는 게 아니라 맞는 그 순간에 반응해서 피해를 최소화하는 방법으로 그것을 돌파해 버렸다.

그래도 천유하는 첫 공격을 잘 막아냈다. 그리고 검을 광요의 팔과 맞댄 상태에서 변화를 일으켜서 상황을 타개하려고 했지만⋯⋯.

쾅!

광요가 그 행동을 두고 보지 않았다. 접촉한 상태에서 광요의 기운이 폭발하면서 천유하를 날려 버렸다.

"커억⋯⋯!"

천유하는 그대로 암석에 처박혔다.

당연한 결과였다. 광요는 몸이 멀쩡했더라도 승산을 장담할 수 없는 강적이었다. 그런데 만신창이가 된 상태에서 대적했으니 당해낼 도리가 없다.

광요가 정상적인 감성의 소유자였다면 방심한 틈을 노려볼 수라도 있었으리라. 하지만 광요에게는 상대가 약하니까 방심한다는 개념 자체가 없었다.

'빌어먹을⋯⋯. 이대로 죽는 건가?'

절망하면서도 천유하는 검을 놓지 않았다.

거의 무의식중에 광요의 공격을 비껴내고는 몸통으로 받아버린다. 하지만 거기에 실린 힘이 너무 가벼워서 광요는 미동조차 않았다.

"뭐 하는 거야?"

광요는 진심으로 궁금하다는 듯 고개를 갸웃했다.

그러면서도 넋 놓고 있지는 않았다. 가슴을 가볍게 튕기는 것만으로도 천유하를 날려 버리고는 팔에 일장을 때린다.

둔탁한 소리가 울리며 천유하의 팔이 부러졌다.

하지만 동시에 광요의 머리가 뒤로 확 젖혀지면서 주춤주춤 물러났다.

가한이 놀라서 눈을 크게 떴다.

"…대단하군."

무인으로서 순수하게 감탄할 수밖에 없었다.

누가 봐도 천유하가 끝장나는 형국이었는데 광요가 공격을 결정한 순간, 행동을 돌이킬 수 없는 찰나를 포착하고 격공의 기로 반격했다.

하지만 정작 천유하는 절망했다.

검을 쓰는 팔까지 미끼로 내주면서 가한 공격이었다. 광요의 목뼈를 꺾어버릴 생각이었는데 위력이 부족했다.

'아니, 놈의 반응이 너무 빨랐다.'

완벽하게 허점을 찔렀는데도 광요가 구사하는 특유의 방어 기술 때문에 효과가 적었다.

하지만 천유하는 이 한 수 덕분에 목숨을 구할 기회가 생겼다는 사실을 알게 되었다.

"이놈들!"

천유하는 자신이 요괴의 목소리를 이렇게 반가워하는 날이 오리라고는 상상도 못 했다.

일야검협이 천유하의 뒤를 쫓아온 것이다.

2

일야검협 유필헌의 인생은 온통 피로 얼룩져 있었다.

훗날에는 대협객으로 불렸지만 그는 어린 시절부터 증오와 분노에 사로잡혀 살아왔다.

그 증오의 뿌리는 가족의 상실이었다. 산골 마을을 급습한 마인에 의해 가족을 잃고 혼자가 되었을 때, 그는 마인들을 증오하게 되었다.

그리고 협객이라 칭하는 자들이 마인을 당해내지 못하고 죽었을 때, 동료를 잃은 자들이 힘없는 마을 사람들을 두고 도망쳤을 때 그는 그들을 증오하게 되었다. 무능한 자들도, 굳은 심지를 지니지 못한 주제에 협의를 논하는 자들이 밉고 경멸스러워서 참을 수가 없었다.

본래는 살아남은 마을 사람들이 보살펴야 했을 그를 일야문의 협객 오준성이 거둔 것은 그 눈에 깃든 감정을 읽었기 때문이다.

일야신공은 연공 과정에서 스스로의 마음을 객관화하는 과정을 거쳐야 하며, 따라서 일야신공을 대성한 자는 인간의 감정을 파악하는 데 능하다.

오준성은 유필헌의 눈에 어른거리는 감정을 알아차리고 탄식했다.

'협의를 가르치지 못한다면 살인자로 자랄지도 모르겠구나. 발견한 이상 그냥 두고 갈 수 없겠다.'

오준성은 그 이유만으로 유필헌을 제자로 삼았다. 무공에 재능이 있는지는 확인도 해보지 않고 그리한 것을 다른 사람들은 이해하기 어려워했다.

유필헌은 기꺼이 제자가 되겠노라고 대답했다. 오준성이 마인을 상대하며 보여준 무공이 탐났기 때문이다.

힘을 길러서 증오하는 존재들을 모두 쳐 죽일 것이다.

그때 유필헌의 머릿속은 그런 생각으로 가득했다.

하지만 일야문도가 된 유필헌은 그곳에서 지내는 동안 사부가 자신을 제자로 거두기 위해 크게 무리했음을 알게 되었다.

오준성은 이미 초로의 나이였고, 차기 장문인 후보 중 한 사람이었다. 그런 그가 어린 유필헌을 제자로 삼은 것은 일야문의 질서를 해치는 행동이었다. 정도 문파의 어른이라면 제자를 들일 때 까마득하게 어린 문도를 나이 많은 문도들이 어른으로 모시는 일이 없도록 배려하는 것 또한 필요한 행동인 것이다.

하지만 오준성은 그런 질서를 흐트러뜨리면서까지 유필헌을 제자로 삼았다. 그리고 그것이 정치적 약점이 되어서 문주의 자리에서 멀어지고 말았다.

유필헌이 그 사실을 알게 된 것은 일야문에서 몇 년을 지내면서 머리가 굵어지기 시작한 시점이었다. 사부가 어떤 대가를 치렀는지 안 유필헌은 참지 못하고 왜 그랬냐고 물었다.

사부는 빙긋 웃으며 말했다.

'그것이 올바른 일이었기 때문이란다.'

그것은 유필헌이 일생 동안 지침으로 삼는 한마디가 되었다.

유필헌은 무공에 천부적인 재능이 있었다. 자라면서 동문들을 압도하는 성취를 보여서 성운의 기재와도 비견할 만하다는 평가를 들었다. 그것은 성인이 되어 협객행을 시작하게 되자 만인이 인정하는 사실이 되었다.

그러나 사부에게 감명받았어도 유필헌이 품은 시커먼 감정이 사라진 것은 아니었다.

유필헌은 늘 식지 않는 증오를 품고 살았다. 모든 마인을 불구대천의 원수로 여겼으며, 무능한 자와 마음 약한 자가 협의를 이야기할 때마다 경멸과 혐오를 느꼈다.

사부는 늘 그런 유필헌의 속내를 알고 있었다.

'버릴 수 없는 것을 버리려고 하지 말거라. 그저 올바른 방향으로 인도해라. 세상에 낮과 밤이 있듯, 가장 빛나는 사람이라도 가장 어두운 것을 품고 있는 법이다. 진정 중요한 것이 무엇인지 아는 사람은 자신의 어두운 부분마저도 빛을 밝히기 위해 이용할 수 있을 것이다.'

사부는 그리 가르쳤다.

마음속의 고뇌가 버리고 싶다고 버려진다면 이 세상은 얼마나 순진하고 평화롭겠는가? 일야신공 또한 사람의 마음이 혼탁함을 인정하는 것에서부터 출발해서 신공절학이 되었다.

유필헌은 사투를 거듭하며 협객으로서의 명성을 쌓아나갔다. 그럴싸한 말을 늘어놓던 자들이 두려움으로 등을 돌려도, 승산이 없는 싸움이라도 결코 물러나지 않고 이겨 나갔다.

그리고 그러던 도중 세상이 큰 혼란을 맞이했다.

사명교가 위세를 떨치기 시작한 것이다.

초월적인 마(魔)를 섬기는 사명교는 교도들에게 희생을 강요하는 교리를 갖고 있었다.

그들이 요구하는 희생은 다양했다. 어떤 자에게는 금전을, 어떤 자에게는 권력을, 어떤 자에게는 목숨을 요구했다.

분명한 것은 그들이 그 희생을 대가로 내세의 안녕을 약속하는 데 그치지 않고 현세에서도 기적을 일으켜 주었다는 것이다.

당시 민중은 도탄에 빠져 있었다. 가뭄으로 인해 기근이 몰려왔고, 전염병이 창궐하는 가운데 황위를 노리는 자들이 민중을 지켜야 할 군대를 자신들의 권력을 지키기 위해 쓰니 탄식과 눈물이 끊이지 않았다.

사명교는 절망한 민중을 사로잡았다. 그들이 요구하는 희생을 대가로 치르면 병든 자를 낫게 해주었고, 장님의 눈을 뜨게 해주었으며, 앉은뱅이를 일어나게 하는 기적을 선보이니 그들의 교세가 폭발적으로 늘어난 것은 당연지사였다.

부와 권력을 지닌 자들 말고는 모두가 하루를 살아가는 것조차 힘든 세상 속에서는 일야문 역시 사정이 좋지 못했다. 일야문은 정도를 대표하는 문파 중에 하나로서 사명교와 싸웠지만 그것이 화를 불렀다.

일야문에 의해 큰 피해를 입은 사명교는 그들을 제물로 삼았다.

당시 사명교의 성세는 엄청났다. 황좌가 비어서 차기 황제 자리를 두고 나라의 권력이 사분오열된 상황 속에서 그들은 기적을 대가로 재력을 지닌 자와 권력을 지닌 자들을 암중의 협력자로 손에 넣었다.

재력과 권력, 그리고 거기에 사명교의 힘이 더해진 모략 앞에 일야문은 궁지에 몰렸다. 세상을 위해 싸울수록 그들은 굶주리게 되었고, 그 상황을 타파하기 위해 권력자들에게 죽으라는 것과 다름없는 상황을 강요받게 되었다.

그래도 그들은 꺾이지 않았다.

일야문도 모두가 강한 사람들만 있었던 것은 아니다. 어려운 상황 속에서. 누군가는 도망치듯 떠났으며, 누군가는 가족이나 연인 같은 개인적인 사정 때문에 사명교에 투신하는 상황마저 벌어졌다.

'적이 두렵다고 해도, 그들과 대적하는 것이 화를 불렀다고 해도 신념을 굽히지 않는 것. 억울한 자의 눈물을 외면하지 않으며, 옳은 일을 이루기 위해서 목숨조차 바칠 수 있는 결의.'

하지만 그럴수록 남은 자들의 결속은 강해졌다.

'그것이 바로 협의(俠義)이니라.'

사부 오준성은 자신이 내뱉은 말을 지켰다.

사명교가 판 함정임을 뻔히 알면서도 죄 없는 아이들을 구하기 위해 뛰어들었고, 결국 목숨을 잃었다.

아이들을 구해 온 문도에게 이야기를 전해 들은 유필헌은 분연히 일어났다. 놈들이 가져간 사부의 주검을 되찾기 위해서였다.

모두가 그를 만류했다. 사부의 시신이 욕되는 것은 참기 어려운 일이지만, 진정한 복수를 위해서 목숨을 아끼라고 했다.

유필헌은 그들의 말을 듣지 않았다.

'죄송합니다. 저는 이제야 깨달았습니다.'

그는 어린 시절의 기억 때문에 늘 증오에 사로잡혀 살아왔다.

욕망을 위해 타인을 해치는 마인들이 미웠고, 올바른 것이 당연하지 않은 세상이 미웠다. 올바름을 알면서도 그것을 행할 의지가 없는 자들이, 그리고 의지는 있어도 힘이 없는 자들마저도 미웠다.

어느 순간 유필헌은 자신이 모든 것을 미워하고 있다는 사실을 깨달았다.

심지어 자신이 목숨을 걸고 지켜낸 약자들마저도 미웠다. 해맑게 웃으며 감사를 표하는 아이들마저도 그를 고통스럽게 하는 부조리의 일부로 보였기 때문이다.

그럼에도 그가 협객으로서 살 수 있었던 이유는 단 하나다.

'제게는 사부님이 모든 것이었습니다.'

어린 시절, 그에게 빛을 보여준 단 한 사람이 있었기 때문이다.

사부가 올바른 삶이 무엇인지 가르쳐 주었기에 증오에 미치지 않고 살아올 수 있었다. 사부는 유필헌의 모든 것이었다. 그런 사부의 주검을 사악한 자들이 이용하게 내버려 둘 수 없었다.

그러나 누가 봐도 승산이라고는 없었다.

오준성을 죽이고 그의 주검을 가져간 것은 사명교의 정점, 네 명의 사도 중 하나인 적명(赤明)의 사도였다. 천하십객 중 하나를 살해하면서 흉명을 떨친 그를 상대로, 그것도 수십 명의 사명교도까지 함께 상대한다는 것은 자살행위였다.

그래도 유필헌은 주저하지 않았다.

혈투의 끝에서, 적명의 사도는 유필헌에게 물었다.

'너는 왜 이런 무모한 싸움을 하였느냐? 네게는 분명 선택의 여지가 있었을 터인데?'

'그것이 올바른 일이기 때문이다.'

유필헌의 대답에는 주저함이 없었다.

'그리고 내게는 사부님의 삶이 틀리지 않았음을 증명할 의무가 있기 때문이다.'

모든 이들이 자살행위라고 말한 그 싸움에서 유필헌은 적명의 사도를 쓰러뜨리고 사부의 주검을 되찾았다.

그날부터 사람들은 그를 일야검협이라고 불렀으며, 그 이름으로 비어 있던 천하십객의 한 자리를 채우는 데 누구도 반대하지 않았다.

일야검협 유필헌은 자신의 최후를 기억하지 못한다.

그는 자각하지 못했지만 요괴가 된 그의 머릿속에는 지금의 현실이 존재하지 않았다. 그의 시간은 사명교의 유적이 현계와 마계의 틈새로 내던져진 그 순간에 멈춰 있었다.

유적을 현계로 끄집어낸 순간부터 이 안의 시간이 움직이기 시작했다. 그러나 그 속에서 깨어난 유필헌도, 그에게 살해당한 자들, 혹은 더 먼 과거의 존재들이 투영된 환마들도 이 시대의 존재들과는 다른 시간을 걷고 있었다.

그들은 자신의 삶이 속했던 시대에 속박당한 채 지금의 현실을 왜곡해서 받아들였다. 일야검협에게는 자신이 요괴라는 자각조차 없었으며 그저 한 가지 염원만이 남아 있었다.

'정명한 인재를 찾아 일야신공을 전해야 한다.'

스스로의 죽음을 기억하지 못하지만 거기에 이르게 된 과정은 기억하고 있었다.

사명교와의 싸움에서 일야문은 몰살당했다. 일야검협은 최후의 생존자였고, 그렇기에 누구보다도 목숨을 아껴야 할 처지였다. 개인의 자존심보다도 사문의 명맥을 이어가는 것을 중요시한다면 다들 그를 비난할지언정 이해는 했으리라.

그럼에도 일야검협은 올바르다고 생각한 일을 위해 목숨을 바쳤다.

자신이 거기서 목숨을 아꼈다면 일야문의 명맥을 이을 수 있었을지언정 문도들의 삶, 지옥 같은 상황 속에서도 꺾이지 않고 협의를 위해 죽어간 그들에게 고개를 들 수 없다고 여겼기 때문이다.

하지만 그럼에도 미련과 집착이 남았다.

사부의 인생 그 자체였던 일야신공을 세상에서 사라지게 할 수 없었다.

누군가는 일야신공을 이어야만 한다. 그럼으로써 세상은 사부의 삶이 틀리지 않았음을, 그리고 자신이 삶과 죽음으로써 그 사실을 증명했다는 것을 기억하게 될 것이다.

그리고 하늘의 도움으로 일야검협은 일야신공을 계승할 운명을 지닌 자를 만날 수 있었다.

적어도 그는 그렇게 믿고 있었다.

"사특한 마인들이여! 일야신공의 계승자를 해하게 놔두지 않는다!"

"먼 옛날에 죽은 잡것 주제에 정말 귀찮게 구는구나."

가한이 분노했다. 하지만 그가 하는 말 중에 '옛날에 죽은 잡것'이라는 부분은 일야검협에게 전해지지 않았다. 들어도 듣지 못한 것처럼 현실을 왜곡해서 받아들이고 있기 때문이다.

화아아악!

가한의 분노에 호응하듯 폭염이 허공을 질주했다. 그의 손에 들린 태도가 강맹한 선을 그려내며 일야검협을 압박해 갔다.

그러나 일야검협은 조금도 밀리지 않았다.

"계승자여, 잘 보아라! 이것이 일야신공이니라!"

양강지력을 뿜어내는 좌검이 불꽃을 힘으로 받아쳤다. 폭음이 울리며 화염이 흩어지자 음유지력을 뿜어내는 우검이 남은 불꽃을 유려한 궤적 속에서 빨아들여서 소멸시켰다.

'맙소사.'

천유하가 경악했다.

한 손으로는 극양, 한 손으로는 극음의 힘을 쓰는데 그 모습이 너무나도 자연스럽다. 음과 양의 힘을 동시에 다루는 것만으로도 놀라운데 그 둘이 모두 극단으로 치달아 있다니, 아무리 양의심공 계통의 무공이더라도 어찌 한 몸으로 양극단의 힘을 다룰 수 있단 말인가?

극음과 극양이 어우러지는 상승효과 앞에서 가한이 낭패감을 드러냈다.

'아까보다 실력이 좋아졌다.'

시간이 얼마 지나지도 않았는데 일야검협의 실력이 더 좋아졌다. 아까 전에도 음양의 기운을 동시에 다루기는 했지만 지금은 현격하게 수준이 높아졌다.

광세천교의 칠왕인 가한과 맞서면서 그 여파로부터 천유하를 보호하고, 동시에 광요의 움직임까지 막아낸다. 그것으로도 모자라서……

─기(氣)를 특정한 상(象)으로 빚어내는 것은 인간의 마음이다. 자신의 마음을 객관화하여 관조할 수 있다면, 그로써 한 시공을 여러 마음으로 볼 수 있게 된다면 상식적으로는 불가능하다고 하는 일을 할 수 있게 된다. 하나의 순간에, 하나의 몸으로

극음과 극양의 힘을 동시에 구현할 수 있게 되는 것이다.

…천유하에게 전음으로 자신이 구사하는 기술에 대한 해설까지 해주고 있었다.

그의 일야신공이 양의(兩意)의 경지를 넘어서 무수한 뜻을 동시에 행하고 있다는 증거였다.

"이놈! 요괴 주제에 감히!"

먼저 인내심이 바닥난 쪽은 가한이었다. 가한의 몸이 지금까지와는 비교도 안 되는 폭염으로 암석 지대를 불태웠다. 사방에서 몰려오는 폭염의 해일이 피할 곳을 완전히 없애 버렸다.

가한은 구윤과 마찬가지로 일양신화공을 익혔다. 그의 내공은 8심이지만 극양의 힘을 폭발시켰을 때의 화력은 기심의 수를 통해 짐작할 수 있는 수준을 초월했다.

그에 비해 일야검협의 내공은 7심에 불과하다. 게다가 진기 운용 효율에 있어서도 가한보다 훨씬 뒤떨어졌다. 기술을 초월하는 압도적인 화력 앞에서는 손쓸 도리가 없었다.

"마인 놈들, 참으로 한결같구나."

일야검협의 눈이 분노로 타올랐다.

예전의 기억이 떠올랐다. 사명교의 마인들은 선택지를 없애 버리기를 즐겼다. 사람이 물러날 곳을 없애 버리고는 죽음으로 뛰어들기를 강요했다.

가한 역시 마찬가지였다.

일야검협의 능력이라면 전방위에서 몰아치는 폭염의 해일도 뚫고 나갈 수 있으리라. 그러나 그랬다가는 천유하가 죽는다.

물론 가한은 여기서 천유하를 죽일 생각이 없었다. 그를 죽이는 것은 어디까지나 광요가 되어야 했기 때문이다. 하지만 일야검협에게는 그렇게 보이지 않을 것이고, 필연적으로 허점을 드러낼 수밖에 없다.

순간 눈앞에 푸른 불꽃이 내달렸다.

"아니?!"

가한이 경악했다.

일야검협이 기화해서 한 줄기 푸른 불꽃으로 화했다. 그리고 그가 그어낸 푸른 불꽃의 궤적을 따라서 가한이 일으킨 폭염의 해일이 빨려 들어가듯 소멸하는 게 아닌가?

직후 다시 한 번 기화해서 사라진 일야검협이 가한의 뒤쪽에서 나타났다.

퍼어어어엉!

기화하기 전과 기화한 후, 두 지점을 잇는 푸른 불꽃의 궤적이 그려졌다. 그리고 그 궤적을 따라서 새하얀 냉기가 폭발했다.

'말도 안 된다!'

가한이 경악했다. 일순간 그의 몸을 휘감고 있던 화염이 날아가 버리면서 몸이 반쯤 얼어붙었다.

무슨 일이 일어났는지는 이해했다. 전방위에서 쏟아지는 폭염을 자신과 동화시키면서 기화시킴으로써 없애 버렸다. 그리고 다시 육화하는 과정에서 불꽃을 한기로 변환한 것이다.

그 결과 끌어들였던 극양지기 중 반 이상이 손실되었지만 나머지 반만을 집중시켜도 이런 결과가 나왔다.

'심상경의 절예라고 해도 이런 일이 가능하단 말인가?'

요괴가 심상경의 절예를 쓰는 것만 해도 기절초풍할 일이다. 그런데 심검이나 신검합일로 적을 치는 것은 전혀 보여주지 않다가 이런 엄청난 기술로 허를 찌르다니?

차라리 심검이나 신검합일이었다면 이렇게 당하지 않았을 것이다. 가한은 아직 심상경에 이르지 못했지만 방어 수단은 여럿 갖고 있었으니까.

"지옥에는 네가 머물 곳이 넉넉할 것이다."

일야검협이 스산하게 말함과 동시에 쌍검이 춤췄다. 몸이 반쯤 얼어붙은 가한의 왼팔이 잘려 나갔다.

"크악!"

목이 잘리지 않은 것은 광요 덕분이었다. 광요가 위기의 순간 둘 사이로 끼어들면서 맹공을 퍼부었다.

"이놈!"

일야검협의 눈이 더욱 큰 분노로 물들었다.

광요의 움직임은 놀라웠다. 격투전에서만큼은 일야검협과 필적했고 기공전에서도 쉽사리 밀리지 않았다.

무엇보다 놀라운 것은 학습 능력이다. 일야검협을 상대하는 동안 무서운 흡수력으로 기술을 터득하고 있었다.

'벌써 양의심공을 터득했어? 아니면 원래 익히고 있던 것의 활용법을 배운 건가?'

천유하가 경악했다.

광요는 일야검협을 상대하면서 양의심공의 묘용을 보여주고 있었다.

여러 가지 작업을 동시에, 전혀 다른 감각으로 수행하면서도 흐트러짐이 보이지 않는다. 그러기는커녕 점점 더 정밀도가 높아지고 있었다.

양의심공은 성운의 기재인 천유하조차도 쉽게 재현할 수 없는 무공이다. 특성이 너무 동떨어져 있기 때문이다.

핏!

하지만 광요가 열세인 것만은 부인할 수 없었다. 부상 입은 가한이 기공전을 지원해 주는데도 몸에 하나둘씩 상처가 늘어갔다.

'뭐 이런 경우가 다 있지?'

그 광경을 보는 천유하는 기가 막혔다.

짧은 격전 속에서 광요의 실력이 계속해서 상승하고 있었다. 그가 진품에 필적하는 성운의 기재 모사품임을 감안하면 거기까지는 납득이 간다.

하지만 일야검협의 실력도 계속 상승하는 것은 좀 이상하지 않은가?

'그렇다는 것은 요괴가 되면서 인간이었을 때와 어긋난 부분들이 빠르게 수정되어 가고 있다는 의미겠지. 도대체 본 실력이 어느 정도란 말인가? 400년 전 사람이 이 정도라니……'

보고 있자니 입이 다물어지지 않을 정도였다. 광요의 몸이 피투성이가 되어가는 동안 가한은 얼어붙은 몸을 회복할 시간도 없이 기공전에 시달리고 있었다.

그들을 구원한 것은 외부의 개입이었다.

"지금 뭘 하고 있는 거지?"

음산하고 기분 나쁜 울림이 섞인 목소리가 들려왔다. 동시에 기괴한 암석 지대 한복판에서 어둠이 안개처럼 솟아나기 시작했다.

그 어둠 한복판에서 너덜너덜한 검은 천으로 전신을 얼기설기 두른 괴인이 나타났다. 그를 감싼 검은 안개 같은 기운이 마치 심장박동에 맞춘 것처럼 퍼졌다 다시 뭉쳤다를 반복하는 가운데 두 눈이 시뻘건 불꽃 같은 빛을 발했다.

쾅!

그가 개입하자 일야검협의 공세가 끊겼다. 날아든 어둠 덩어리를 막아낸 일야검협이 그를 노려보았다.

"화마(火魔)에 이어 사령인이라. 아주 가지가지 하는구나. 네놈은 누구냐?"

"그쪽이야말로 누구신가? 보아하니 별로 고위 요괴도 아닌 것 같은데 우리 막내를 저 모양으로 만들어놓다니, 생전에 아주 고명한 협객이셨나 보군. 아, 바라는 대로 내 소개를 하지."

사령인의 목소리는 특유의 울림 때문에 음산하기 짝이 없는데 어조는 묘하게 유쾌했다. 그래서 더욱 기괴하고 꺼림칙한 느낌을 자아냈다.

"위대한 광세천계 존엄한 일곱 왕의 일원으로 선택받은 자, 나곤이다."

그 이름을 들은 천유하가 경악성을 토했다.

"흑령마수(黑靈魔手) 나곤!"

4

나곤은 광세천교의 칠왕 중에 대외적으로 그 존재가 알려진 인물 중 하나였다. 그의 손에 죽은 강호의 명숙들이 벌써 두 자 릿수에 이를 정도로 흉명이 높았으며, 그중에 관군의 요인들도 포함되어 있었기에 중원삼국의 황실에서 그 목에 건 현상금이 어마어마했던 것이다.

나곤이 천유하를 보며 재미있다는 듯 말했다.

"과연 천명을 받은 성운의 기재답군. 완벽하게 판을 짜놔서 쉽게 잡을 수 있으리라 생각했거늘, 그림자 교주께서도 예지하 지 못한 변수가 끼어들다니."

"사형, 죄송합니다."

가한이 사죄했다. 나곤이 말했다.

"아니, 이런 놈과 대적해서 목숨도 잃지 않았고 광요도 잃지 않았으니 되었다. 아, 이름을 들을 수 있겠는가? 왠지 짐작은 가 지만."

"네놈들이 나를 모를 리가 없지 않느냐? 이 일야검협 유필헌 을!"

"설마 이런 일이 벌어질 줄이야. 400년 동안이나 현계와 마계 의 틈새에 처박혀 있던 곳이다 보니 별 해괴한 일이 벌어지는군."

나곤은 광세천교의 역사에도 밝았다. 400년 전의 일이라고는 하지만 칠왕 중 하나를 참살했던 일야검협 유필헌의 존재를 알 고 있었다.

"그 무위를 보니 나도 승산을 장담할 수 없겠군. 하지만 이러 면 어떨까?"

나곤의 옆에서 어둠이 피어나기 시작했다.

일야검협은 적의 수작을 뻔히 보면서 기다려 주지 않았다. 곧바로 격공의 기를 발해서 어둠을 쳤다.

"그건 곤란하지."

하지만 나곤이 술법을 펼쳐서 격공의 기를 막아내고는 반격했다. 그의 몸이 검은 불길로 흩어지더니 사방에 먹선으로 그려놓은 것 같은 눈의 윤곽들이 나타났다.

꽈과과과광!

수십의 눈으로부터 기공파의 융단폭격이 쏟아졌다.

일야검협은 가뿐하게 그것을 막아내고, 천유하까지 지켜내면서 반격까지 하는 놀라운 기량을 보였다. 하지만 나곤이 방어하는 동안 피어오르던 어둠이 형체를 갖추었다.

시커먼 뱀 머리 인간이 그 자리에 서 있었다.

'혈신교의 환마인가? 아니, 환마가 아니다. 실체가 있어. 그렇다고 해서 요괴 같지도 않은데, 대체 뭐지?'

천유하가 의문스러워하는 가운데, 전신이 새카만 비늘로 뒤덮인 뱀 머리 인간이 눈을 떴다. 노란 파충류의 눈동자가 붉게 물들더니 새카만 전신 위로 붉은 무늬가 꿈틀거리며 떠올랐다.

"소개하지."

나곤이 말했다.

"혈신교가 공들여 만든 비밀 병기, 혈신교주의 예비 육신인 혈신체(血神體)다. 성능이 어느 정도인지는 지금부터 알 수 있겠지."

그동안 광세천교는 혈신교의 유산을 여럿 발굴했다. 광세천교 역시 30여 년 전의 토벌로 만신창이가 된 것은 흑영신교와 마찬가지였기 때문에 멸망한 마교의 유산은 그들 입장에서 엄청난 가치를 지녔다.

그들은 백마와 거래해서 이 유적을 현계로 끄집어내며 일석삼조의 효과를 노렸다.

첫 번째로 끈질기게 그들의 행적을 추적하는 황실 마교 대책반에 타격을 입힌다. 병력 손실도 없이, 심지어 자기들이 한 일이라는 증거조차 주지 않고 그리할 수 있다는 것은 정말로 매력적이었다.

두 번째로 때마침 황실 마교 대책반에 소속되어 있는 성운의 기재 천유하를 유적 안으로 끌어들여서 광요에게 처치하게 한다.

그리고 마지막 세 번째가 바로 이곳에 잠들어 있는 사명교와 혈신교의 유산을 손에 넣는 일이었다.

성과는 컸다.

사명교는 역사가 짧아서인지 당시의 광세천교나 흑영신교와 달리 폐쇄적인 자부심과는 거리가 먼 집단이었다. 혈신교의 유산을 연구하고 사용하는 데도 거리낌이 없었다.

덕분에 나곤은 혈신체를 완전히 거저주워 먹었다. 본래대로라면 의식을 불어넣고 제어하기 위해서 많은 연구를 거쳐야 했겠지만 그 문제는 사명교가 다 해결해 두었기 때문에 필요한 술법을 써줄 실력만 있으면 되었다.

"어디 과거의 천하십객 실력을 보여주시게나."

나곤이 혈신체, 그리고 광요와 함께 일야검협을 협공했다. 그리고 가한 역시 흐트러진 진기를 다스리고는 불꽃과 기공으로 가세했다.

누가 봐도 절망적인 열세였지만 일야검협은 물러날 생각이 전혀 없었다.

"오너라! 너희들 모두 사악한 신의 곁으로 보내주마!"

격전이 시작되었다

일야검협은 금세 수세에 몰렸다.

나곤은 가한과 달리 심상경의 고수였고 고등한 사술을 자유자재로 다루기까지 했다.

혈신체는 고등한 기술과는 거리가 멀었지만 신체 능력과 튼튼함만은 압도적이었다.

여기에 광요가 절묘한 감각으로 협공에 가장 적절한 행동을 찾아내고, 가한이 폭염과 기공으로 지원하자 일야검협이라도 승기를 잡을 도리가 없었다.

싸움을 지켜보던 천유하가 속으로 탄식했다.

'저 둘의 연계가 너무 완벽하다.'

나곤과 가한의 연계는 수도 없이 연습한 것 같은 숙련도가 돋보였다.

아무리 봐도 가한의 일양신화공은 다른 이와 협공을 펼치기에 적절한 무공이 아니다. 하지만 나곤은 사령인의 특성과 술법을 이용, 그가 일으키는 불꽃을 마치 자신의 것처럼 자유자재로 활용하고 있어서 상식적으로는 불가능한 상승효과를 일으키고 있었다.

─연자여, 움직일 수 있겠는가?

천유하는 움찔했다.

일야검협은 이 상황에서도 무공의 해설을 계속하고 있었다.

그런데 그것과는 또 다른 목소리가 들려왔다. 천유하를 부르는 호칭부터 다른 그 목소리는 차분하고 이성적이었다.

—허허. 어쩌다 이렇게 되었는지 모르겠군. 연자여, 혹시 이 저주받은 곳이 시공의 틈새에 떨어진 지 얼마나 지났는가?

—400년입니다.

—상상도 할 수 없는 세월이군. 그런 세월이 흘렀는데도 나는 눈을 감지 못했는가.

광세천교 일당은 일야검협을 수세에 몰아넣었다. 하지만 그럼에도 균형을 결정적으로 무너뜨리지 못하고 야금야금 타격을 입혀가고 있었다.

'나 때문이다.'

천유하는 그것이 자신 때문임을 알았다.

광세천교 일당은 반드시 광요의 손으로 천유하를 죽이게 해야 했다. 멀리서 날리는 기공이 아니라 지근거리에서 그 손으로 직접 목숨을 취하지 않으면 별의 조각을 취할 수 있다는 확신이 없었기 때문이다.

그것을 모르는 일야검협은 천유하를 보호하기 위해 온힘을 다하고 있었다.

퍽!

일야검협의 가슴팍에 나곤의 일권이 꽂혔다. 시귀의 몸통이 움푹 파였지만 나곤은 결정타를 꽂지 못하고 물러난다. 일야검협이 기공으로 반격했기 때문이었다.

파밧!

하지만 그 틈을 타서 광요의 관수에서 뻗어 나온 날카로운 기운이 그의 팔을 가르고 지나갔다. 시귀의 몸이라 피가 흐르지는 않았지만 그가 타격을 입고 있다는 것은 분명했다.

지금 이 순간에도 일야검협의 기술이 더욱 정밀해지고 있는 것이 보인다.

어쩌면 그 혼자였다면 저 넷을 격퇴할 수 있었을지도 모른다. 하지만 천유하를 지키느라 움직임이 제약되어서 어쩔 수 없이 허용하는 타격들이 있었다.

─밤의 어둠이 짙을수록 그 후에 떠오르는 태양의 눈부심이 두드러지는 법이니. 밤과 낮이 하나이듯 음과 양도 떨어질 수 없는 것. 관조하라. 끊임없이 변화하는 상황 속에서 최적의 균형을 찾아내라. 하나의 마음을 낮에, 하나의 마음을 밤에 두어 서로 소통할 수 있다면 진정한 상생의 극의에 이를지언저.

─할 수 있다면 내 기운을 주고 싶군. 하지만 이런 몸이라 할 수 없을 듯하이. 미안하네.

두 가지 목소리가 동시에 전달되어 왔다. 천유하는 이 순간 일야검협의 마음이 다의(多意)를 품는 것을 넘어서 두 인격이 혼재하는 상태가 되었음을 깨달았다.

그것은 양의심공 계통의 무공을 익힐 때 빠질 수 있는 위험이다. 하지만 일야검협에게는 긍정적으로 작용했다. 그는 자신의 마음을 무수히 나누어 스스로를 객관적으로 관조하는 과정에서 요괴로서 품은 문제, 현실을 왜곡해서 받아들이는 틀마저 넘어서 생전의 마음을 되찾았다.

인간의 의지와 요괴의 충동이 하나의 그릇에서 어우러졌다.

놀랍게도 그것은 각각 다른 마음에 의해 가장 적절한 지점에 배치되어서 조금도 충돌하지 않고 상생하는 균형을 이루었다.

─대협, 당신께서는 왜 그렇게까지…….

천유하는 말문이 막혔다.

인간의 마음을 되찾은 일야검협은 자신이 목숨을 바친 대가로 어떤 꼴이 되었는지 알았을 것이다. 운명의 가혹함에 절망하고 폭주했어도 이상하지 않거늘, 그는 어째서 요괴의 몸으로도 협의를 다하고자 하는가?

─그것이 올바른 일이기 때문이라네.

천유하는 왠지 일야검협이 빙긋 웃었다고 느꼈다.

─하늘은 자네를 보냄으로써 끝까지 내게 무심하지만은 않았음을 증명하였지. 그러니 나 또한 의무를 다할 것이네. 사람으로서, 협객으로서 도리를 다하신 사부님의 삶이 틀리지 않았음을 증명할 의무를.

생전에 세상을 증오했던 그를 인간답게 살아가게 했던 인연이, 항상 귓가를 떠나지 않았던 사람의 말이 죽어서 괴물이 된 지금도 그를 사람답게 하고 있었다.

─이 저주받을 공간의 틈새를 찾을 수 있을 것 같군. 기회가 오면 내가 길을 열어보겠네. 길이 열리면 지체 없이 몸을 던지게나.

─…….

─자네가 스스로 한 말을 지킬 사람임을 믿네. 몇 가지 더 부탁해도 되겠나?

─예, 무엇이든지.

─계승자를 고를 때는 무공을 대성할 수 있는 자질이 아니라

올바르게 쓸 수 있는 마음을 가진 이를 선택해 주게. 그리고…….

일야검협은 부드러운 목소리로 유언을 남겼다.

그러는 동안 그의 몸은 점점 죽어갔다. 요기가 소진되었고 상처가 계속해서 늘어가면서 신체 기능에 장애가 발생했다.

화아아아악……!

그리고 그 앞에서 화염의 해일이 솟구쳤다.

"경의를 표하는 바요, 일야검협! 이제 제명에 죽지 못한 그대의 삶에 진정한 안식을 선물하지."

나곤의 술법과 가한의 일양신화공이 융합, 피할 수 없는 죽음으로 화해 들이닥쳤다.

비틀거리던 일야검협은 쌍검을 들었다.

'피할 수 있다.'

막을 수도, 흘려보낼 수도 없다. 그래도 피할 수는 있다.

하지만 피하면 천유하가 죽는다.

이 선택지 앞에서 그는 고민하지 않았다. 인간의 마음도, 요괴의 마음도 한 점 흐림 없이 청명했다.

'그것이 올바른 일이었기 때문이란다.'

한순간도 잊어본 적 없는 사부의 말을 떠올린 일야검협은 부드럽게 웃었다.

제96장
흉왕의 계승자

성운을 먹는 자

1

형운 일행은 빠르게 유적을 헤쳐 나갔다. 점점 더 강력한 환마들이 앞을 가로막고, 종종 마계화 공간에 빠져드는데도 차분하게 길을 찾아나갔다.

"왼쪽이군."

그럴 수 있는 것은 형운 덕분이었다.

두 번 정도 더 마계화 공간을 뚫고 나온 뒤, 형운은 이 공간에 존재하는 규칙성을 발견했다.

아니, 사실 발견했다고 할 수는 없다. 남이 알아들을 수 있도록 설명할 수는 없었으니까.

그저 빙백기심과 일월성신의 능력이 그에게 알려주고 있을 뿐이라 형운 자신도 이성적으로 이해할 수 없는 감각이었다.

우우우웅…….

형운의 앞쪽에 희미한 빛을 발하는 얼음결정 하나가 둥둥 떠서 앞서가고 있었다.

빙백기심의 능력으로 구현한 존재였다. 그 존재가 일행을 인도했다.

어느 순간, 형운이 말했다.

"마계화가 오고 있어. 속도를 높여서 빠져나가자. 서로 떨어지지 않도록 조심하고."

의구심을 표하는 이는 아무도 없었다. 전원이 경공을 전개해서 질풍처럼 그 자리를 빠져나갔다.

그들이 지나온 통로에는 아무런 변화도 없었다. 하지만 서하령은 형운이 거기에 일부러 띄워두었던 또 다른 얼음결정이 사라진 것을 확인했다.

"이로써 네 번 모두 적중했어. 확실히 신뢰해도 되겠는걸."

지금까지 파악한 바로 마계화 공간에 빠져드는 경우는 세 가지였다.

주변을 파괴했을 때, 마기의 농도가 일정 이상 강해진 지점에 갔을 때, 마지막으로 그냥 불규칙하게 발생하는 마기의 요동침에 휘말려 들었을 때였다.

형운은 이 문제들을 모두 사전에 파악할 수 있었다.

이 시점에서 일행은 두 가지 선택지를 갖게 되었다.

일단 물러나서 재정비할 것인가, 아니면 이대로 더 깊숙한 곳으로 나아가서 생존자들을 찾을 것인가?

물론 고민할 것도 없이 답은 정해져 있었다.

"가까워지고 있는 것 같아."

서하령이 중얼거렸다. 형운도 성운의 기재를 감지할 수 있지만 아무래도 그녀가 더 감지 거리가 길었다.

그녀는 다른 것도 느꼈다.

"그런데 하나가 아니야. 다른 누군가가 있어."

"다른 누군가?"

형운이 흠칫하자 서하령이 그의 내심을 읽고 고개를 저었다.

"흑영신교주는 아니야."

"그런데도 누군지는 모르겠고?"

"가까이 가면 네가 알겠지."

형운은 현존하는 성운의 기재 전원을 만나보았다. 일월성신의 특성상 기파를 감지할 수 있는 거리가 되면 누군지까지도 알 수 있을 것이다.

그리고 조금 더 가까워졌을 때 형운이 깜짝 놀랐다.

"광요!"

그 말에 다들 깜짝 놀랐다.

광요를 만나본 사람은 형운과 가려, 그리고 오량 셋이다. 그리고 직접 싸워본 것은 형운과 가려뿐이었다.

"광세천교가 유하를 노리고 이런 일을 벌인 건가?"

형운은 광요의 정체를 아주 잘 알고 있었다. 별 부스러기들을 죽이고 별의 조각을 모았던 과거를 생각해 보면 성운의 기재를 먹잇감으로 노리는 것은 당연한 수순이 아닐까?

'흑영신교의 계획을 망가뜨렸더니 이번에는 광세천교인가?'

하지만 지금은 그것보다 더 중요한 사실이 있었다.

'갑자기 유하와 광요의 기척이 뚜렷해졌다.'

조금 전까지 안개가 낀 듯 흐릿한 느낌이었는데 지금은 바로 앞에 두고 보는 것처럼 생생했다.

　그 사실이 의미하는 바를 알아차린 일행은 전력을 다해 그 지점으로 달려갔다. 그리고 곧 그 이유를 알 수 있었다.

　"이 균열은 뭐지?"

　허공에 기이한 균열이 생겨 있었다.

　유적의 어둠 속에서 그 균열만이 비현실적으로 눈에 띈다. 척 봐도 균열 저편에는 마계화 공간이 펼쳐져 있었고 그쪽에서 강렬한 기파가 감지되었다.

　"생각하고 있을 시간 없잖아. 가자."

　마곡정의 말에 일행은 곧바로 뛰어들었다.

　화아아아아아악……!

　뛰어들자마자 시야를 온통 불태우는 폭염이 반겨주었다.

　"헉!"

　경악하면서도 형운은 전광석화처럼 빠르게 대응했다. 그들을 인도하던, 빙백기심으로 형성한 얼음결정이 깨져 나가면서 한기 파동이 폭발했다.

　강맹한 한기 파동이 불꽃을 밀어내면서 일행이 생존할 수 있는 권역을 만들었다. 그리고 그 속에서 일행은 불길이 그치길 기다리는 대신 다음을 위한 행동에 들어가고 있었다.

　형운의 전음이 그들의 뇌리를 강타했다.

　―천유하, 일야검협, 광요! 그리고 나머지 셋은 만나본 적이 없지만, 짐작이 가. 주의해!

　―어느 정도로?

─한 명은 광세천교의 칠왕 가한일 가능성이 높아.

　형운은 가한을 만나본 적이 없다. 그러나 그 스승인 구윤과 싸웠던 기억이 너무나도 생생했다. 그리고 과거 귀혁이 가한과 싸워서 사경을 헤매게 만들어줬던 경험을 들려줬기 때문에 쉽게 상대를 특정할 수 있었다.

　─나머지 둘도 그에 필적하는 기운을 가졌어.

　─......!

　다들 경악했다.

　그 정도면 이 자리에 있는 이들도 감당하기 어려운 수준이었다.

　"누구냐!"

　흩어지는 불꽃 너머에서 음산한 외침이 들려왔다.

　'기회다.'

　형운은 대답하는 대신 기습을 가했다.

　콰앙!

　적의 위치를 특정하고 격공의 기를 날린다. 적은 격공의 기를 펼치지 않았지만 주변에 펼쳐 둔 방어막을 통해서 형운의 공격을 막아냈다.

　콰아아앙!

　그러나 그 뒤를 따르듯 발사된 손가락 두께의 섬광이 대폭발을 일으켰다.

　방어 술법을 펼쳐두고 있던 흑령마수 나곤이 경악했다.

　"이, 이건......!"

　딱히 준비 시간도 없이 쏘아낸 기공파인데 한 방에 방어 술법을 관통했다. 극한의 밀도로 압축되어 관통력을 높인 기공파는 그러고도 위력이 완전히 상쇄되지 않아서 받아치는 순간 나곤의 기맥이 진탕할 정도의 충격이 느껴졌다.

'터무니없는 내공이다! 이 기공파는 왠지 낯이 익은데 설마?'

쾅! 꽈광!

나곤이 경악하는 순간, 뒤쪽에서 폭음이 연달아 울렸다.

그는 경악해서 뒤를 살폈다. 그리고 피를 뿌리며 날아가는 가한과, 방어하기는 했지만 힘에 밀려서 튕겨 나가는 광요, 그리고 그 사이에서 흩어지는 안개처럼 사라지는 형운의 모습을 발견했다.

섬뜩한 예감이 덮쳐왔다.

후우우웅!

그 예감은 적중했다. 곧바로 그의 뒤에서 나타난 형운이 관수로 몸통을 꿰뚫는 것이 아닌가?

"선풍권룡!"

하지만 나곤은 사령인이었다. 그의 몸이 검은 안개가 되어 피할 수 없는 공격을 흘려보냈다.

형운은 동요하지 않았다. 일월성신의 눈은 공격을 가하기 전부터 나곤이 사령인이라는 것을, 마공만이 아니라 고도의 술법도 구사하는 상대라는 것까지 꿰뚫어 보았기 때문이다.

하지만 형운이 안개화한 그에게 유효한 기술을 쓰기 전, 나곤의 몸이 검붉은 섬광으로 화해 형운을 관통했다.

'무극의 권! 심상경의 고수군!'

기습당한 형운의 몸이 기화했다. 하지만 그것도 잠시, 육화한 나곤이 재차 공격을 가해오기 전에 형운이 무극의 권으로 답례했다.

—유성무극혼(流星無極魂) 다중살(多衆殺)!

청백색 섬광의 궤적이 직선이 아니라 세 번 꺾이면서 공간에 뚜렷한 흔적을 남겼다. 그 궤적에는 나곤뿐만 아니라 광요와 가한까지 포함되어 있었다.

"네놈들……."

육화한 형운의 눈이 가늘어졌다.

나곤이야 그렇다 치고 가한과 광요 역시 기화하지 않았다.

그리고 그들과 나곤의 반응은 확연히 달랐다. 나곤은 스스로 기화를 막았지만 가한과 광요는 몸에 지니고 있던 호부들 중 하나가 불타 사라졌다.

"죄 없는 자들의 목숨을 제물 삼아서 연명하는 삶도 오늘로 끝내주지."

형운이 분노했다.

동시에 형운의 주변에서 무수한 얼음결정들이 떠오르기 시작했다. 딱히 강한 냉기를 일으킬 것도 없이 원하는 지점에만 극음지기를 집중시킴으로써 수분을 응결시킨다.

기환술사인 나곤이나, 극양지기를 다루는 가한은 그것이 의미하는 바를 깨닫고 경악했다.

'선풍권룡이 극음지기를 다룬다는 정보는 있었지만, 이건 마치 영수 중에서도 자기 능력을 극한까지 연마한 개체나 가능한 수준 아닌가?'

후우우우우……!

하지만 그들의 놀람은 다음 순간의 충격에 비할 바가 아니었다.

이 공간은 가한이 그동안 퍼부었던 화염으로 인해 한여름의 사막처럼 뜨겁게 달아올라 있었다. 그런데 형운이 띄운 얼음 결정들로부터 쏟아져 나온 기운들이 서로 상승효과를 일으키면서 주변의 기온이 급강하했다.

가한이 믿을 수 없다는 듯 신음했다.

"설마 이건……."

형운은 이미 천공지체 연구 속에서 아홉 번째 기심을 회복했다. 그의 내공은 한없이 10심에 가까운 9심이라고 불러야 할 수준에 이르러 있었다.

하지만 아무리 그렇다고 하더라도 지금 그가 일으키는 한기는 터무니없는 규모였다.

주변의 정경이 순식간에 얼어붙어서 하얗게 변해가고, 공기 중의 수분이 모조리 서리가 되어서 눈보라가 휘몰아쳤다. 그리고 그 속에서 빛을 발하는 얼음결정들이 하나둘씩 늘어가면서 더더욱 한기의 규모가 커져가고 있었다.

가한은 이런 특성을 지닌 무공을 딱 하나 알고 있었다.

"빙백설야공!"

2

자신의 몸에 담긴 기운으로 한기를 일으키는 것을 넘어서, 의념으로 통제하는 얼음결정인 빙백검에 기운을 담음으로써 한 개인이 다룰 수 있는 수준을 초월한 규모의 극음지기를 다룬다.

그것이 바로 백야문의 비전 무공인 빙백설야공의 요체다.

형운은 빙백검 대신 얼음결정들을 쓰고 있었지만 그 특성이 너무나도 똑같았다. 게다가 설산처럼 추운 지역이 아닌데도 이런 힘을 발휘하는 것은 공포스럽기까지 했다.

"주변을 완전히 얼리기 전에 막아야 합니다! 이대로 두면 시간이 지날수록 손쓸 도리가 없……!"

퍼엉!

가한의 다급한 외침은 끝까지 이어지지 못했다. 서하령이 격공의 기로 그를 쳤기 때문이다.

"감히!"

그가 불길을 일으키는 순간이었다.

하늘로부터 칼날처럼 날카로운 얼음조각들이 비처럼 쏟아져 내렸다.

콰콰콰콰콰……!

그가 일으키는 화염과 한기를 품은 얼음조각들이 충돌, 수증기가 폭발했다. 하지만 그 순간 한 줄기 섬광이 번쩍였고, 가한이 그것이 뭔지 알아차리기도 전에 무시무시한 한기 파동이 뒤따라왔다.

"크아아악!"

가한이 비명을 질렀다.

그가 일으켰던 화염이 한 번에 날아가 버리고 몸의 절반이 얼어붙었다.

그 과정을 본 나곤은 충격과 혼란의 도가니에 빠졌다.

'심검?'

가한의 움직임이 묶이는 순간, 형운이 얼음으로 검을 만들어서 쥐더니 그것으로 심검을 펼쳤다. 가한이 지닌 호부가 기화를 막기는 했지만 심검의 궤적을 따라서 폭발한 무시무시한 냉기 파동이 그를 집어삼켰다.

'설마 흉왕이나 검후와 같이 논해야 하는 수준에 올랐단 말인가? 그런 말도 안 되는……!'

그는 형운이 가한에게 결정타를 가하기 전에 움직였다. 사방에서 무수한 어둠의 눈이 떠올라서 파괴와 저주의 술법을 토해내는 가운데, 무극의 권으로 형운을 때렸다.

'기절초풍할 정도로 강해졌다는 것은 인정하지! 하지만 심상경에 든 지 얼마 안 되는 애송이가 과연 내 공격을 받아낼 수 있겠느냐!'

나곤은 아직 무극의 권을 심즉동으로 펼쳐내는 경지에 이르지는 못했다.

그러나 다른 심상경의 고수들은 못 하는 일을 할 수 있었다. 사령인이며 기환술사이기도 하기에 단순한 파괴가 아닌, 심령을 파괴하거나 육체와 정신을 분리해 버리는 심상을 구현할 수 있었던 것이다.

첫 공격에 대한 형운의 대응은 훌륭했다. 하지만 과연 이 공격도 받아낼 수 있을까?

타격을 입힐 필요까지도 없다. 만상붕괴만 일으켜도 확연한 이득이다.

'역시!'

나곤이 쾌재를 불렀다.

형운은 정면으로 부딪치는 대신 흘려보냄으로써 만상붕괴를 피했다. 하지만 파괴의 심상이 아닌, 심령을 파괴하는 심상을 구현한 일격에 육화가 한 박자 늦어졌다.

'한 번 더 간다!'

나곤은 형운과 자신이 무극의 권을 펼치는 속도가 거의 비슷하다고 판단했다.

그런 상황에서 형운이 낯선 심상의 공격을 받아내느라 대응이 한 박자 늦어진 것은 치명적이다. 몇 번만 연달아 공격해도 만상붕괴를 이끌어내거나, 혹은 크나큰 진기 손실로 이어질 수 있었다.

두 번째 무극의 권이 이어졌다. 그리고 한층 더 육화가 느려진 형운을 보며 나곤은 세 번째 무극의 권을 펼쳤다.

순간 그에게 등 돌린 형운이 차갑게 미소 지었다.

―무극 칼날잡기!

나곤은 혼비백산했다.

두 번의 공격으로 형운의 대응을 지연시켜 놓았으니 이제는 절대적인 파괴의 심상을 구현하는 것만으로도 충분하다고 판단하고 공격했다.

그런데 왜 육화한 자신의 눈앞에서 형운이 주먹을 찔러오고 있단 말인가?

'이건 사부님이 말씀하셨던 그 기술……!'

미처 방어할 새도 없이 형운의 주먹이 그의 몸통을 후려갈겼다.

폭음이 울리며 나곤의 몸통이 부서졌다.

하지만 파편이 날아가지 않는다. 형운의 일권을 맞는 순간, 극음지기가 침투하면서 몸을 빙결시켰기 때문이다. 충격으로 터져 나가던 몸이 얼어붙으면서 등 뒤로 검은 얼음이 삐죽삐죽 솟구친 것 같은 형상이 되었다.

그리고 비틀거리는 나곤의 몸통에 형운의 발차기가 작렬했다.

콰아아앙!

안개화할 틈조차 주지 않는 일격이었다.

나곤이 사령인이 아니었다면 이 일격으로 숨통이 끊어졌을 것이다. 하지만 그의 숨은 아직 이어지고 있었다. 그리고 이 와중에도 특정 조건이 충족되면 발동하도록 설정한 술법들이 발동, 얼어붙은 지면에서 사령들이 솟구쳐서 형운을 덮쳤다.

그러나 형운은 사방에서 덮쳐오는 사령들을 쳐다보지도 않았다.

그의 몸이 순백의 섬광으로 화해 나곤을 관통했다. 그리고…….

콰콰콰콰콰……!

그 궤적을 따라서 폭발한 냉기가 해일처럼 주변을 휩쓸었다.

'전부 다 여기서 끝낸다!'

형운은 천재일우의 기회를 잡았음을 알고 있었다.

일야검협과의 격전으로 나곤과 가한, 광요 모두 부상 입고 지쳐 있었다.

무엇보다 그들은 최후의 일격으로 일야검협과의 싸움을 끝냈다고 긴장을 푼 직후였다. 그런 상황에서 형운이 기습을 가해왔고, 혼란을 수습하기도 전에 치명적인 타격을 입어버린 것이다.

"으윽!"

광요의 비명이 울려 퍼졌다.

"설마 정정당당하게 싸우지 않았다고 억울해하진 않겠지? 너희가 해온 짓을 기억한다면."

싸늘하게 말하는 서하령 역시 형운과 똑같이 판단하고 있었다. 기회를 잡았을 때 이 광세천교 일당들을 없애 버려야 한다.

형운이 극음지기를 다루는 능력은 또 한 차원 발전했다. 그가 제공한 자료로 귀혁이 재현한 빙백설야공이 빙백기심의 능력과 결합되었다.

그것은 냉기를 광범위하게 퍼뜨리면서도 자신이 원하는 사람은 그 효과에서 제외하는 것이 가능한, 대영수와 필적하는 경지였다.

즉 지금 일행들은 휘몰아치는 냉기가 존재하지 않는 것처럼 전력을 발휘할 수 있었다.

그런 상황 속에서 그녀는 광요를 덮쳐 격투를 벌였다. 광요는 허를 찔려서 혼란에 빠질 상황에서도 놀라운 순발력으로 맞서 왔지만 상대는 서하령만이 아니었다.

파학!

한기와 하나가 되듯이 자신을 감추었던 가려가 광요의 등에 긴 검상을 남겼다.

광요는 일야검협과 맞서면서 능숙해진 양의심공을 이용, 둘을 동시에 상대했지만 빠른 속도로 침몰해 가기 시작했다.

"제길! 하찮은 것들이 감히!"

가한 역시 위기에 몰렸다.

애당초 광세천교 일당 중에서 그의 상태가 가장 나빴다. 중상을 입고서도 일야검협을 쓰러뜨리기 위해 일양신화공을 극성으로 발휘했으니 당연했다.

그런 상황에서 형운이 펼친 냉기에 일양신화공으로 구축해둔 극양지기의 전장마저 날아가 버렸다. 마곡정과 오량의 협공에 쩔쩔매는 것도 어쩔 수 없었다.

나곤이 형운에게 쓰러진 지금, 그들이 쓰러지는 것은 시간문제였다.

─그렇게는 안 된다!

얼음기둥 속에서 강렬한 의념의 외침이 터져 나왔다.

그리고 얼음이 터져 나가며 검붉은 어둠이 활화산처럼 솟구쳤다.

형운은 기다려 주지 않았다.

"너는 지금까지 그렇게 말하는 사람들을 많이 쓰러뜨려 오지 않았던가?"

극한까지 압축된 청백의 섬광이 검붉은 어둠을 관통했다. 그리고 그 뒤를 이어서 유성혼이 소나기처럼 쏟아졌다.

─카아, 악⋯⋯!

"설마 칠왕의 비장의 수가 뭔지 내가 모를 거라고 생각했나? 네놈들의 목숨이 두 개라는 사실은 비밀이 아니라 이미 공공 정보야."

─이, 노옴⋯ 저주받을, 흉왕의 제, 자⋯⋯!

"그거 내가 참 선량한 사람이라는 칭찬이지?"

형운은 코웃음을 치며 광풍혼을 한 점에 집중, 최대 규모의 파괴력을 자랑하는 광풍노격을 발했다.

콰아아아아……!

섬광이 그 앞에 있던 모든 것을 싹 쓸어버리면서 대폭발을 일으켰다.

3

흑영신교의 팔대호법과 마찬가지로 광세천교의 칠왕도 그저 무력만 뛰어나서는 오를 수 있는 지위가 아니었다.

무력뿐만 아니라 영적 능력도 뛰어나야 했다. 하지만 여기서 이야기하는 영적 능력이라는 것은 반드시 술법의 자질을 의미하는 것은 아니다.

근본적으로 그들은 종교 집단이었고, 그렇기에 종교적인 의미가 중요했다.

그들이 요구하는 영적 능력이란 위대한 신의 뜻을 접할 수 있는 능력이다.

광세천교도와 흑영신교도의 극명한 차이점은 선택의 유무였다.

광세천교도들은 광세천교도로 운명 지워져 태어나지 않는다. 그들은 다들 자신의 삶 속에서 광세천의 뜻에 이르는 열망을 품고 광세천교도이길 선택하는 자들이었다.

진리의 태양에 이끌리는 것은 깨달은 자들의 본성이다. 그들은 부조리한 연옥의 삶 속에서 진리에 이르는 길을 발견하고 종교적인 열정에 몸을 바쳤다.

적어도 광세천교도이기를 선택한 자들에게 있어서는 그것이 진실이었다.

'우리는 선택했다.'

억압이나 강요에 의해서가 아니라 스스로의 의지로 광세천교도이길 선택했다.

그것이 광세천교도의 자존심이었다.

그들은 흑영신교와는 달랐다.

교도가 필요하다고 해서 약물과 사술에 의한 세뇌로 인간의 의지를 가공하지 않았다. 다만 광세천의 뜻을 이해하지 못하는 놈은 싹수가 없다고 판단하고 죽어서 다시 태어날 수 있는 기회를 줄 뿐이다.

물론 연옥의 주민들이야 똑같이 사악한 놈들이라고 손가락질하지만 그건 진리를 접하지 못한 어리석고 가여운 자들이 자기가 무슨 말을 하는지도 모르고 떠들어대는 것일 뿐이다.

또한 그들은 강력한 존재가 필요하다고 해서 흑영신교처럼 무작정 인공적으로 만들어낸 존재를 스스로의 의지로 시련을 이겨온 이들 위에 올려두지 않았다.

칠왕도, 구영도, 십육귀도 모두 합당한 능력과 실적을 지닌 자들만이 오를 수 있었다. 죽음을 당하거나 은퇴해서 빈자리가 생기지 않아도 더 적합한 자가 있다고 판단되면 자신의 자리를 빼앗길 수 있는 것이 광세천교의 율법이었다.

그러니 태어나면서부터 경쟁에서 이겨 권좌를 쟁취한 칠왕의 자부심은 하늘을 찌를 듯이 높았다.

'연옥의 죽음 따위로는 우리의 의지를 꺾지 못한다!'

나곤은 자신이 형운에게 패했다는 사실을 인정했다. 위험한 애송이라고만 여겼던 흥왕의 제자는 어느새 칠왕조차도 두려워해야 할 위협으로 성장해 버렸다.

하지만 그의 패배가 광세천교의 패배가 되어서는 안 된다.

칠왕의 목숨은 두 개였다.

그들은 죽음을 맞이하는 그 순간, 한 번의 기회를 다시 부여받는다.

하지만 그것이 멀쩡한 상태로 부활한다는 의미는 아니다. 기적처럼 되살아나지만 냉정하게 보면 만신창이인 상태로, 광세천의 이적으로 그 목숨을 연소해 가며 싸울 수 있는 것뿐이다.

형운은 이미 그 사실을 알고 있었다. 그래서 나곤의 상태를 계속 파악하고 있다가 부활한 그 순간 압도적인 화력을 퍼부어서 끝장을 냈다.

그런데 나곤은 거기까지도 각오하고 있었다.

―이 또한 광세천께서 내게 주신 기회일 터.

"이건 또 뭐야?"

형운은 엉뚱한 곳에서 나곤의 목소리가 울려 퍼지자 눈살을 찌푸렸다.

혈신체의 눈이 붉게 빛나며 몸에서 안개 같은 기운이 퍼져 나왔다.

"처음부터 부활하는 자기 몸은 미끼로 삼으셨다? 남의 목숨이고 자기 목숨이고 똑같이 취급하는 공정성 하나만큼은 높이 평가할 만하네."

나곤이 부활하는 과정을 노골적으로 드러낸 것은 바보라서 그런 것이 아니다. 전투에 있어서 철저하게 귀혁의 사고방식을 교육받은 형운이 그것을 두고 볼 리가 없다는 것 정도는 알고 있었다.

그는 그 존재감을 역이용해서 형운의 이목을 흐리면서 최후의 대술법을 행했다.

혈신교주의 예비 육체인 혈신체에 자신의 의식을 담은 것이다.

나곤이 고도의 사술을 구사하는 사령인이기에, 그리고 혈신체가 원래부터 인간의 의식을 옮겨 담기 위해 만들어진 그릇이기에 가능한 일이었다.

혈신체는 그 자체만으로도 탁월한 전투력을 발휘하지만 그래 봤자 단순한 명령만을 수행할 수 있는 인형이었다. 그 진가는 그 힘을 제대로 발휘할 수 있는 의식이 담겨야만 발휘된다.

—네놈을 여기서 죽일 수 있다면 잡신의 산물에 의식이 담기는 굴욕은 얼마든지 감수할 수 있다.

나곤이 으르렁거렸다. 검은 비늘의 표면에 떠오른 붉은빛의 문양이 기분 나쁘게 꿈틀거리는 것을 보던 형운이 곧바로 무극의 권을 발했다.

섬광이 번쩍였고, 아무 일도 없었다.

의식이 담긴 혈신체는 기화를 막는 강력한 술법이 장착되어 있었다.

—통할 것 같으냐? 잡신을 섬기던 놈들이라고는 하나 연옥에

서 마교의 이름을 받았던 놈들이 공들여 만들어낸, 신을 담을 그릇이거늘!

"그거 나도 많이 들어본 소리인데."

―그럼 어느 쪽이 뛰어난 그릇인지 비교해 보는 것도 좋겠지.

4

검은 안개가 퍼져 나갔다. 나곤이 무서운 속도로 형운에게 쇄도해 왔다.

투콰콰콰콰!

질풍 같은 공격이 휘몰아쳤다. 육체만이 아니라 현란한 기공, 거기에 사방에서 사술이 휘몰아치는 대공세였다.

형운은 조금 당혹스러웠다.

'아무리 육체 성능이 뛰어나도 그렇지, 자기 몸도 아닌 몸에 막 옮겨 탔는데 이렇게 자연스럽게 다룰 수 있나?

일단 생긴 것부터가 다르니 육체를 조종하는 감각이 완전히 다를 것이다. 그런데도 나곤이 조금도 어색함을 보이지 않는 것이 혈신체의 탁월한 부분이었다.

우우우웅…….

진조족의 팔찌와 발찌가 미약하게 떨리면서 사술로 인한 저주의 힘을 막아냈다.

하지만 나곤의 노림수는 거기에 그치지 않았다.

샤샤샤샤샤……!

마계화 공간 외부에서 환마들이 나타나기 시작했다. 뱀 머리

인간의 모습을 한 그들은 주저 없이 형운 일행을 공격하는 게 아닌가?

"환마들을 통제할 수 있는 건가?"

―놈들의 신을 담는 그릇이다. 당연한 것 아닌가?

환마 하나하나의 능력은 두려울 게 없지만 수가 꾸역꾸역 늘어나는 데다가 몸을 아끼지 않았다.

"젠장!"

가한을 피투성이로 만든 마곡정과 오량은 뒤쪽에서 쏟아지는 환마들 때문에 끝장을 볼 수가 없었다. 오히려 숨통이 트인 가한이 기세를 올리기 시작했다.

"이런."

서하령도 낭패감을 드러냈다.

가려가 환마들로부터 천유하를 보호하기 위해 빠졌다. 그런 상황에서 환마들이 몸을 던져오자 광요는 한숨 돌릴 수 있었다.

"그래?"

순간 형운이 눈을 치켜떴다.

그러자 사방의 얼음결정에서 날카로운 창과 검의 형상이 나타나더니 포물선을 그리면서 가한과 광요를 폭격했다.

투콰콰쾅!

한숨 돌렸던 가한과 광요가 기겁했다.

―네, 네놈 양의심공도 익히고 있었느냐?

나곤도 경악했다.

형운과 그는 팽팽한 격전을 벌이고 있었다. 그런데 눈앞의 전투에 조금도 소홀하지 않으면서 정밀하게 아군을 지원하다니,

양의심공이라도 익히지 않는 한 불가능한 일이었다.

"글쎄?"

형운이 싸늘하게 웃었다.

그 자신은 몰랐지만 그 미소는 귀혁과 참으로 닮아 있었다.

어느 순간, 형운이 사방에서 날카로운 얼음창들을 불러들였다. 사방을 포위하고 날아드는, 즉 형운 자신도 꿰뚫어 버릴 공격이었다.

나곤이 경악했다.

─같이 죽을 생각이냐!

그가 다급하게 형운을 뿌리치며 술법을 발했다. 혈신체로 옮겨 탄 뒤 차곡차곡 장전해 두었던 술법들이 일거에 방출되면서 얼음덩어리들을 날려 버렸다.

투학!

그리고 그 한순간의 틈을 형운이 찌르고 들어왔다. 운화로 위치를 바꾼 형운이 나곤의 가슴팍에 일장을 때려 넣었다.

─커어……!

혈신체는 튼튼하기로는 금강불괴에 필적했다. 그러나 형운의 일장을 받는 순간, 접촉면으로부터 체내에서 확장되어 가는 침투경이 몸 뒤쪽까지 관통하며 폭발했다.

하지만 나곤을 진짜로 놀라게 한 것은 이 공격이 아니다.

'환영? 아니, 그럴 리가……!'

그는 어디까지나 자신을 덮치는 궤도의 얼음창들만을 파괴했다. 나머지 얼음창들은 그대로 형운을 덮쳐서 꿰뚫어 버렸던 것이다.

그런데 형운은 아무런 상처도 없었다. 마치 그 얼음창들이 환영이었던 것처럼.

쾅!

의문을 풀 새도 없이 형운의 공격이 잇달아 몸을 때렸다. 한 대 맞을 때마다 몸에서 폭발하듯 피가 튀었다.

"정말 튼튼하군. 튼튼하기로는 거의 괴령하고 동급인데?"

하지만 형운의 공격에 실린 힘을 생각하면 일격에 가루가 되었어야 정상이다. 형운은 외적인 파괴보다는 침투경에 집중하면서 나곤을 난타했다.

어느 순간, 혈신체의 몸에서 터져 나온 핏방울들이 검게 물들더니 형운의 팔을 붙잡았다.

형운이 곧바로 광풍혼을 일으켜서 그것을 뿌리쳤지만 나곤은 그 틈을 타서 거리를 벌릴 수 있었다. 그리고 형운을 향해 저주가 담긴 검은 술법의 탄환들이 소나기처럼 쏟아졌다.

"힘 대 힘으로 해보자고?"

형운이 쌍장을 내질렀다.

—광풍노격!

광풍혼이 한 점으로 집중되더니 노도와 같은 기세로 뻗어나가 검은 술법의 탄환들과 부딪쳤다.

콰콰콰콰콰!

결과는 형운의 압승이었다. 술법의 탄환들이 허무하게 집어삼켜지면서 섬광의 파도가 나곤에게까지 닿았다.

'도대체 내공이 얼마나 되어야 이런 일이 가능한 것인가?'

나곤은 경악했다.

형운의 내공이 너무나 터무니없다. 차라리 빙백설야공의 특성을 십분 활용한 일격이라면, 외부의 얼음결정들에 축적된 한기를 일거에 해방시키는 공격이었다면 납득했을 것이다. 하지만 지금 형운은 스스로의 몸에서 일어난 기운만으로 이토록 어마어마한 파괴력을 일으키고 있었다.

쫘아아앙!

순간 그 자리에 폭염의 유성이 떨어졌다.

5

형운이 눈살을 찌푸리며 광풍노격을 막아낸 폭염을 바라보았다.

"…동료애가 지극하군. 흑영신교 놈들하고는 다른데?"

가한이 나곤을 구했다. 그러나 그는 그 대가로 마곡정의 도에 몸통을 꿰뚫리고 말았다.

"크아아아아!"

가한이 괴성을 질렀다. 마곡정은 도기를 폭발시켜서 끝장을 보려고 했지만 그가 한발 빨랐다.

쾨아아아아앙!

화염이 폭발했다.

마곡정은 아슬아슬하게 도를 놓아버림으로써 화를 피할 수 있었다.

"젠장. 아끼는 도였는데."

맨손이 된 마곡정이 자세를 잡았다. 그의 도는 명공의 작품에 술법 처리까지 해서 정말 튼튼한 물건이었다. 그런데도 가한이 생명을 불사르며 발한 폭염을 버텨내지 못하고 부서졌다.

그래도 마곡정은 기죽지 않았다. 그의 몸에서 냉기가 일어나면서 손에 얼음으로 만든 도가 잡혔다. 한 번 일격을 가하면 부러져 버릴 물건이지만 저런 괴물에게 맨손으로 맞서는 것보다는 낫다.

"사제, 괜찮겠냐?"

"목숨 건 싸움 한두 번 해보는 것도 아닌데요, 뭐. 게다가 이놈 잡으면 아주 그냥 내 명성이 강호를 진동시킬 걸 생각하니 짜릿하네요."

그 말에 오량이 표정을 구겼다.

이런 때에 하는 생각치고는 한심하다고 생각하기도 했지만, 명성을 얻는 것은 마곡정 혼자라는 데 생각이 미쳤기 때문이다.

'나도 좀 막 나가는 삶을 살았으면 좋았을 것을.'

워낙 별의 수호자에서 바라는 모범생의 삶을 살아왔더니 광세천교의 칠왕이라는 거물을 잡아도 외부에는 알릴 수가 없는 신세다. 설풍미랑 마곡정이 광세천교의 칠왕 가한을 잡을 때 그를 도운 조력자로 알려지는 정도가 끝이리라.

—애송이들이 감히!

이미 가한의 목소리는 육성이 아니라 의념으로 울려 퍼지고 있었다. 그것은 그가 이미 생명체로서는 죽은 것이나 다름없다는 것을 의미한다.

실제로 가한은 돌이킬 수 없는 선택을 했다.

일양신화공은 저주받은 특이체질의 소유자만이 연마할 수 있는 마공이었다. 이 마공을 연마한 자는 완벽한 효율로 극양지기를 다룰 수 있게 되는데, 그것은 기심의 수만으로 헤아릴 수 없는 전투 능력을 갖게 된다는 의미였다.

그리고 목숨을 대가로 그 힘을 폭주시켰을 때, 가한은 생명체의 한계를 뛰어넘은 불의 화신이 된다.

만신창이가 된 몸의 생명력이 다하기까지 그리 많은 시간이 남지 않았으리라. 하지만 그는 광세천의 가호를 받는 칠왕이었다. 한번 죽음에 도달했을 때 두 번째 목숨으로 더 큰 힘을 일으킬 수 있었다.

'우리는 여기서 죽는다.'

가한은 죽음을 받아들였다.

나곤은 이미 죽었다. 혈신체라는 몸을 얻기는 했지만 살아서 이 자리를 빠져나갈 수 있을 것 같지 않았다.

자신도 마찬가지였다. 만약 나곤이 형운을 압도했다면 비참해도 살아남아서 훗날을 도모했겠지만, 아무리 봐도 살아날 가능성이 보이지 않았다.

그렇기에 주저 없이 목숨을 연소시켰다.

콰콰콰콰콰콰!

형운의 한기가 지배하는 암석 지대 속에서 화염이 활화산처럼 분출되었다.

―홍왕의 제자, 너만은 이 자리에서 죽인다! 교의 미래를 위해서!

가한은 이미 전신이 불꽃으로 이루어진, 생명체를 벗어난 존재가 되어 있었다.

주변을 압도하는 한기를 몰아내면서 화염이 해일처럼 덮쳐왔다.

"이런! 물러나!"

다른 일행들은 기겁해서 물러났다. 가한의 화염은 일대를 완전히 초토화시키며 퍼져 나갔다.

콰콰콰콰콰!

형운은 빙백기심에 명령해서 주변에 배치된 얼음 속의 한기를 해방해서 거기에 맞섰다.

화염의 해일이 쏟아지는 서리들과 충돌, 격한 수증기 속에서 꺼져간다. 가한의 극양지기는 무시무시한 수준으로 폭증했지만 그럼에도 규모 면에서 형운의 한기에 압도당했다.

이미 빙백설야공의 묘용이 더해진 빙백기심의 힘이 이 장소를 점령했다. 허공에 떠 있는 무수한 얼음결정들에 담긴 한기가 있는 이상 형운과 힘의 규모로 승부하는 것은 불가능한 일이었다.

가한은 한 번의 격돌만으로도 그 사실을 알아차렸다.

나곤과 가한은 폭발하는 족족 얼어붙는 수증기를 뚫고 형운에게 쇄도했다.

순간 형운이 얼음으로 검을 만들어 쥐더니 심검을 발했다.

—유설무극검(流雪無極劍)!

나곤, 가한 둘 다 기화 작용에 타격을 입지 않는다. 그러나 뒤따라 폭발한 냉기는 피할 방법이 없었다.

주춤한 그들의 머리 위로 냉기가 응축된 유성혼과 얼음창들이 소나기처럼 쏟아져 내렸다.

콰콰콰콰콰콰!

냉기의 융단폭격 속에서 나곤과 가한의 위치가 분리되었다.

그리고 그들이 다시 뭉치기 전에 형운이 한 줄기 섬광이 되어 나곤을 관통했다.

—몇 번이나 같은 짓거리를 할 셈이냐! 통하지 않는……!

나곤은 말을 끝까지 잇지 못했다.

뒤따라올 냉기에는 대비하고 있었다. 하지만 그를 덮친 것은 냉기가 아니라 열기를 동반한 충격파였다.

—크아아악!

충격파에 쓸려 날아가는 그에게 형운은 수십 발의 유성혼을 날려주었다. 그리고 곧바로 가한에게 쇄도했다.

콰아아앙!

불의 화신이 된 가한과 냉기의 광풍혼을 휘감은 형운이 격돌했다.

—우위를 버리고 접근전을 택한 오만함! 그 대가를 치르게 해주마!

"글쎄?"

형운이 그의 불꽃을 막아내는 순간이었다.

라아아아아……!

수증기를 뚫고 아름다운 노랫소리가 파도처럼 밀려오기 시작했다.

—으, 음공? 음공 따위가 나를 이렇게 흔들다니?

서하령이 영수의 힘을 개방한 채 음공을 펼쳤다.

그 소리는 놀랍도록 아름다웠으며, 동시에 상식을 초월하는 효과를 발휘했다.

형운의 냉기가 그녀를 해하지 않듯이 이 노래도 형운에게는 아무런 해도 입히지 않고 가한만을 공격했던 것이다. 7심의 내공만으로는 불가능한, 광령익조의 힘이 더해졌기에 가능한 기적이었다.

"사부님이 그러시더군. 난 아직 오만할 주제가 안 된다고."

구우우우웅!

형운은 철두철미했다. 승기를 잡아놓고도 중압진까지 펼쳐서 가한의 움직임을 한층 둔하게 만들었다.

펑!

그리고 마침내 형운의 주먹이 가한의 상반신을 때려서 왼팔을 통째로 날려 버렸다.

물론 불의 화신이 된 가한은 그 정도로는 죽지 않는다. 그러나 서하령의 음공으로 움직임이 묶인 상태에서 일권을 받은 시점에서 그의 운명은 정해져 있었다.

―흉왕, 의, 제자, 네 이노, 옴……!

"네가 추종하는 신의 품으로 가시지."

극음지기가 깃든 광풍혼이 가한의 전신을 휘감았다. 중압진과 한기의 광풍혼, 양쪽에 사로잡혀서 허우적거리는 그에게 형운이 혼신의 일격을 날렸다.

순백의 충격파가 가한을 소멸시켰다.

―하, 하하하하하……!

그것을 본 나곤은 어처구니없다는 듯 웃었다.

혈신체는 경이로운 재생 능력을 갖고 있어서 인간이라면 치명상이 될 중상이라도 금세 회복 가능했다. 그럴 때마다 힘이 소진되기는 하지만 나곤은 아직 한참 싸울 여력이 있다고 판단하고 있었다.

그런데 형운은 혈신체를 만신창이로 만든 다음 얼음 속에 파묻어 버렸다. 그뿐이라면 금방 깨고 나가서 재생할 텐데, 사방에 떠 있는 얼음결정들이 계속해서 냉기를 쏘아대서 아무것도 할 수 없었다.

상처를 통해서 지속적으로 극음지기가 침투해서 꼼짝도 할 수가 없었다.

"기쁜가 보군. 하나라도 살려 보내서."

―그것까지 알고 있었나?

어느새 광요가 마계화 공간에서 자취를 감추었다.

나곤과 가한이 그를 빼돌리는 것만큼은 형운도 막지 못했다. 그들을 이토록 압도할 수 있었던 것에는 광요를 빼돌리느라 무리해서 허점을 드러낸 것도 작용했기 때문이다.

―흉왕의 제자, 정말 무서운 존재로 자라났구나. 실로 흉왕의 계승자다운 위엄이다. 지금은 실컷 승리를 기뻐하도록 해라. 언젠가는 네놈도 자신이 얼마나 어리석은 짓을 저질렀는지…….

"칭찬은 고맙게 듣지."

형운은 그의 말을 끝까지 들어주지 않았다. 불끈 쥔 주먹에 맞은 나곤의 머리통이 수박처럼 터져 나갔다.

6

"유하, 설 수 있겠어?"

형운은 천유하를 부축하며 물었다.

천유하는 척 봐도 상태가 좋지 않았다. 너무 오랫동안 물 한 모금 마시지 못하고 고난을 헤쳐 나온 탓에 쇠약해져 있었고, 부상도 많이 입었다.

형운이 빙백기심의 힘을 이용, 깨끗한 물을 만들어서 목구멍에 흘려 넣어주자 그의 얼굴에 황홀한 기색이 떠올랐다.

"하아……."

천유하가 한숨을 쉬었다. 이 한 모금의 물이 살면서 지금까지 마셔본 그 어떤 물보다도 맛있어서 눈물이 날 것 같았다.

"오래 굶었으니 먹는 건 뒤로 미루고 물부터 조금씩 먹자. 운기조식을……."

문득 형운은 천유하의 시선이 한곳에 못 박혀 있는 것을 깨달았다.

천유하 앞에는 선 채로 검게 불타 버린 시귀, 일야검협이 있었다.

일야검협은 최후의 순간까지 자신의 말을 지켰다. 그는 자신이 사후에 요괴가 되었음을 깨달았으면서도 인간이었을 때의 마음, 자신의 생애로 증명한 맹세를 잃지 않았다.

천유하는 비틀거리며 몸을 일으켰다. 그리고 일야검협의 시신에 정중하게 큰절을 올렸다.

"반드시 일야문의 후계자를 찾아 그 맥을 잇게 하겠습니다. 부디 편히 잠드시길."

천유하는 평생 동안 그를 잊지 않을 것이다. 일생 동안 그가 보여준 협의를 마음에 새기며 일야문을 돌봐주리라.

스스스스······.

마치 천유하의 말을 들은 것처럼 일야검협의 시신이 부서져서 흩어져 갔다.

그리고 그가 죽어서도 쥐고 있던 두 자루의 검이 그 자리에 떨어졌다. 천유하는 400년의 세월이 지났는데도 온전한 모습을 간직한 그 검들을 주워 들었다.

일야문의 후계자를 찾게 되면 이 검을 물려줄 것이다. 그리고 일야검협의 이야기를 대대손손 전하게 하리라.

제97장
후원자

성운을
먹는자

1

광세천교의 구영(九影) 중 한 명인 현길은 다급하게 자신의
연구실로 뛰어 들어갔다.

"광요!"

광요는 새하얀 돌로 만든 욕조에 몸을 담그고 있었다. 거기에
채워진 것은 인공적으로 만들어진 그 몸의 손실을 재생하기 위
한 특수한 용액이었다.

현길이 가까이 다가가서 광요를 살펴보고는 안도의 한숨을
쉬었다.

"다행이군. 중상이라기에 걱정했다."

"아버지."

"응?"

"나, 졌어."

"들었다."

현길은 묘한 감정을 느꼈다. 패배를 이야기하는 광요의 목소리에 명백히 침울한 감정이 묻어 있었기 때문이다.

"죽지 않고 살아 돌아왔으니 괜찮다. 살아 있으면 다음 기회가 있는 법이지. 너는 더더욱."

살아 있는 인간에게 부상은 치명적이다. 부상에서 회복해도 약해지거나 혹은 아예 무인으로서의 생명이 끝나는 경우도 드물지 않았다.

그러나 광요는 일단 생존하기만 하면 얼마든지 신체를 최적의 상태로 회복시킬 수 있었다. 오히려 그럴 때마다 성운의 기재 모사품인 광요는 이전의 경험을 바탕으로 더더욱 강해진다.

하지만 광요는 현길의 말에도 침울해 보였다.

"그럼 또 져도 괜찮아?"

"음. 살아남아서 돌아오기만 한다면. 하지만 되도록 안 졌으면 좋겠구나."

"응……."

"졌다는 사실 때문에 침울한 거냐?"

"침울? 나 침울한 거야?"

"내게는 그런 상태로 보인다만."

"그렇구나……."

광요는 눈살을 찌푸렸다. 불쾌하거나 짜증 나서가 아니라 자신의 상태를 자각하고 이유를 생각해 보는 것 같았다.

이전에는 상상도 할 수 없었던 모습에 현길은 흐뭇해했다.

그의 교육은 성과가 있었다. 광요에게는 기호가 생겼고, 스스로 사고하는 것에 대한 부담도 많이 줄었다.

그것은 무인으로서는 창의력의 발현으로 이어졌다. 지금의 광요는 보고 배우는 것을 넘어서 스스로의 문제점이나 부족함을 분석하고 개선점을 찾아내는 작업이 가능해졌다.

"나, 또 똑같은 놈한테 졌어."

"선풍권룡 말이냐?"

"응."

"흠. 자료를 봤는데 그놈은 정말이지 괴물이더군. 설마 칠왕들께서 당할 줄은……."

형운에게 나곤과 가한이 당한 것 때문에 광세천교는 난리가 났다. 당장 모든 수를 써서 복수해야 한다는 쪽과, 신중하게 기회를 살펴야 한다는 쪽이 격렬하게 다투고 있었다.

현길은 그 여론에는 관심이 없었다. 요 몇 년간 그의 관심사는 광요와 술법뿐이었으니까.

"근데 그거 때문은 아닌 것 같아."

"음?"

"아버지가 그건 괜찮다고 했으니 괜찮아. 하지만……."

광요는 자신의 마음을 언어화하기 위해서 애썼다. 어떻게든 현길에게 전하고 싶었다.

"두 왕의 목소리가 계속 떠올라."

"뭐라고 하셨느냐?"

나곤과 가한은 자신들이 죽는다는 사실을 받아들였을 때, 한 가지 고민에 휩싸였다.

'누구를 살릴 것인가?'

나곤의 죽음은 확정적이었다. 이 시점에서 그는 이미 죽음을 겪고 혈신체에 의식을 옮긴 상태였다.

하지만 가한을 살려 보내는 것은 가능했을지도 모른다. 그래도 두 사형제는 광요를 선택했다.

'광세천께서 너를 이 세상에 만들어낸 것에는 인간의 작은 머리로 헤아릴 수 없는 심원한 뜻이 있을 것이다.'

'부디 우리들 이상으로 교에 보탬이 되는 존재가 되어라.'

광요는 그들의 명령에 따라 살아남았다.

하지만 그 순간부터 그들의 목소리가 뇌리에서 떠나지 않았다. 지금까지 많은 교도들이 자기 앞에서 죽어나갔어도 아무런 감흥이 없었는데, 그들의 희생을 떠올리면 가슴 한구석이 아파 왔다.

'그분들은 내게도 없는 것을 광요에게 가르쳤군.'

현길은 광요가 또 한 번 인간적인 감정을 배웠음을 알았다.

죄책감은 이미 오래전에 배웠다. 광요는 현길을 부모처럼 여겼고 그를 실망시키는 것을 죄스러워했다.

두 칠왕이 희생을 통해 가르친 감정은 좀 다른 것이다. 광요가 그동안의 교육으로 인간다워졌기에 느낄 수 있었던 그 감정은 부채감이었다.

'과연 광요가 사명감을 가질 수 있을까?'

두 왕이 바랐던 것은 그 부채감으로부터 광세천교도로서의 사명감이 자라나는 것이리라.

하지만 그것이 광요에게 있어서 득일까?

구영 중 삼영이라는 지위에 올랐으면서도 현길은 광세천에 대한 신앙심이 옅었다. 그렇기에 신실한 자들보다는 좀 더 객관적인 시각으로 광세천교도의 사명감에 대해서 생각할 수 있었다.

이제야 현길의 스승인 변재겸의 주박에서 벗어나서 사람으로서의 걸음마를 하고 있는 광요가 광신도의 사명감을 지니는 것에 어떤 의미가 있는가?

'일단은 지켜보는 수밖에 없군.'

현길은 신앙심이 깊지 않지만 그렇다고 광세천교에 반감을 지닌 것은 아니다. 그는 이 집단의 일원이라는 것에 만족하고 있었다.

그저 신실한 자들과 달리 광세천에 대한 신앙보다도 우선순위가 높은 일들이 있을 뿐이다. 그리고 현재 광요는 그의 최우선순위였다.

"상심할 필요 없다. 거기에 대해서 계속 생각하면 일에 지장이 생기니 다른 일에 대해서 생각해 보도록 해라."

"그래도 괜찮아?"

"물론이지. 칠왕의 빈자리를 채울 인재가 없는 것도 아니고, 네가 활약해야 할 자리는 앞으로도 많다."

"응."

"치료가 끝나고 먹고 싶은 게 있으면 미리 말해."

"단걸로. 그리고 고기."

"음. 알겠다. 하지만 적당히 먹어. 그리고 하고 싶은 게 떠오르면……."

"여자."

"응?"

"여자랑 놀고 싶어. 피부가 하얗고 가슴 크고 상냥하게 말하는 여자가 좋아."

"……."

어쩌면 성욕은 좀 더 훗날에 가르치는 게 좋았을지도 모른다.

현길은 자신의 교육 방침에 회의가 들기 시작했다.

2

천유하를 구출한 후로도 유적 탐사는 계속되었다.

하지만 더 이상의 생존자는 없었다. 운 좋은 자들도 시신이 시귀가 되지 않고 남았을 뿐이고 대부분은 마계화 공간에 휘말려 들어가서 죽었는지 흔적도 찾지 못했다.

유적 탐사의 선두에 선 것은 형운 일행이었다. 다른 이들은 그들이 개척한 길을 따라가서 혹시 놓친 것이 없나 살펴보는 것이 고작이었다.

"설치는 끝냈습니다."

"수고했네."

형운에게 보고를 들은 규람이 노고를 치하했다.

"자네들이 아니었다면 정말 얼마나 많은 희생이 발생했을지 짐작조차 가지 않는군."

물론 시간이 지나면 유능한 인력들이 모였을 것이다. 며칠이

지나는 동안 비교적 가까운 태극문을 비롯한 문파들에서 급파한 인력들이 도착하기도 했으니까.

하지만 단 한 명의 생존자라도 구해낸 것은, 그리고 이 사건의 이면에 광세천교의 음모가 도사리고 있음을 밝혀내고 칠왕둘을 쓰러뜨린 것은 형운 일행의 공이었다.

"아니, 이제는 낮춰 불러서도 안 되겠지. 선풍권룡 대협, 그대가 있었기에 우리는 죽은 자들의 넋을 달랠 수 있었소이다."

규람이 정중히 예를 표했다. 그것은 형운이 이뤄낸 업적에 대한 경의였다.

형운이 난감해하며 말했다.

"부디 과례는 거두어주십시오. 아직 새파란 애송이일 뿐입니다."

"하하하. 겸양이 너무 과해도 보기 좋지 않다오. 이제 강호의 그 누가 선풍권룡이 팔객임을 부인하겠소? 사람은 명성과 자리에 맞는 대접을 받아야 하는 법. 부디 그대를 향한 사람들의 선망을 부정하지 마시오."

그렇게까지 말하니 형운은 더 뭐라고 반박할 수도 없어서 난처한 웃음만 지었다.

규람이 빙긋 웃으며 말했다.

"그럼 다시 일 이야기로 돌아가지요. 대협이 매설한 화탄들과 신호가 연결되는 대로 동시에 터뜨릴 것이오."

마교 대책반은 유적을 화탄으로 붕괴시키기로 했다.

이미 형운은 최하층까지의 탐사를 끝냈다. 그 과정에서 광세천교가 몇몇 유물들을 뒤져서 가져간 흔적을 찾았지만 그들의 종적을 쫓을 방법이 없다는 점이 좀 아쉬웠다.

어쨌든 탐사 결과, 유적을 가득 채운 마기를 일소할 수 있는 방법은 없다는 결론에 도달했다.

그래서 유적을 폭파하고 당분간 특별 관리 지역으로 지정해서 황실에서 기환술사들을 대거 파견, 정화 작업에 들어가게 되었다.

형운은 입맛이 썼다.

'놈들에게 타격을 주긴 했지만 의도를 전부 분쇄하진 못한 것이 아쉬운데…….'

천유하를 구출했고, 칠왕 둘을 죽였고, 그들이 가져갔으면 유용하게 써먹었을 혈신체도 파괴했다.

하지만 그럼에도 광세천교가 이 안에서 뭔가 성과를 가져갔다는 사실, 그리고 황실의 기환술사 인력 상당수가 이곳의 특별 관리를 위해 붙잡혀 있게 된다는 사실이 마음에 들지 않았다.

'하긴 이미 벌어진 일이니 어쩔 수 없지. 너무 욕심을 부리지 말자.'

형운은 미련을 털어내고 규람의 막사에서 나왔다.

폭파 작업이 끝나자 한 사람이 그를 찾아왔다.

"대협, 유하를 구해줘서 정말 고맙네."

정중하게 고개를 숙인 것은 천유하의 스승, 우격검 진규였다.

일흔이 넘은 강호의 노선배가 고개를 숙이자 형운은 당황해서 어쩔 줄 몰랐다.

"고, 고개를 드시지요. 유하는 제 친구입니다. 친구로서 당연한 일을 했을 뿐입니다."

"말로 하면 쉽지만 그렇게 할 수 있는 사람이 몇이나 있겠는가? 자유로운 몸도 아니고 자네처럼 무거운 직위와 의무를 지닌 사람이 모든 일을 내팽개치고 한달음에 달려와서 목숨을 걸었다는 것만으로도 나는 고개를 들 수가 없네."

고개를 든 진규가 형운을 보며 아련한 표정을 지었다. 그가 한숨 섞인 목소리로 말했다.

"이제 와서 말하기는 염치없지만, 난 대협에게 사과하고 싶었네."

"네?"

"정말 부끄럽군. 남들이 협객이라고 치켜세워 주니 눈이 흐려져 있었어. 그날 자네에게 내가 얼마나 부끄러운 짓을 저질렀는지, 스승으로서 유하를 가르치는 동안 깨닫게 되었네. 아마 하늘이 과분한 제자를 통해서 내 인생을 돌아볼 기회를 준 거겠지."

형운은 멍하니 그를 바라보았다.

그날 일은 형운에게 깊은 상처로 남았다. 그 후로 여러 가지 일을 겪으며 천유하와는 우정을 쌓았지만, 진규에 대한 기억은 형운이 사람을 볼 때 그들의 배경이나 명성이 아니라 행동으로만 판단하게 된 이유 중에 하나였다.

그런데 그날 일을 사과받게 되다니, 상상도 못 해본 일이었다.

'사람은 변할 수 있구나.'

삐딱하게 생각하면 형운이 팔객의 일원으로 불릴 정도로 명성을 쌓았기에 이런 말을 듣게 된 것뿐이라고 할 수도 있으리라.

하지만 형운은 새파랗게 어린 형운에게 고개를 숙이는 노무인에게서 진심을 보았다.

조금은 난처하고, 뭐라고 표현해야 할지 모를 정도로 묘했지만 결코 나쁜 기분은 아니었다.

3

형운은 천유하와 진규를 위해 할 수 있는 모든 편의를 봐주었다.

두 사람은 한동안 별의 수호자 영운성 지부에 머물면서 치료를 받았다. 그곳에서 제공받은 편의는 그렇다 치고 온갖 약들과 기공사까지 동원한 치료는 사문인 조검문에 있을 때도 꿈꾸지 못한 호사였다.

형운이 그곳을 방문한 것은 천유하를 구출하고 보름이 지난 후였다. 그때쯤에야 다수의 기환술사들을 포함한 관리 병력이 당도하면서 일이 마무리되었던 것이다.

"몸은 어때?"

"덕분에 회복했어."

천유하는 절대 고작 보름 만에 회복될 수 있는 상태가 아니었다.

그러나 그의 몸이 워낙 강인하고, 7심의 내공을 이룬 데다가 별의 수호자가 돈과 인력을 아끼지 않는 부유한 치료의 극의가 뭔지 유감없이 보여줘서 정말로 거의 다 회복되어 있었다.

"정말 놀랍더군. 별의 수호자 사람들이 다 이런 호사를 누리는 것은 아니지?"

"물론 그렇지는 않지."

천유하가 받은 것은 영운성 지부에서 할 수 있는 최선의 치료라고 할 수 있었다. 그것을 비용으로 환산해서 청구한다면 조검문의 재정을 휘청거리게 할 수 있을 것이다.

천유하가 다른 화제를 꺼냈다.

"당분간 사문의 일들에서 손을 떼고 전국을 주유하기로 했다."

"일야검협의 일 때문에?"

"응."

전국을 돌아다니면서 일야신공의 계승자가 될 만한 인재를 찾아볼 생각이었다.

"혼자서는 위험할 거야."

"나한테 그런 말 하는 사람은 너밖에 없을 거다."

천유하가 쓴웃음을 지었다.

그는 내공만 해도 7심에 달하며 어린 시절부터 강호에 명성을 떨친 성운의 기재였다. 그런 그에게 혼자 돌아다니면 위험하다는 소리를 할 만한 사람이 몇이나 있겠는가?

형운은 그 몇 안 되는 사람 중에 하나였다.

"네 사부님도 그러시지 않던?"

"그러시더라."

"네 실력이야 알지만 혼자 몸으로는 위험해. 넌 광세천교의 표적이 되었고, 흑영신교도 그러지 않으리라는 법은 없지."

"알아. 그래도 해야 하는 일이야."

천유하는 이런저런 이유를 붙여가면서 일야검협에게 약속한 일을 뒤로 미루고 싶지 않았다.

어차피 칼끝에 목숨을 걸어두고 사는 무인의 삶이다. 언젠가 먼 훗날 수행하겠노라고 말하는 것 자체가 의무에 대한 기만이 될 것이다.

이 목숨이 붙어 있을 때, 할 수 있을 때 해야만 한다. 천유하는 그렇게 생각했다.

형운이 한숨을 쉬었다.

"아주 고집이 쇠심줄 같군. 말려도 안 듣겠지?"

"처음부터 설득을 포기하는 거야?"

"내가 너라도 그랬을 것 같거든. 대신 친구로서 도와주고 싶어. 협의를 위해 몸 바친 사람이니 나도 그분의 삶을 조금이라도 보상할 수 있도록 해줘."

"나 혼자서 해야 할 일이라고 하고 싶지만, 이것도 의무에 대한 기만이 되겠지. 기꺼이 도움을 받을게. 이 빚은 반드시……."

"그건 됐어. 내가 하고 싶어서 하는 일이니까. 하지만 네가 부채감을 느끼는 것도 원치 않으니까 아예 상부상조할까?"

"상부상조라니?"

천유하가 의아해하자 형운이 씩 웃었다.

"척마대에 객원으로 들어와 줘."

"뭐?"

상상도 못 해본 제안에 천유하가 눈을 휘둥그레 떴다.

4

형운이 천유하에게 한 제안을 들려주자 마곡정과 서하령도 깜짝 놀랐다.

마곡정이 물었다.

"진심이야?"

"물론."

"전력상으로야 큰 도움이 되겠지만 장로회에서 허가가 떨어지겠냐? 아예 조검문을 버리고 우리 쪽으로 전향한다면 모를까, 조검문에 적을 둔 채로는……."

당연히 천유하가 그런 선택을 할 리가 없었다. 그럴 인품이었다면 진즉 다른 곳으로 갔을 것이다. 그를 원하는 집단이 한두 개가 아니었으니까.

서하령은 좀 다른 반응을 보였다.

"불가능하지는 않겠네. 하지만 성사하기가 쉽지 않을 거고, 잡음도 많을 거야."

"엥? 누나, 진짜로 그렇게 생각하는 거야?"

"척마대의 특수성을 생각하면 불가능하지는 않아. 천 공자가 객원으로 들어온다면 그것만으로도 큰 홍보 효과를 노릴 수 있을 테니까. 하지만 장로회를 어떻게 설득할지를 생각해야지. 귀혁 아저씨는 파격적인 것을 좋아하시니 지지해 주시겠지만……."

서하령은 자신의 할아버지인 이정운 장로도 이것만은 지지해 주지 않을 것이라고 판단했다. 별의 수호자는 워낙 거대해서 잘

드러나지 않지만 외부인을 대하는 태도에 있어서는 폐쇄적인 자부심을 지닌 집단이기 때문이다.

자신들만으로 모든 것을 해결할 수 있다. 특정한 일을 수행함에 있어서 협력은 할 수 있지만 인력은 온전히 자신들만의 것이다.

그들은 그런 자부심을 가질 정도로 전 분야에 걸쳐 풍부한 인재층을 지닌 집단이었다.

형운이 말했다.

"거기에 대해서는 대의를 명분으로 삼아서 설득해 보려고 해."

"대의?"

"마교의 손길로부터 성운의 기재를 보호해야 한다는 것. 그저 그들과 싸우다 죽는 것으로 끝난다면, 그래, 유하가 내 친구이기는 하지만 상부 입장에서는 외부인의 죽음 그 이상도 이하도 아니지."

하지만 그의 죽음이 광세천교와 흑영신교에게 크나큰 이득을 가져다준다는 사실이 중요하다. 게다가 그 이익이 정치적 혹은 전략적인 차원이 아니라 기환술사의 기준으로는 충분히 가치를 환산할 수 있는 이익이라는 점은 장로들을 설득할 수 있는 명분이라고 보았다.

"그 점을 명분 삼을 수 있다고 보는데, 어떻게 생각해?"

"아, 그건 확실히. 황실에서도 주목하는 천 공자를 감금해둘 수도 없는 노릇이니, 우리의 울타리 안에다 두고 그의 무력과 명성을 써먹으면서 그의 신변을 보호한다……. 괜찮은 생각이야."

"일단 그걸 골자로 설득안을 궁리해 봐야겠군. 안 될 경우에
도 유하를 도울 방법이 필요하고…….."

"하지만 천 공자 본인의 생각이 중요하잖아? 본인에게 확답
을 받은 거야?"

"하루 생각해 보고 대답해 준다고 했지만, 승낙할 거라고 생
각해. 일야문의 후계자를 찾는 것을 굉장히 중요하게 여기고 있
으니까."

이 문제에 대해서 형운이 줄 수 있는 도움은 많았다. 적합한
인재를 찾기까지의 과정도 그렇지만 그 이후에도 후원할 생각
이었다.

"일야신공이라. 흥미로운 무공이었어."

"우리와 싸웠을 때 제 실력이 안 나온 것도 다행이었고."

"그 점은 확실히."

천유하에게서 일야검협이 광세천교도들을 상대로 보인 신위
를 들었을 때, 일행은 섬뜩함을 느꼈다. 자신들과 싸웠을 때 그
런 실력을 보였다면 큰일 날 뻔하지 않았는가?

서하령이 키득거렸다.

"해결할 일이 산적해 있으면서 자꾸 일을 늘리네. 다 어떻게
감당하려고 그래?"

"그러게 말이다."

형운이 힘없이 웃었다.

5

천유하는 형운의 제안을 받아들였다.

다만 그가 받아들였다고 해도 장로회가 승인할 것인가는 별개의 문제였다. 일의 성사가 결정되기 전까지는 형운의 손님으로 머물게 될 것이다.

영운성을 출발한 형운 일행은 총단에 돌아오기까지 한 달이 걸렸다.

갈 때가 말도 안 되게 빨랐던 것뿐이고, 이것만으로도 엄청나게 빠른 속도였다. 하지만 일행은 다들 탁월한 내공을 지닌 무인이다 보니 중간중간 여유를 부리면서 왔는데도 이 정도밖에 걸리지 않은 것이다.

"이제 휴가도 끝이군."

오량의 말에 형운이 웃었다.

"휴가입니까?"

"갈 때야 아니었지만 올 때는 그랬지 않나? 간만에 임무고 뭐고 아무것도 생각 안 해도 되니 마음이 편하더군."

"실은 저도 그랬습니다."

"그럼 그렇지. 자네가 나보다 훨씬 격무에 치이는 몸이지 않나."

오는 길에 일행은 서로 무공에 대한 이야기를 나누기도 하고, 대련을 해보기도 하면서 의미 있게 시간을 보냈다.

오량이 말했다.

"이걸로 빚은 갚은 걸로 생각하겠네."

"감사했습니다."

"감사를 받을 일은 아니지. 그래도 받은 감사를 무르고 싶지는 않으니 이번 일에서 본 것에 대해서는 사부님께 입 다물어주겠네."

"괜찮으시겠습니까?"

"이자라고 치지. 언젠가는 꼭 따라잡을 걸세."

오량은 형운의 무위를 보고도 좌절하지 않았다.

그는 무인으로서 어설픈 지점을 목표로 삼지 않았다. 형운이 지금 크게 앞서갔더라도 언젠가는 따라잡고야 말겠다. 그런 의지가 가슴속에 다시금 불을 붙였다.

멀어져 가는 오량의 뒷모습을 보며 마곡정이 투덜거렸다.

"멋진 척하기는. 그럼 나도 이만 가볼란다. 오늘은 출근 안 해도 이해해라."

"…부대주가 대주한테 할 말이냐?"

"광세천교의 칠왕을 처치하는 업적도 대주님께 새치기당하고, 애병까지 잃은 부대주의 상심을 좀 헤아려 주시지그래?"

"……"

뻔뻔하게 되묻는 마곡정의 얼굴 어디에도 상심한 기색은 없었다.

"오늘은 제작부 가서 새 도나 좀 맞춰봐야지. 이것도 나쁘진 않지만 역시 손에 착 감기는 맛은 없어서……."

애병을 잃은 마곡정은 영운성 지부에서 새 도를 하나 구하기는 했다. 하지만 역시 애병의 대체품을 구하려면 제작부에 의뢰하고 완성까지 신경을 쓸 필요가 있었다.

형운이 말했다.

"오랜만에 돌아왔는데 예은이 안 보고 갈 거냐?"

"거, 거기서 예은이가 왜 나오냐?"

불쑥 찌르는 말에 마곡정이 눈에 띄게 당황했다. 허둥거리는 그의 반응을 본 형운은 시침 뚝 떼고 말했다.

"음? 아니, 그냥 헤어지기 그러니까 다 같이 차나 마시고 가라는 뜻이었는데. 왜? 예은이 보기 껄끄러운 일이라도 있었어?"

"……."

그 말에 마곡정이 형운을 노려보았다. 하지만 말해봤자 자기가 손해라는 사실을 깨닫고 화제를 돌렸다.

"야, 천유하."

"왜?"

"내가 도 새로 맞추면 다시 붙어보는 거다? 그때는 일야신공 그거 말고 본신 무공으로 해라."

"그러지."

천유하가 씩 웃었다.

돌아오는 동안 가장 많이 겨뤄본 것이 두 사람이었다. 대련의 결과는 거의 마곡정의 승리로 끝났는데, 그것은 천유하의 몸 상태가 완전하지 않은 탓도 있지만 그가 일야신공을 터득하고 있는 중이기 때문이기도 했다. 아무래도 본신 무공과 심법부터 다른 무공을 새로 익히다 보니 감각이 많이 흐트러진 상태다.

천유하는 처음에는 일야신공을 익힐 생각이 없었다. 하지만 비급의 내용을 숙지하고, 일야검협이 남긴 가르침을 기록으로 남겨가면서 연구하다가 생각이 바뀌었다.

'익히지도 않고 가르칠 수 있는 무공이 아니다.'

검술처럼 외부로 드러나는 형(形)이라면 얼마든지 가르칠 수 있다.

진기 운용을 통해서 구현하는 기술도 마찬가지다. 다른 무인이라면 모를까, 천유하에게는 그런 재주가 넘쳤다.

하지만 심법은 이야기가 다르다.

그저 비급의 내용을 해석해서 전수하는 것이라면 가능하겠지만 천유하는 거기서 그쳐서는 안 된다고 생각했다. 400년이라는 세월의 간극을 메우지 않고 그대로 전수하면 시대에 뒤떨어진 무공이 될 뿐이다.

결국 낡은 부분들을 개선해야 하는데, 이 작업을 자신이 익히지 않은 채로 이론 영역에서만 처리한다면 일야문의 계승자를 대상으로 인체 실험을 하는 것이나 마찬가지였다.

그런 결론에 도달한 천유하는 일야신공을 익히기 시작했다.

이 문제는 사부인 진규에게도 허락을 받았고, 일야검협 역시 그에게 일야문의 계승자를 찾아주기만 한다면 그가 일야신공을 익혀도 좋다는 유언을 남겼기에 거리낌이 없었다.

"당분간은 내 거처에 머물고, 필요한 게 있으면 얼마든지 말해. 연공실도 쓸 수 있도록 해둘게."

"고맙다."

"척마대 객원이 되면 죽도록 부려먹을 거니까 고마워하지 않아도 돼."

형운은 예은에게 그를 위한 일들을 부탁하고는 나갔다. 보고서는 오는 동안 써서 넘겼지만 그 외에도 이번 일의 책임자로서, 그리고 척마대주로서 처리해야 할 일이 산적해 있었다.

천유하는 잠시 응접실에서 대기하게 되었다. 방이야 넘치도록 있었지만 평소 손님을 모시는 일이 별로 없다 보니 그를 위해 이것저것 준비하는 데 시간이 좀 걸렸기 때문이다.

그런데 그 일이 끝나기 전에 뜻밖의 인물이 찾아왔다.

"음?"

"아……."

천유하는 그를 보는 순간 놀라서 눈을 크게 떴다. 곧 그가 천유하의 맞은편에 앉으며 말했다.

"오랜만이구나, 천유하… 아니, 이제는 유성검룡이라고 불러야겠군."

"오랜만에 뵙습니다."

금세 표정을 수습하고 인사하는 그에게 귀혁이 빙긋 웃었다.

6

이번 일의 보고를 마친 형운은 곧바로 척마대에 들렀다. 그리고 퍽 이상한 상황을 보게 되었다.

"뭐가 문제라는 거야? 뚫지도 못한 주제에."

"어머나, 뚫지 못했다고 문제점을 지적하면 안 된다니 그게 무슨 엉터리 논리인가요? 다시 한번 해봐도 좋아요. 이번에는 뚫어 보이지요."

"좋아. 어디 한번 해보시지!"

강연진과 화성의 막내 제자 오연서가 으르렁거리고 있었다.

'이건 대체 무슨 상황이래?'

왜 오연서가 여기 있는 것이며, 강연진과 티격태격하고 있는 것일까?

게다가 주변에는 척마대원들이 강연진과 오연서를 아주 재미있다는 듯 바라보고 있었다. 그러다가 문득 한 사람이 형운을 발견하고 흠칫 굳었다.

"대, 대주님!"

"무슨 일이지?"

형운은 태연하게 그들 사이로 걸어 들어오며 물었다.

강연진이 난처해하며 말했다.

"어, 대사형, 저기 이건 그러니까……."

"오랜만이군요, 오 소저."

형운이 인사하자 그녀도 머뭇거리면서 마주 인사했다. 형운이 주변을 돌아보며 물었다.

"누구 설명해 줄 사람?"

"제가 설명하겠습니다."

조장 한 명이 나서서 설명했다.

오연서가 앞에 있기 때문에 어느 정도 예의를 차려서 말한 내용을 종합해 보니 다음과 같다.

형운이 영운성으로 떠난 며칠 후, 오연서가 불쑥 찾아왔다. 형운이 놀러 오라고 초대했다면서 온 그녀는, 형운이 자리를 비운 상태인데도 개의치 않고 척마대 견학을 바랐다.

부대주들은 고민하다가 그녀에게 조희를 붙여주었다. 화성의 제자인 데다 대주가 초대한 손님이라는 명분까지 갖추고 있으니 무작정 돌려보내기도 어려웠다.

다행히 조희는 오연서와 죽이 잘 맞았다.

오연서는 총단에 온 후로 죽 놀아줄 사람이 없어서 심심했고, 조희도 주변에는 다 살벌한 남자들, 혹은 나이 차이가 많이 나는 언니들뿐이라 신분 차이가 있다고는 해도 비슷한 나이의 오연서를 상대하는 게 즐거웠다.

그 후로 오연서는 며칠에 한 번씩 척마대에 찾아오게 되었고, 그러다가 천공지체 연구로 인해서 장기 휴가 중인 강연진이 짬을 내서 찾아오면서 변화가 생겼다. 그녀는 강연진과 날을 세우다가 부대주의 참관하에 대련을 벌였고, 그날 이후로 여성 척마대원들이 흥미를 갖고 조심스럽게 그녀에게 대련을 청하는 일이 벌어졌다.

'그게 계속되다 보니 어린 남자 대원들도 슬쩍 끼어들었고, 단체 훈련에 협력하기에 이르렀다니, 이걸 화성의 치밀한 계획이라고 봐야 하나? 근데 아무리 봐도 애는 똑똑한 속내를 감추고 맹한 척 연기하는 것처럼 보이지는 않는데?'

형운은 기가 막혀서 오연서를 바라보았다. 오연서는 그 시선을 칭찬으로 오해했는지 얼굴을 붉히며 몸을 배배 꼬았다.

뒤늦게 소식을 듣고 나온 중년의 부대주가 고개를 숙였다.

"허가 없이 일을 진행한 점 사과드립니다."

"괜찮습니다. 딱히 문제가 될 부분은 없는 것 같고."

형운과 화성의 관계는 우방이라고 할 수는 없지만 그렇다고 적이라고 할 수도 없다. 몇 번 날을 세운 적이 있긴 하지만 필요한 일이 생기면 얼마든지 거래할 수 있는 상대다.

하지만 그녀가 오연서를 보낸 목적은 잘 모르겠다. 똑똑한 인간을 옆에 붙여서 보내기라도 했으면 모르겠는데 오연서 혼자 보냈다 보니 오히려 진의를 파악하기가 어렵다.

'첩자 노릇도 어느 정도는 기대했으니 이런 일을 벌인 거겠지만 별로 적극적인 것 같지는 않고……'

화성 입장에서는 위진국에 독자적으로 척마대 복사판을 운용하고 있느니만큼 척마대의 정보를 얻고 싶기는 할 것이다. 하지만 지금까지 오연서가 수집한 정보는 별로 가치 있는 것이 없었다. 부대주들이 현명하게 처신해서 진짜 중요한 정보들에 대해서는 단호한 태도를 보였기 때문이다.

"어쨌든 불러놓고 한동안 자리를 비워서 미안하게 됐군요, 오 소저. 같이 차라도 마실까요?"

"예, 기꺼이."

그녀는 형운과 차를 마시면서 그동안의 일을 재잘재잘 늘어놓았다. 그 모습을 보면 영락없이 순진한 아가씨라 형운이 푸근한 미소를 지었다.

"훈련에 도움을 줘서 고맙습니다. 오 소저의 수준 높은 무공을 경험해 보는 게 우리 대원들에게도 도움이 되었을 거예요."

"아이참. 제 무공이 훌륭하다니 부끄러워요. 대주님이 계신 곳인데 저 같은 게 무슨."

얼굴에 홍조를 띠며 부끄러워하는 모습은 결코 연기가 아니었다.

'사부하고는 정말 다르군.'

아무리 봐도 화성이 어떤 의도로 보냈다 한들 속내를 감추고 연기할 수 있는 성격의 소유자로 보이지 않았다.

"연진이하고는 많이 겨뤄봤습니까?"

형운이 장난스럽게 묻자 바로 얼굴에 울컥하는 감정이 드러나는 것도 그랬다.

"내년 비무회 때는 지지 않겠어요. 그래서 하나 부탁드리고 싶은 것이 있는데……."

"뭡니까?"

그녀가 머뭇거리자 형운이 의아해하며 물었다.

"저랑 대련 한번 해주실 수 있을까요?"

"연진이만으로는 부족합니까?"

"그, 그게… 사부님이 한 번이라도 해달라고 매달려 보라고 하셔서……."

"……."

"무, 물론! 저도 명성 높으신 대주님의 무공을 직접 견식해 보고 싶기도 하고……."

왠지 화성에게 지금의 대화를 들려주고 반응을 보고 싶은 기분이 들었다.

어린 제자가 이럴 것까지 예상하고 보낸 것일까, 아니면 아무리 순진한 아이라도 저건 너무하다고 탄식할까?

"오늘은 제가 먼 길에서 돌아온 참이라 좀 피곤하군요. 지금까지 우리 대원들 훈련을 도와주시기도 했으니 다음에 한번 하지요."

"정말요? 감사드리옵니다!"

눈을 반짝반짝 빛내며 감사하는 것을 보니 묘한 죄책감이 느껴질 지경이었다.

'내 성격하고 이 아이 성격까지 다 계산에 두고 보낸 거라면 화성의 심계를 두려워해야겠군.'

곧 그녀가 돌아가고 나자 교대하듯 강연진이 들어왔다.

"사형, 영운성에서의 활약에 대해서 들었습니다. 축하드립니다."

"고맙다. 나 없는 동안 어땠어?"

"저 철없는 여자애 때문에 좀 피곤했습니다. 사부가 교육을 어떻게 시켰는지 기본적인 상식이 머리에 안 들어 있어요."

강연진은 그동안 쌓인 게 많았는지 오연서의 험담에 열을 올렸다.

물론 오연서의 행동은 험담의 대상이 되기에 충분했다. 다들 그녀의 신분을 고려해서, 그리고 얼굴도 예쁘장한 데다 하는 짓이 맹하고 귀여운 소녀라 좋게 봐준 것뿐이다.

'하긴 저것도 능력이라면 능력이지.'

형운은 쓴웃음을 짓고는 화제를 돌렸다.

"천공지체 연구 쪽은 좀 어때?"

"3단계로 넘어갔습니다. 저, 그리고 그 짜증 나는 여자애도 남았습니다."

영성의 제자단도 절반 이상이 떨어지고 네 명만 남았다. 현재 강연진이 내부 평가에서 최고점을 받았다고 한다.

"잘됐네. 내공 쪽은 진전이 있었고?"

"4심을 이루었습니다."

민감한 정보인데도 강연진은 거리낌 없이 말했다. 형운은 이미 알고 있었지만 이제야 안 것처럼 기뻐하는 표정을 지었다.

"축하한다. 네 경력을 생각하면 정말 빠른 성취야."

강연진은 올해로 열일곱 살이었다. 어릴 적부터 풍부한 지원을 받는 별의 수호자 상위 계층 기준으로 볼 때 이 시점에서 4심을 달성한 것이 그렇게까지 빠른 성취는 아니다.

하지만 강연진은 영성의 제자단이 되기 전까지는 별의 수호자 소속도 아닌 동네 무관의 자식일 뿐이었다. 본격적으로 무공을 익힌 기간이 다른 영성의 제자들보다 훨씬 짧다는 것을 감안하면 대단히 빠른 성취였다.

"사형께서는 열여섯 살 때 6심을 이루셨잖아요? 거기에 비하면야……."

"내 입으로 말하긴 좀 그렇지만 나는 좀 비정상적인 사례였고."

형운이 어깨를 으쓱했다.

'확실히 기준이 바뀌고 있다는 느낌이 드는군.'

천명단은 시대가 바뀌는 기점이었다. 내공 증가에 있어서만큼은 일월성단보다 훨씬 적은 비용과 적은 부담으로 비슷한 수준을 달성하는 약이 나왔으니 별의 수호자 무인들의 평균 내공 수준이 진일보하는 것은 당연한 흐름이다.

내공의 증가가 어려운 이유는 두 가지 조건이 다 갖춰져야 하기 때문이다.

일단 기에 대한 이해도가 기심의 수를 늘릴 수 있을 정도로 높아야 한다. 그리고 이 이해도가 갖춰지더라도 기심의 수를 늘리기 위해서는 그것을 이룰 수 있는 기운이 필요하다.

예를 들면 서하령이나 마곡정은 양자를 모두 갖춘 축복받은 천재들이라고 할 수 있으리라.

하지만 강호의 많은 무인들은 기술적인 준비가 되었지만 물리적인 문제로 정체되고는 한다. 반대로 풍족한 환경에서 자라나 물리적인 준비는 갖췄지만 기술적인 준비가 안 되어서 정체되는 자도 있다.

아무리 뛰어난 재능이 있어도 그것을 빛낼 환경이, 기회가 주어지지 않는다면 흙에 묻힌 채로 썩어버린다. 강호에서는 환경을 갖지 못한 자에게 찾아오는 기회를 기연이라 부르지만, 별의 수호자는 무인들에게 기연 이상의 지원을 해줄 수 있었다.

문득 강연진이 말했다.

"하지만 이렇게 해서 천공지체가 될 수 있을지, 그게 궁금합니다. 사형께서는 어떠세요?"

"글쎄. 나도 잘 모르겠군. 아직 천공단을 직접 접한 것은 아니라서……."

천공지체 실험은 적합한 대상을 고르는 단계였다. 계속 골라내면서 실험 자료가 유의미한 수준으로 누적되면 그때부터 탄력이 붙으리라.

"장기적인 계획이니 좀 더 두고 봐야지. 분명한 건 성존께서 명하신 이상 장로회에서는 절대 포기하지 않을 거라는 점이야."

만약 이번 연구가 실패로 끝난다고 하더라도 이것을 바탕으로 다시 한번 연구를 추진하리라.

'그나저나 이거 걸리는 게 몇 가지 있군.'

형운은 천공지체 연구에 대한 정보를 최대한 많이 수집하고 있었다. 일단 자신이 중요 협력자로 진행되는 연구니 당연했다.

'우전이가 떨어지다니.'

일단 양우전이 3단계에 남지 못하고 탈락했다는 사실이 걸렸다.

물론 그가 떨어졌다고 해도 이상할 것은 없다. 천공지체 연구 대상자들을 평가하는 기준은 무공의 자질이 아니라 천공지체를 이룰 가능성이 있냐 아니냐니까.

그리고 운중산 장로의 움직임도 신경 쓰였다. 그는 자기가 후원하는 인재들을 적극적으로 천공지체 후보로 집어넣었다.

하지만 그중에 형운이 파악해 둔 인물 중 몇몇이 빠져 있다.

'따로 진행하는 연구의 피험자로 넣었지.'

천공지체 연구의 주도권이 이정운 장로에게 있기는 했지만 운 장로 역시 핵심 인물 중에 하나였다. 천공지체 후보자로 선정됨으로써 얻을 수 있는 지원을 생각하면 가능성 있는 인재는 전부 참가시켜야 정상 아닐까?

그런데 운 장로는 상당히 장래성 있다고 평가받는 인물들을 빼놓았다. 의도를 읽기 힘들었다.

'뭔가 한 수를 준비하는 것 같기는 한데……'

하지만 이제 와서 지금의 경쟁 구도를 뒤집을 뭔가를 내놓을 수 있단 말인가?

7

업무를 마친 형운은 거처로 돌아오자마자 귀혁부터 찾아가서 인사를 올리려고 했다.

"영성께서는 공자님의 처소에 가 계십니다."

　정문을 지키고 있던 호위대원의 말에 형운은 곧장 자신의 처소로 향했다. 들어가자마자 예은이 말해주었다.

"영성께서는 천 공자와 함께 연공실에 계세요."

　형운은 놀라서 연공실로 향했다.

"사부님."

"왔구나."

　귀혁이 빙긋 웃었다.

　형운은 신기해하면서 귀혁과 천유하를 바라보았다. 예은의 말로는 둘이 응접실에서 이야기를 나누다가 연공실로 향한 지 한 시진 반(약 3시간)이 지났다고 했다. 그리고 두 사람은 바로 직전까지도 열띤 대화를 나누고 있었다.

"제자, 무사히 돌아왔습니다."

"이야기는 들었다. 칠왕 두 놈을 해치웠다고 하더구나."

"네."

"흑령마수와 가한이라, 그 둘은 전에 내 손을 빠져나간 적이 있었지. 그런데 네 손에 죽다니 세상일은 참 알 수 없군."

　귀혁이 예전 일을 회상하며 피식 웃었다. 그때 이후 몇 년 지나지도 않아서 형운이 그 둘을 해치우다니 상상도 못 해본 일이었다.

　형운이 물었다.

"염마도 대책으로 준비한 게 아주 잘 먹혔지요."

"그렇군. 그럼 그 건의 뒷수습을 해야겠지."

형운은 염마도 구윤과 다시 싸우게 될 경우를 대비할 필요성을 느꼈다.

그때는 지성 위지혁과 합공했기 때문에, 그리고 별로 그에게 유리한 환경이 아니었기 때문에 어떻게든 살아 돌아올 수 있었다. 하지만 혼자서 대적하게 되거나 숲 혹은 도심처럼 불탈 것이 잔뜩 있는 곳이 전장이 되는 경우에도 대비할 필요가 있었다.

이 문제를 상의하자 귀혁은 빙백설야공을 답으로 선택했다.

쉬운 과정은 아니었다.

형운은 예전에 설산에 머무는 동안 진예를 상대하면서 빙백설야공을 해체하듯 그 요체를 파악했다. 다른 무공이었다면 무공을 재현하기에 충분한 자료가 있었다.

하지만 귀혁조차도 그것만으로는 빙백설야공을 재현할 수 없었다.

빙백설야공은 순수한 무공이 아니었다. 설산이라는 특수한 환경과 빙령의 힘이 더해져야만 완성될 수 있는, 무공과 영능의 결합이었다.

'놀랍군. 음기의 운용법은 흉내 낼 수 있어도 무공의 진체를 습득하는 것은 불가능해. 이 점에서는 한 발짝도 나아가지 못한 셈이다.'

무학자인 귀혁이 빙백설야공에 관심을 갖지 않았을 리가 없었다.

젊은 시절부터 그 특성을 재현하고자 시도했고, 실패했다. 그리고 형운이 그 진체를 해체하다시피 해서 충분한 자료를 제공했는데도 그는 빙백설야공을 터득할 수 없었다.

감극도와 마찬가지였다. 그저 겉으로 드러난 것을 분석하는 것만으로는 진체에 이를 수 없다. 그리고 설령 진체에 이르더라도 특수한 물리적 준비 없이는 체현 불가능하다.

하지만 형운은 할 수 있었다.

빙백기심이 빙백설야공을 통해 변화한 신체, 빙백지신과 필적하는 음기 제어력을 제공하기 때문이다.

'아니, 네가 음기를 다루는 능력은 이미 빙백설야공을 넘어 빙백무극신공에 필적하는 수준이다.'

별의 수호자의 기재들이 연혼기공을 익히다가 오성의 자리에 오르면 불괴연혼신공을 터득하듯, 백야문도들은 빙백설야공을 바탕으로 빙백무극신공이라는 상위 심법에 이른다.

형운이 단순히 음기를 다루는 데 있어서는 이자령과 필적한다는 것은 빙백기심의 능력이 빙백무극신공과 동급이라는 의미였다.

그 능력을 바탕으로 형운은 귀혁이 그에게 맞춰서 개량한 빙백설야공을 터득했고, 그것은 나곤과 가한을 죽일 수 있는 무기가 되었다.

하지만 이렇게 되면 뒷수습이 골치였다. 백야문에 알려졌다 가는 철전지원수가 되고 말 테니까. 아무리 그전까지의 관계가 좋았다고 해도 목숨보다 소중히 하는 무공을 도둑맞은 것은 용서할 수 있는 문제가 아니었다.

귀혁이 물었다.

"계획을 바꿀 생각이 없느냐?"

"어차피 제가 감당해야 할 일이니까요. 사부님은 모르는 일로 해두세요. 제자가 알아서 척척척, 사부님의 예상을 뛰어넘어서 빙백설야공 비스무리한 힘을 손에 넣고 말았다고 놀라는 척 해 주시면 됩니다."

"검후가 칼부림하면 도와주기는 하마. 널 죽게 내버려 두기에는 그동안 들어간 돈과 노력이 너무 아까우니."

"…사부님께서 제자를 아끼는 마음에 눈물이 납니다그려."

투덜거린 형운이 화제를 돌렸다.

"그나저나 무슨 이야기를 그렇게 재미있게 하고 계셨어요?"

"일야신공에 대해서 이야기하고 있었다."

"아, 그거요?"

"아주 흥미로운 일을 맡았더구나. 의미 있는 일이기도 하고. 혹시 앞으로도 내가 도와줄 일이 있으면 형운을 통해서 말하도록 해라."

"오늘의 가르침만으로도 천금의 가치가 있었습니다. 그래도 필요하면 도움을 부탁드리겠습니다."

천유하가 고개를 숙였다.

형운과 귀혁은 자리를 옮겨서 둘이 대화를 나누었다. 이번 일에 대해서도 보고해야 했고 천유하를 척마대 객원으로 삼는 건에 대해서도 귀혁의 지지를 부탁해야 했기 때문이다.

이야기를 끝내고 귀혁이 돌아갔을 때는 이미 한밤중이었다.

형운은 술을 들고 천유하의 처소로 찾아갔다.

"일야신공 건, 사부님께 협력을 구해도 괜찮아?"

"괜찮다고 판단한 부분만 이야기했어. 작은 단서만 드려도 수십 가지 발상을 해내시는 게 정말 놀랍더군. 양의심공이나 쌍검술에도 조예가 있으실 줄은……."

"사부님은 기본적으로 못하는 게 없는 분이시거든. 사부님이 권사이신 것은 나처럼 배운 게 그것뿐이라, 그것만 잘해서가 아니라 다 잘하는데 그중에서도 제일 잘하는 것들만 꼽아보니 지금의 형태가 되신 것뿐이야."

"그렇군. 네게 많은 이야기를 듣긴 했지만 오늘 긴 시간 대화를 나눠보니, 음, 내가 이런 말 하기는 그렇지만 천재라는 말은 이런 사람을 위해 있는 거구나 싶었어."

"정말 네가 말하기는 좀 그런 찬사네. 하지만 동의한다."

"그리고 직접 만나 뵙고 나서 깨달았지."

"뭘?"

천유하가 왠지 멋쩍은 표정을 짓고 있어서 형운은 뒤에 나올 이야기에 청력을 곤두세웠다.

"나는 이분께 인정받고 싶었구나. 다시 만났을 때 내게 실망하는 모습을 보고 싶지 않았구나……."

천유하가 귀혁과 마지막으로 만난 것은 7년 전, 황실에서였다. 그 후로 형운과는 여러 번 만났지만 귀혁과는 마주칠 일이 없었다.

오랜만에 만나서 이야기를 나누는 동안 깨달았다. 어린 시절, 그가 자신이 아닌 형운을 제자로 데려간 그 순간부터 그에게 인정을 갈구했다는 것을.

비록 제자는 아닐지언정 그가 자신을 똑바로 바라보고 인정해 주길 바랐다. 다시 만났을 때, 지금의 자신에게 실망하는 모습을 보고 싶지 않았다.

형운이 물었다.

"목표는 달성한 것 같아?"

"아마도."

천유하가 부끄러워하며 웃었다. 그리고 아련한 눈으로 허공을 바라보며 옛일을 회상했다.

"이제는 그때 하신 말씀의 의미도 알 것 같아."

"무슨 말씀을 하셨는데?"

"너도 있었던 자리에서의 일이지. 예전에 여기 왔을 때……."

"아."

그 말에 형운은 당시의 일을 떠올렸다.

천유하가 언젠가는 귀혁을 넘어서겠다고 당찬 각오를 이야기했을 때, 귀혁은 그런 날은 오지 않을 것이라고 말했다. 그가 이루고자 하는 것과 천유하가 이루고자 하는 것은 견줄 대상이 아니라고.

"지금까지 죽 의문을 품고 있었지. 하지만 오늘 이야기를 나눠보고서야 알겠어."

어쩌면 천유하는 훗날에 귀혁을 무인으로서 뛰어넘을 수 있을지도 모른다.

그러나 귀혁이 인생을 걸고 지향하는 것은 최강의 무인이 아니었다. 최강의 무인은 그가 이루고자 하는 목표의 일부, 혹은 부산물에 지나지 않는다.

천유하는 오늘 귀혁과 이야기를 나누면서 그 사실을 깨달았다.

"내가 그 의미를 알 수 있었던 것은 일야신공의 계승자를 찾을 의무를 졌기 때문이라고 생각해. 그저 무인으로서 최고의 자리를 노리는 것 말고 달리 이루어야만 하는 것을 얻은 지금이기에……"

귀혁은 천유하가 이룬 것을 평가하는 대신 앞으로 평생을 걸고서라도 일야검협에 대한 의무를 다하고자 하는 것에 대해 찬사를 아끼지 않았다. 그 일에 대해서는 자신의 힘이 닿는 한 아낌없이 도와주겠다는 말도 했다.

"조금은 내 선택을 자랑스러워도 해도 될 것 같아. 그런 기분이야."

천유하는 미소 지으며 술잔을 비웠다.

8

천유하를 척마대 객원으로 받아들이는 건은 며칠 지나지 않아 통과되었다.

형운은 이 과정이 좀 의문스러웠다. 운 장로 일파가 부정적인 반응을 보일 것이라고 보았는데 너무 순순히 찬성표를 던졌기 때문이다.

'뭘 노리는 거지? 설마 이제 와서 나랑 친해지자는 것은 아닐 텐데……'

이쯤 되면 뭔가 꿍꿍이속이 있다고 의심할 수밖에 없었다. 뜻대로 되었는데도 뭔가 찜찜하다.

형운은 석준에게 정보를 부탁해 두고는 천유하를 척마대원들에게 소개했다.

"오늘부터 객원으로 우리와 함께 일하게 된 조검문의 천유하 공자다. 강호에서는 유성검룡이라는 이름으로 알려져 있지. 모두 다 들어본 적 있겠지?"

물론 천유하를 모르는 이가 있을 리 없었다.

"같은 척마대 소속이기는 하지만 귀중한 손님이니 무례를 저지르는 일은 없으리라 믿겠다."

형운은 간략하게 그를 소개하고 부대주들을 집무실로 불러들였다.

"기본적으로 천 공자는 나나 마 부대주가 나갈 때 같이 나가게 될 겁니다. 그렇게 알아주시기 바랍니다."

"알겠습니다. 그리고 대주님께서 검토해 주셔야 하는 사안이 하나 있습니다."

"뭐죠?"

"부대주를 한 명 더 뽑았으면 합니다."

"흠."

척마대는 계속해서 실적을 쌓으면서 규모도 늘었다. 지금은 규모는 계속 늘어나서 결국 조직 총인원 230명을 넘는 대집단으로 성장했다. 조직이 창설된 지 채 1년 반도 지나지 않았고, 임무 수행 중 사망자수도 많은 집단이라는 것을 감안하면 놀라운 성장세였다.

"검토하겠습니다. 그렇잖아도 여기저기에서 자리 좀 만들어 달라고 난리라서 좀⋯⋯."

조직이 잘나가면 외압이 강해지는 것은 당연한 수순이다. 척마대가 잘나가자 괜찮은 배경을 둔 놈들이 척마대에 자리를 원하고 있었다. 부대주를 한 명 더 늘린다고 하면 그 자리를 차지하려는 압력이 얼마나 거셀지 안 봐도 뻔하다.

"되도록 조장 중에서 승격시키고 싶긴 한데⋯⋯."

솔직히 조장 중에서는 아직 부대주직을 맡을 정도로 실력과 실적이 출중한 인물이 없었다. 조직의 역사가 짧다 보니 내부의 경험이 성장세를 따라가지 못하는 상황이다.

"초빙할 만한 인물을 찾아봐야겠군요. 그리고 부대주를 늘린다면 아예 두 명 늘리겠습니다."

"네?"

부대주들이 놀라자 형운이 설명했다.

"기왕 이렇게 된 것, 우리도 지원으로만 인원을 뽑지 말고 어린 인재들을 받아서 육성하는 견습생 제도를 신설해야겠습니다. 장기적으로 생각하면 그게 옳겠지요. 두 부대주 중 한 명은 그쪽을 담당하게 될 겁니다."

"괜찮겠습니까?"

부대주 중 가장 나이가 많은 추성이 걱정했다.

그는 중년의 나이가 되도록 조직의 정치 싸움에 치여서 실력에 걸맞은 자리를 얻지 못한 인물이었다. 뒷배가 있는 인물에게 실적을 도둑질당하거나, 그런 거래를 받아들이지 않았다는 이유로 한직에 배치당하는 등의 수모를 당하기도 했다. 그래서 자신의 경력을 조사하고 부대주를 맡아달라고 제안한 형운에게 크게 감사하고 있었다.

추성이 걱정하는 것은 척마대가 독립성을 높이려는 움직임을 보이는 것이 외부의 반발을 사는 것이었다. 척마대는 여러 세력의 의도가 뒤엉켜 있는 집단이다. 지금도 척마대 안에는 다른 부서들의 첩자 노릇을 하는 인물들이 다수 있었다.

"괜찮습니다. 제가 책임지지요. 그리고 견습생은 당분간은 인재육성계획에 등록되지 않은 아이들만으로 하겠습니다."

"그, 그건 정말 반발이 클 것 같습니다."

추성뿐만 아니라 다른 부대주들도 당황했다. 하지만 형운의 태도는 단호했다.

"시험 삼아 시행해 보는 제도라서 인재육성계획으로 검증된 인재들을 투입하기에는 부담이 크다고 둘러대면 되지요. 지원금이 덜 나오겠지만 그거야 모자라면 제가 사비라도 털겠습니다. 이 건은 영성께서도 지지해 주기로 하신 부분이니 걱정 마시고 어떤 식으로 육성하는 게 좋을지 의견을 내주셨으면 합니다."

"알겠습니다."

추성은 형운이 자신이 걱정하는 바를 다 고려했음을 알고 고개를 끄덕였다.

그렇게 회의를 마치고 나서 부대주들이 해산하자 형운이 천유하에게 물었다.

"감상이 어때?"

"객원이라고는 하지만 외부인인 나한테 이런 내용을 들려줘도 되나?"

"내가 그만큼 너를 신뢰하고 있다는 걸 보여줘야 했으니까. 그래야 부대주들이 너한테 함부로 굴지 않지."

"개인적인 친분에 빌붙는 걸로 보여서 불만이 커질 수도 있을 것 같은데?"

"그 건은 실력으로 누르는 수밖에 없어. 내가 불러놓고 이런 말 하기는 미안하지만……."

"아니, 그건 당연한 일이지. 이만큼 배려받은 것만으로도 충분해."

천유하가 빙긋 웃었다. 그리고 마곡정을 보며 말했다.

"마곡정, 부탁할 게 있다."

"뭔데?"

"척마대의 무공을 가르쳐 줘. 손발을 맞추려면 숙지해야겠지."

"왜 형운이 아니고 나냐?"

"아무리 봐도 대주가 너보다 바쁜 것 같아서."

"……."

마곡정이 표정을 구겼다. 형운이 피식 웃으며 말했다.

"그럼 그 건은 마 부대주의 업무로 해두지. 잘 부탁해."

"아, 진짜 내가 어쩌다 이 자식 부하로 들어와서······."

마곡정이 툴툴거리며 천유하와 함께 나갔다.

혼자 남은 형운이 불쑥 말했다.

"누나, 궁금한 게 있으면 말을 해요, 말을."

"대화를 끝내실 때까지 기다렸을 뿐입니다."

대주실 병풍 뒤에서 가려의 목소리가 들려왔다. 그녀는 자연스럽게 나와서 물었다.

"굳이 반발을 감수하고 견습생 제도에서 인재육성계획 출신을 제외하시는 이유는 정치적 간섭을 배제하기 위해서입니까?"

"반은 그렇죠."

"나머지 반을 여쭤봐도 되겠습니까?"

"인재육성계획은 아무리 이런저런 말로 포장해 봤자 결국은 별의 수호자에서 자리 잡은 어른들의 출신과 인맥이 기반이에요. 그래서 거기서 소외된 아이들한테도 기회를 주고 싶어서요."

"그뿐입니까?"

가려는 형운이 평소 생각하는 바를 잘 알고 있었다. 하지만 이번 행동에는 그 이상의 의도가 있을 것 같았다.

"누나 참 내 속 막 들여다보지 말아요. 부끄럽게."

"전 그냥 그뿐이냐고 물었을 뿐입니다만······."

"그냥 일종의 실험이에요. 사부님하고는 좀 다른 방식으로 해보고 싶어서요."

귀혁은 인재육성계획 반대파의 선봉에 선 인물이었다. 그는 본인이 빼어난 활약을 보임과 동시에 인재육성계획 출신이 아닌 인물들을 은밀하게 지원해 왔다.

"전 좀 더 노골적인 방식을 취해보려고 해요. 척마대의 견습생 제도를 바탕으로 삼아서 총단 내부에 무관을 만들어보려고요."

지금 별의 수호자에는 조직원들의 자제를 위한 학관은 있어도 무관은 없었다.

무공은 각 조직의 견습생 제도에서, 혹은 별의 수호자 산하의 외부 문파나 사업체에서 배우는 것이 보통이다. 그게 아니면 형운처럼 개인적으로 누군가의 제자가 되어 배워야 했다.

"물론 그것만으로도 상당히 많은 기회를 제공하고 있기는 해요. 하지만 전 부족하다고 생각해서 누구나 들어가서 배울 수 있는 기초 무공 학관을 개설해 보려고요. 그럼 인재육성계획 출신이 아니더라도 좀 더 쉽게 무공을 접할 수 있을 것이고, 그 안에서의 평가를 바탕으로 다른 조직으로 진출할 기회를 얻을 수도 있을 테니까요."

일을 성사시키기까지도 많은 난관을 뚫어야 할 것이고, 무관이 개설된다 하더라도 그곳 출신들이 성과를 내기까지는 긴 시간이 필요하다는 점에서 굉장히 장기적인 계획이었다.

조금 놀란 눈으로 자신을 바라보는 가려의 시선에 형운이 멋쩍어했다.

"이 조직에 몸담은 사람으로서 할 수 있는 일은 해보자고 생각했어요. 세상 전부를 바꿀 수는 없어도 그 정도라면 어떻게 될 것 같으니까."

"…그렇군요."

가려는 그렇게만 말했지만, 입가에는 흐뭇해하는 미소가 걸려 있었다.

『성운을 먹는 자』 17권에 계속…

초대형 24시 만화방

신간 100%, 샤워실, 흡연실, 수면실(침대석), 커플석, 세탁기 완비

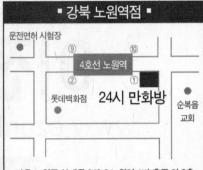

■ 강북 노원역점 ■

서울 노원구 상계동 340-6 노원역 1번 출구 앞 3층
02) 951-8324 (화용빌딩 3층)

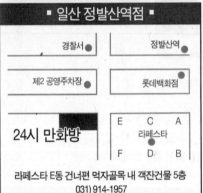

■ 일산 정발산역점 ■

라페스타 E동 건너편 먹자골목 내 객잔건물 5층
031) 914-1957

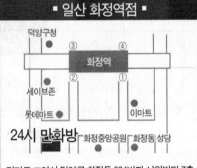

■ 일산 화정역점 ■

경기도 고양시 덕양구 화정동 984번지 서일빌딩 7층
031) 979-4874 (서일사우나 건물 7층)

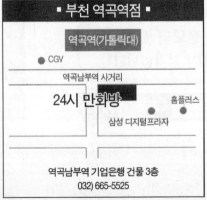

■ 부천 역곡역점 ■

역곡남부역 기업은행 건물 3층
032) 665-5525

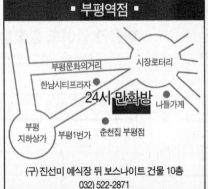

■ 부평역점 ■

(구) 진선미 예식장 뒤 보스나이트 건물 10층
032) 522-2871

진가도

2부

백준 新무협 판타지 소설

FANTASTIC ORIENTAL HEROES

진가도(眞家刀)!!

하늘 아래 오직 단 하나의 칼이 존재했으니,
그것은 진가(眞家)의 칼이었다.

"우린… 왜… 그렇게 만났지?"
언젠가 그녀가 내게 물어왔다.
그때는 대답하지 않았으나 알고는 있었다.
단지 눈앞에 강한 자가 있으니까.
-본문 中발췌.

Book Publishing CHUNGEORAM

유행이 아닌 자유추구-
WWW. chungeoram.com

천하제일이란 이름은 불변(不變)하지 않는다!

『광풍제월』

시천마(始天魔) 혁무원(赫撫源)에 의한 천마일통(天魔一統)!
그의 무시무시한 무공 앞에 구대문파는 멸문했고,
무림은 일통되었다.

"그는 너무나도 강했지.
그래서 우리는 패배했고, 이곳에 갇혔다."

천하제일이란 그림자에 가려져 있던 수많은 이인자들.

"만약……."
"이인자들의 무공을 한데로 모은다면 어떨까?"
"시천마, 그놈을 엿 먹일 수도 있을 거야."

**이들의 뜻을 이어받은 소년, 소하.
그의 무림 진출기가 시작된다.**

Book Publishing CHUNGEORAM

박선우 장편소설
FUSION FANTASTIC STORY

멋진 인생

Wonderful Life

태어나며 손에 쥔 것이라고는 가난뿐.

그러나 내게는 온몸을 불사를 열정과
목숨처럼 소중한 사랑이 있었다.

『멋진 인생』

모두가 우러러보는 최고의 직장이자 가장 치열한 전쟁터,
천하그룹!

승진에 삶을 바친 야수들의 세계에서 우뚝 서게 되는
박강호의 치열하지만 낭만적인 이야기!

Book Publishing CHUNGEORAM

강준현 장편소설

FUSION FANTASTIC STORY

인생을 바꿔라

『복수의 길』, 『개척자』 강준현 작가의
2016년 신작!

자신이 무엇인지 알지 못하는 정신체, 염.
세상을 떠돌며 사람의 몸속으로 들어가
에너지를 얻고 나오길 반복하던 어느 날.

사고로 인한 하반신 마비, 애인의 이별 선언,
삶에 지쳐 자살하려는 김철의 몸에 들어가게 되는데……

"뭐, 뭐야! 아직도 못 벗어났단 말이야?"

새로운 삶을 살리라,
정처 없이 떠돌던 그의 인생 개척이 시작된다!

"어떤 삶인지 궁금하다고? 그럼 한번 따라와 봐."

Book Publishing CHUNGEORAM

궁극의 쉐프

Ultimate chef

가프 장편소설

FUSION FANTASTIC STORY

태초의 우물에서 찾은 사막의 기적.
사람의 식성과 식욕을 색으로 읽어내는 능력은
요리의 차원을 한 단계 드높인다.

『궁극의 쉐프』

요리란!
접시 위에 자신의 모든 것을 담아내는 것.

쉐프란!
그 요리에 자신의 가치를 증명하는 사람.

"요리 하나로 사람의 운명도 좌우할 수 있습니다."

혀를 위한 요리가 아닌, 마음을 돌보는 요리를 꿈꾸는
궁극의 쉐프 손장태의 여정이 시작된다!

Book Publishing CHUNGEORAM

유행이 아닌 자유추구-

WWW.chungeoram.com